岩 波 文 庫

31-027-7

日　本　橋

泉　鏡　花　作

岩 波 書 店

目　次

日本橋

篠《ささ》　蟹《がに》(1)

一

「お客に舐《な》めさせるんだとよ。」

「何を。」

「その飴《あめ》をよ。」

腕白《わんぱく》ものの十《とお》ウ九《ここの》ツ、十一二なのを頭《かしら》に七八人。春の日永に生欠伸《なまあくび》で鼻の下を伸して居《い》る、四辻《よつつじ》の飴屋の前に、押競饅頭《おしくらまんじゅう》で集《あつま》った。手に手に紅《べに》だの、萌黄《もえぎ》だの、紫《むらさき》だの、彩《いろど》った螺貝《ばい》の独楽《こま》。日本橋に手の届く、通一《とおりひと》つの裏町《うらまち》ながら、撒水《まきみず》の跡も夢のように白く乾いて、薄い陽炎《かげろう》の立つ長閑《のどか》さに、彩色《さいしき》した貝は一枚々々《いちまいいちまい》、甘い蜂、香しき蝶に成って舞いそうなのに、ブンブンと唸《うな》るは虻《あぶ》よ、口々《くちぐち》に喧《やかま》しい。

この声に、清らな耳許《みみもと》、果敢《はか》なげな胸のあたりを飛廻《とびまわ》られて、日向《ひなた》に悩む花がある。盛《さかり》の牡丹《ぼたん》の妙齢《としごろ》ながら、島田髷《しまだ》の縺《もつ》れに影が映《さ》す……肩揚《かたあげ》を除《と》ったばかりらしい、姿も大柄に見えるほど、荒い絣《かすり》の、聊《いささ》か身幅《みはば》も広いのに、黒繻子《くろじゅす》の襟《えり》の掛《かか》った縞御召《しまおめし》の一枚着《まいぎ》、友染《ゆうぜん》の前垂《まえだれ》、同一《おんなじ》で青い帯。緋鹿子《ひがのこ》の背負上《しょいあげ》した、それしゃと見えるが仇気《あどけ》ない娘風俗《むすめふう》、つい近所か、日傘も翳《さ》さず、可愛《かわい》い素足《すあし》に台所穿《だいどころばき》を引掛《ひきか》けたのが、紅《べに》と浅黄《あさぎ》で羽《はね》を彩《いろど》る飴の鳥と、打切飴《ぶっきりあめ》の紙袋《かみぶくろ》を両の手に、お馴染《なじみ》の親仁《おやじ》の店。有りはしないが暖簾《のれん》を潜《くぐ》りそうにして出た処《ところ》を、捌《さば》いた褄《つま》も淀《よど》むまで、むらむらとその腕白共《わんぱくども》に寄って集《たか》られたものである。

「煮てかい、焼いてかい。」

「何、口からよ。」

と、老成《ませ》た事を云《い》って、中でも矮小《ちび》が、鼻まで届きそうな舌を上舐《うわなめ》にべろんと行《や》る、此奴《こいつ》が一芸《いちげい》。

「まあ、可笑《おか》しい。」

若い妓《こ》は、優しく伏目《ふしめ》に莞爾《にっこり》して、

「お客様が飴なんか。大概御酒《たいがいごしゅ》をあがるんですもの。」

で、一寸《ちょっと》紙袋を袖で抱く。

「それだってよ、それでもよ、髯《ひげ》へ押着《おっつ》けやがるじゃねえか。」

「不見手様《みずてんさん》(2)。」とまた矮小が、舌をべろんと飜《ひるがえ》す。

若い妓《こ》は柔《おとな》しかった。むっともしそうな頬はなお細《ほそ》って見えて、

「あら、大《おおき》な声をするもんじゃないことよ。」

「だって、看板に掛けてやがって。」と一人《ひとり》が前を遮《さえぎ》るように、独楽《こま》の手繰《たぐり》をずるりと伸す。

「違ったか。雪や氷、冷い氷よ。そら水の上に、《チョン》、なんだ。」

「不見手様《みずてんさん》。」と矮小《ちび》が頤《あご》でしゃくる。

「矮小やい、舌を出せ。」

「出せよ、畜生。」

「ううむ、ううむ、そう号令を掛けちゃ出せやしませんさ。」

と焦って頭突《ずつ》きに首を振る。

「馬鹿、咽喉《のど》ぼとけを攫《つか》んで居《い》やがる。」

「ほほほ。」と、罪《つみ》の無い皓歯《しらは》の蕾《つぼみ》。

「畜生、笑ったな、不見手。」

と矮小は、ぐいと腕を捲《まく》った。

「可厭《いや》、また……大な声をして。」

「大な声が何《ど》うしたんでえ。」

と、一人《ひとり》の兄哥《にい》さん、六代目《ろくだいめ》(3)の仮声《こわいろ》さ。

二

その若い妓《こ》は、可愛《かわい》い人形を抱くように、胸へ折った片袖《かたそで》で、面《おもて》を蔽《おお》う姿して、

「堪忍《かんにん》して下さいな。」

と遣瀬《やるせ》なさそうに悄《しお》れて云《い》う。

「やあ、謝罪《あやま》るぜ、ぐうたらやい。」

「不見手《みずてん》よりか心太《ところてん》だい。」

またしてもこの高声《たかごえ》、はっとしたらしく袖を翳《かざ》して、若い妓は隠れたそうに、

「内証《ないしょ》なのよ、ねえ、後生《ごしょう》よ。姉《ねえ》さんに聞えると腹を立ちますわ。」

「何を云ってやんでえ。」

「分るもんか。」

矮小《ちび》が抜からず、べろん、と出して、

「お前《まえ》ン許《とこ》の姉さんは、町内《ちょうない》の狂人《きちがい》じゃねえかよ。」

「其奴《そいっ》も怪《あや》しいんだぜ、お夥間《なかま》だい。」

と背後《うしろ》から喚《わめ》くと、間近《まぢか》に、(何。)とか云う鮨屋《すしや》の露地口《ろじぐち》。鼬《いたち》のようにちょろりと出

た同一腕白《おなじわんぱく》。下心《したごころ》あって、用意の為《ため》に引込《ひきこ》んで居《い》たらしい。芥溜《ごみため》を探したか、皿から浚《さら》ったか、笹《ささ》ッ葉《ぱ》一束《ひとたば》、棒切《ぼうきれ》の尖《さき》へ独楽《こま》なわで引括《ひっくく》った間《ま》に合《あわ》せの小道具を、さあ来い、と云う身で構えて、駆寄《かけよ》ると、若い妓《こ》の島田の上へ突着《つきつ》けた、ばさばさばッさり。

が、黙って、何《なん》にも言わないで、若い妓は俯向《うつむ》いて歩行《ある》き出す。

頸《うなじ》摺れに、突着け、突掛《つッか》け、

「やあ、おいらんの道中々《どうちゅうどうちゅう》！」

「大高《おおたか》(4)、旨《うま》いぞ。」と一人《ひとり》が囃《はや》す。

「おっと任《まか》せの、千崎弥五郎《せんざきやごろう》。」(5)

矮小《ちび》が、心得《こころえ》、抜衣紋《ぬきえもん》の突袖《つつそで》で、据腰《すえごし》の露払《つゆはらい》。早速《さそく》に一人《ひとり》が喜助《きすけ》と云う身で、若い妓の袖に附着《くッつ》く、前後《あとさき》にずらりと六人、列を造って練りはじめたので、あわれ、若い妓の素足《すあし》の指は、爪紅《つまべに》が震えて留《と》まる。

此奴不手見《こいつみずてん》、と笹の葉の旗を立てて、日本橋あたり引廻《ひきまわ》しの、陽炎《かげろう》揺《ゆ》る影法師《かげぼうし》。

日南《ひなた》に蒸《いき》れる酢《す》の臭《におい》に、葉も花片《はなびら》も萎《な》えむとす。

引切《ひっきり》の無い人通りも、凡《およ》そ途中で立停《たちどま》って、芸者の形《かたち》を見物するのは、鰻屋《うなぎや》の前に脂気《におい》を嗅《か》ぐ、奥州のお婆さんと同じ恥辱だ、と云う心得から、誰《たれ》も知らぬ顔で行違《ゆきちが》う。

……尤《もっと》も対手《あいて》は小児《こども》である。

世渡《よわたり》や爰《ここ》に一人《にん》、飴屋《あめや》の親仁《おやじ》は変な顔。叱言《こごと》を、と思う頰辺《ほっぺた》を窪《くぼ》めて、もぐもぐと呑《のみ》込《こ》んで黙言《だんまり》の、眉毛をもじゃ。若い妓《こ》は気の毒なり、小児《こども》たちは常得意《じょうとくい》。内心《ないしん》痛し、頗《すこぶ》る痒《かゆ》しで、皺《しわ》だらけの手の甲を頤《あご》の下で摺《こす》ってござった。

「川柳にも有るがね、（黙然《もくねん》と辻斬《つじぎり》を見る石地蔵《いしじぞう》。）さね。……俺《わし》も弱ったよ。……近い処《ところ》が、西河岸《にしがし》にござらっしゃる、ね、あの、目の前であったろうずりゃ、お地蔵様は何《ど》うお扱《あつか》いなさりょうかと、つくづく思って居《い》ましたよ、はい。……」

と後《あと》で人にそう云《い》った。またこの飴屋が、喇叭《らっぱ》も吹かず、太鼓をトンとも鳴らさぬかわりに、何時《いつ》でも広告の比羅《びら》がわり、赤い涎掛《よだれかけ》をして居る名代《なだい》の菩薩《ぼさつ》で猶《なお》可笑《おかし》い。

「笹《ささ》や、笹々笹や笹《ささささささ》、笹を買わんせ煤竹《すすだけ》を――」

大高《おおたか》うまい、と今呼ばれた、件《くだん》の（鼬《いたち》みめよし）が、笹を故《わざ》と、島田の上で、ばさばさと振りながら、足踏《あしぶみ》をして唱出《うたいだ》した。

声を揃えて、手拍子《てびょうし》で、

「笹を買わんせ煤竹を――」

此処《ここ》で三音諧張上《さんおんかいはりあ》げる(6)。気障《きざ》な調子で、

「大高源吾《おおたかげんご》は橋の上ええ。」

檜木笠《ひのきがさ》

三

「あら、お止《よ》しなさいよ、そんな唄《うた》。大嫌《だいきらい》だわ。二階に寝て居《い》る姉《ねえ》さんが、病気で疳《かん》が立っておいでだから、直《す》ぐに聞きつけて、沢山加減《たんとかげん》を悪くするからね……真個《ほんとう》に嫌《きらい》なのよ。」

と若い妓《こ》は頭《かぶり》を振るように左右を顧《み》る。

「何が嫌《きらい》だい。」

「生意気云うない。」

「状《ざま》あ！　女郎《じょろう》奴《め》、手前《てめえ》に嫌われて幸《さいわい》だ。好《す》かれて堪《たま》るかい。」と笹を持ったのが、ぐいとその棹《さお》を小脇《こわき》に引くと、呀《やあ》、斜《しゃ》に構えて前に廻《まわ》った。

「嘘《うそ》よ、お前《まえ》さんじゃないのよ。その大高源吾《おおたかげんご》とか云う、ずんぐりむっくりした人がね、笹を担《かつ》いで浪花節《なにわぶし》で歩行《ある》いては、大事な土地が汚《けが》れるって。……橋は台なし、堪《たま》らないって、姉さんが云うんだわ。」

「知ってらい！」

と矮小《ちび》が、ぺろぺろと舌を吐いて、

「不断《ふだん》、そう云《い》やがるとよ、可《い》いか。手前《てまえ》ン許《とこ》の狂女《きちがい》がな、不断そう云やがる事を知ってるから、手前《てめえ》だって尋常《ただ》は通さないんだぜ。僕がな、形《かたち》を窶《やつ》してよ、八百屋《やおや》の小児《こども》に生れてよ、間者《かんじゃ》に成って知ってるんだ。行軍将棊《こうぐんしょうぎ》でもな、間者は豪《えら》いぜ、伴内阿魔《ばんないあま》(7)」

商人《あきうど》は原《もと》より、親が会社員にしろ、巡査にしろ、田舎の小倅《こせがれ》で無いものが、娘を苛《いじ》める仔細《しさい》はない。故《ゆえ》あるかな、スパルタ擬《もど》きの少年等《しょうねんら》が、武士道に対する義憤なのである。

「忠臣、義士の罰《ばち》が当《あた》らあ。」

「勿論《もちろん》よ。」

ひょろ竹《たけ》と云われる瘠《や》せたのが、きいきいと軋《きし》む声で、

「疾《とう》に罰が当って、気の違った奴《やつ》なんか構わねえや。……此奴《こいつ》に笹葉《ささっぱ》を頂《いただ》かせろ。」

「嚔《くしゃみ》をさしたれ。」

と、含羞《はなじろ》んだ若い妓《こ》の、揃った目鼻の真中《まんなか》を狙《ねら》って――お螻《けら》の虫が、もじゃもじゃもじゃ。

「ヘックしょ。」と思わず唐突《だしぬけ》に陽炎《かげろう》を吸って咽《む》せた……飴屋の地蔵は堪《たま》らなそうに鼻を撫《な》でる。当の狙われた若い妓は、はッと顔を背《そむ》けたので、笹葉は片頬《かたほ》外《はず》れに肩へ辷《すべ》って、手を払って、持ったのを引払《ひっぱら》われて、飴の鳥はくしゃん、と潰《つぶ》れる。

「可哀相《かわいそう》に、鶯《うぐいす》を。」

とつい、衣紋《えもん》が摺《ず》って、白い襟。髪艶《かみつや》やかに中腰《ちゅうごし》に成った処《ところ》を、発奮《はずみ》で一打《ひとうち》、ト颯《さっ》と烏《からす》の翼《つばさ》の影《かげ》、笹を挙げて引被《ひっかぶ》る。

「ああ、少時《しばらく》。」

慌《あわただ》しく声を掛けて、白足袋《しろたび》のしょぼけた草鞋《わらじ》で、つかつかと寄ろうとした、が、ふと足を曳《ひ》いて、手甲《てこう》掛けた手を差伸《さしの》ばして、

「もしもし、大高氏《おおたかうじ》、暫時《しばらく》、大高氏。」と大風《おおふう》に声を掛けて呼んだのは、小笠《おがさ》を目深《まぶか》に、墨《すみ》の法衣《ころも》。脚絆穿《きゃはんばき》で、むかし傀儡師《かいらいし》と云った、被蓋《きせぶた》の箱を頸《くび》に掛けて、胸へ着けた、扮装《いでたち》は仔細らしいが、山の手の台所でも、よく見掛ける、所化《しょけ》か、勧行《かんぎょう》か、まやかしか、風体怪《ふうていあや》しげなる鉢坊主《はちぼうず》。

形《かたち》だけも世棄人《よすてびと》、それでこそ、見得《みえ》も外聞も洒落《しゃれ》も構《かま》わず、変徹《へんてつ》も無く、途中で芸者を見て居《い》らるる。——斜《なな》めに向《むこ》う側《がわ》の土蔵の白壁《しらかべ》に、へまむし(8)、と炭団《たどん》の欠《かけ》で楽書《らくがき》をした如《ごと》く彳《たたず》んで、熟《じっ》と先刻《さっき》から見詰《みつ》めて居た。

小笠のふちに、手を掛けながら、

「源吾どの、一寸《ちょっと》、これへ。……」

四

「そりゃ、(かな手本《でほん》。)の御連中《ごれんじゅう》、彼処《あすこ》で呼んで居《い》さっしゃる。」

潮《しお》を踏んだ飴屋は老功《ろうこう》。赤い涎掛《よだれかけ》を荷《に》の正面へ出して、小児《こども》の捌口《はけくち》へ水を向ける。

「僕の事かい。」

と猶予《ためら》いながら、笹《ささ》ッ葉《ぱ》の竹棹《たけざお》を、素直《まっすぐ》に支《つ》いた下《した》に、鬢《びん》のほつれに手を当てて、おくれを掻《か》いた若い妓《こ》の姿は、願《ねがい》の糸を掛けた状《さま》に、七夕《たなばた》らしく美しい。

「お前様方《まえさまがた》で無《の》うて、忠臣蔵が何処《どこ》に有るかな。」と飴屋は頷《うなず》くように頤杖《あごづえ》を支いて言う。

「一所《いっしょ》においでよ、皆《みんな》。」

「おい。」

義士の人数《にんず》、六人の同勢は、羽根《はね》のように、ぽんぽんと発奮《はず》んで出て行く。

坊主は、笠ながら会釈《えしゃく》して、

「貴殿は大高源吾どの?」

笹を持ったのが、(気を付け。)の姿勢に成った。

「ええ、そうです。」

見向《みむ》かれた、ひょろ竹は、何故《なぜ》か、ごしごしと天窓《あたま》を掻いた。

「此方《こなた》はな。」

「僕は赤鞘《あかざや》の安兵衛《やすべえ》(9)てんです。」

「ははあ、堀部《ほりべ》氏《うじ》でおいでなさる。」

「千崎弥五郎《せんざきやごろう》だよ。」

矮小《ちび》は唇《くちびる》を、もぐもぐと遣《や》る。

「成程《なるほど》——その他《た》いずれもお揃《そろ》いでありますな。」

と、六人をずらりと見渡し、

「いや、これは誰方《どなた》も、はじめまして御意《ぎょい》を得《え》ます。」

ここで更《あらた》めてまた慇懃《いんぎん》に挨拶《あいさつ》した。小児等《こどもら》はきょとんとする。

中《なか》に大高源吾が、笠を覗込《のぞきこ》んで、前へ屈《かが》み、

「坊さんは誰《たれ》なんです。」

「怜悧《りこう》だな。何《なに》、天晴御会釈《あっぱれごえしゃく》。如何《いか》さま、御姓名《ごせいめい》を承《うけたまわ》りますに、此方《こなた》から先《さき》へ氏素姓《うじすじょう》を申上《もうしあ》げぬと云う作法はありませなんだ。しかし御覧の通り、木《き》の端《はし》同然のものでありますので、別に名告《なの》りますほどの苗字とてもありませぬ。愚僧《ぐそう》は泉岳寺《せんがくじ》の味噌《みそ》擂坊主《すりぼうず》(10)でござる。」

事実元禄義士《げんろくぎし》扱い。で、言葉も時代に、鄭重《ていちょう》に、生真面目《きまじめ》な応対《あいしらい》。小児等《こどもら》は気を取られて、この味噌《みそ》摺坊主《すりぼうず》に、笑うことも忘れて浮《うっか》りで居《い》る。

「ええ、さて各自《おのおの》には、既に御本望《ごほんもう》をお遂《と》げなされたのでありまするか。それとも、また今夜《こよい》にも吉良邸《きらてい》へお討入《うちい》りに相成《あいな》りますかな。」

小児等は同じように顔を合せて、猿眼《さるまなこ》に、猫の目、上《あが》り目、下《さが》り目、団栗目《どんぐりめ》、いろいろなのがぱちくるのみ。

自《みずか》ら名告《なの》った味噌摺坊主は、手甲《てこう》の手の腕組《うでぐみ》して、

「ははあ、御思考最中《ごしこうさいちゅう》と見えますな。いや、何《なん》にいたせ、貴方《あなた》がたを義士の御連中《ごれんじゅう》とお見掛け申して、些《ち》と折入《おりい》って、お話し申したい事があります。余《あま》り端近《はしぢか》。な、此処《ここ》は余り端近で、それそれ通りがかりの人目《ひとめ》も多い。も些《そっ》とこれへ、一寸向《ちょっとむこ》うへ。あの四角《よつかど》の処《ところ》まで、手前《てまえ》と御同道《ごどうどう》が願いたい。

決して悪いことではありませぬ。さあさあ誰方《どなた》も。」

と云《い》うより早く、すたすたと通りの方へ。

松屋あたりの、人通《ひとどお》り。何方《どっち》が(端近。)なのかそれさえ分らず、小児等は魅せられたように成って、ぞろぞろと後《あと》に続く。

電車が来る、と物をも言わず、味噌摺坊主は飛乗《とびの》りに飄然《ひらり》、と乗った。で、その小笠《おがさ》を

かなぐって脱いだ時は、早《は》や乗合《のりあい》の中に紛《まぎ》れたのである。――白い火が飛ぶ上野行《うえのゆき》。――文明の利器もこう使うと、魔術よりも重宝《ちょうほう》である。

角店《かどみせ》の硝子窓《がらすまど》の前に、六個《むッつ》の影が、ぼやりとして、中には総毛立《そうけだ》って、震えたのがあった。

銀貨入《ぎんかいれ》(11)

五

地《つち》に砕《くだ》けた飴《あめ》の鳥の鶯《うぐいす》には、何処《どこ》かの手飼《てがい》の、緋《ひ》の首玉《くびだま》した小猫《こねこ》が、ちろちろと鐸《すず》を鳴らして搦《から》んで転戯《じゃ》れる……

若い妓《こ》の、仔細《しさい》なく其処《そこ》を離れたのは云うまでも無い。と自《おのず》から肩の嬌態《しな》、引合《ひきあわ》せた袖をふらふらと、台所穿《だいどころばき》をはずませながら、傍見《わきみ》らしく顔を横にして、小走《こばし》りに駆出《かけだ》したが、帰りがけの四辻《よつつじ》を、河岸《かし》の方へ突切《つきき》ろうとする角《かど》に、自働《じどう》電話と、一棟《ひとむね》火の番小屋とが並んで居る。……

ものも、こう、新旧相競《あいきそ》うと、至って対照が妙《みょう》で、何《ど》うやら辻番附《つじばんづけ》の東西の大関とでも言いそうに見える。電話の方が（塗立《ぬりたて》注意。）などと来ると愈々《いよいよ》日当りに新味《しんみ》を発揮するが、油障子《あぶらしょうじ》に（火の番。）と書いたお定《さだ》まりの屋台は、昼行燈《ひるあんどう》と云《い》う形《かたち》。屋形船《やかたぶね》が化《ば》けて出て河童《かっぱ》が住居《すま》う風情《ふぜい》がある。註《ちゅう》に及ばず、昼間は人気勢《ひとけはい》もあるので無い。

その両方の間《あわい》の、もの蔭《かげ》に小《こ》隠《がく》れて、意気人品《ひとがら》な黒縮緬《くろちりめん》、三《み》ツ紋《もん》の羽織《はおり》を撫肩《なでがた》に、縞《しま》大島《おおしま》の二枚小袖《にまいこそで》、襲《かさ》ねて着てもすらりとした、瘦せぎすで脊《せい》の高い。油気《あぶらけ》の無い洗髪《あらいがみ》。簪《かんざし》の突込《つっこ》み加減も、じれッたいを知った風《ふう》。一目《ひとめ》にそれしゃとは見えながら、衣紋《えもん》つき端正《しゃん》として、薄い胸に品《ひん》のある、二十七八の婀娜《あだ》なのが、玉のような頸《うなじ》を伸して、瞳を優しく横顔で、熟《じっ》と飴屋の方を凝視《みつ》めたのがある。

「あら、清葉姉《きよはねえ》さん。」

と可懐《なつか》しそうに呼掛《よびか》けて、若い妓《こ》はバッタリ留《とま》った。

「お千世《ちせ》さん。」

と柳の眉の、面正《おもてただ》しく、見迎《みむか》えて一寸立直《ちょっとたちなお》る。片手も細《ほっそ》り、色傘《いろがさ》を重そうに支《つ》いて、片手に白塩瀬《しろしおぜ》に翁格子《おきなごうし》、薄紫《うすむらさき》の裏の着いた、銀貨入《ぎんかいれ》を持って居《い》た。

若い妓はお千世と言う、それは稲葉家《いなばや》の抱妓《かかえ》である。

「お出掛け、姉さん。どちらへか。」

「否《いいえ》、帰途《かえり》なの。一寸浅草へお参りをしたんです。——今ね、通りがかりに見たんだけれど、お前《まえ》さん、飛《と》んだ目にお逢いだったわね。」

「ええ。」

「でも、可《よ》かったこと。私《わたし》ね、見て居て何《ど》うしようか知《し》ら、と思ったのよ。――お千世さん。」

「は、」

と顔を上げて、甘えたそうに、ぴったり寄る。

「そして……那《あ》の坊さんは知った方《かた》。何《なん》なの、内《うち》へ勧化《かんげ》にでも来たことのある人なの。」

「否《いいえ》、ちっとも知りませんわ。」

「そう。」

「笠を被《かぶ》っておいでなすって、顔はちっとも見えなかったんですもの……でも、そうで無くッても、まるッ切《きり》、心当《こころあた》りはありませんよ。」

「そうね、それはそうだともね。」

清葉は何故《なぜ》か落着いて頷《うなず》いた。

若い妓は、気が入《はい》って口早《くちばや》に、せいせいと呼吸《いき》をしながら、

「でもね、私、いじめッ児《こ》を、皆引張《みんなひっぱ》って電車通りの方へ行って下《くだ》すった後姿《うしろすがた》を見て

拝《おが》んだんですよ。私お地蔵様かと思いました。……ええ。」

六

お千世は、ぱっちりとした目を瞬《またた》いて、

「飴屋の小父《おじ》さんは、鶯《うぐいす》が壊《こわ》れたから、代《かわ》りを拵《こさ》えて、而《そ》して持って行けッて云《い》ったんですよ。………私、それ処《どころ》じゃ無いんですもの。帰って姉《ねえ》さんにそう云って、あの西《にし》河岸《がし》のお地蔵様へお参りに行くか、でなけりゃ、直《す》ぐ、あの、お仏壇へお燈明《とうみょう》をあげて拝みましょうと思って駆出《かけだ》して来た処《ところ》なんですわ。」

「まあ、お千世さん。お前《まえ》さん、大《おおき》な態度《なり》をして飴なのかね。私は蜜豆屋《みつまめや》かと思ったよ。」

と細《ほっそ》りした頬に靨《えくぼ》を見せる、笑顔のそれさえ、おっとりして品《ひん》が可《い》い。この姉さんは、渾名《あだな》を令夫人《れいふじん》と云う……十六七、二十《はたち》の頃までは、同じ心で、令嬢と云った。敢《あえ》て極《きま》った旦那《だんな》が一人《にん》、おとっさんが附いて居《い》る、その意味を諷《ふう》するのでは無い。その間《かん》のしょうそくは別として、爾《しか》き風采を称《たた》えたのである。

序《ついで》にもう一つ通名《とおりな》があって、それは横笛《よこぶえ》である。曰《いわ》く、清葉、曰く令夫人で可いものを、誰《た》が詮索に及んだか、その住居《すまい》なる檜物町《ひものちょう》(12)に、磨込《みがきこ》んだ格子戸《こうしど》に、門札打《かどふだう》った本姓《ほんせい》が（瀧口。）はお誂で。むかし読本の所謂（名詮自称。）に似た。この人、日本橋に棲を詰取って、表看板の諸芸一通恥かしからず心得た中にも、下方に妙を得て、就中、笛は名誉の名取《なとり》であるから。

「あら……清葉姉さん酷《ひど》いこと、何《なん》ぼ私かって蜜豆を。立って、往来で。」

「ほほほ、申過《もうしす》ごしました、御免《ごめん》なさいよ。否《いえ》ね、実はね、……小児衆《こどもしゅう》が、通《とお》せん坊《ぼう》をして、わやわや囃《はや》して居るから、気に成ってね、密《そっ》と様子を見て案じて居たの。……あの、最《も》っと此方《こっち》へお寄んなさいよ。」

と、令夫人は仲通《なかどお》りの前後《あとさき》を、芝居気《しばいけ》の無い娘じみた眴《みまわ》し方《かた》。で、件《くだん》の番小屋の羽目《はめ》を、奥の方へ誘い入れつつ、

「別にね、お前さんと話をして居るのを見られて悪い事は無いんだけれど、人が通って極《きま》りが悪いから。」

で、忍《しの》んだ梅《うめ》ケ香《か》、ほんのりとする俤《おもかげ》。……勤《つと》めする身の、夏は日向《ひなた》、冬は日陰《ひかげ》へ路《みち》を譲《ゆず》って、真中《まんなか》を歩行《ある》かぬことと、不断《ふだん》心得た女である。

「最《も》う、あれだわ。誰か竹棹《たけざお》でお前さんの髷《まげ》を打《ぶ》とうとした時は、何《ど》うしようかと思ってねえ。くずしたお宝《たから》が些《ちっ》と有るから、駆出して、あの中へ撒《ま》こうか知ら、と既《すんで》の事……」

為《ため》に銀貨入《ぎんかいれ》を手にしたので。

「口で留めたって、宥《なだ》めたって、云《い》うことを利《き》くんじゃなし、喧嘩するにも先方《さき》は小児《こども》だし、と云う中《うち》にも、私は意気地《いくじ》が無くって、そんな気には成れないし、お宝《たから》を撒《ま》くに限る。あんな児《こ》に限って、そりゃきっと夢中に成って、お前さんの事なんざ落《おっこ》として、お宝を拾うから、とそのお前さん謀《はかりごと》、計略?」

と打微笑《うちほほえ》み、

「そりゃ、お千世さん、可《い》いけれど、私にゃ手が出せなかった。意気地が無くって自分ながら口惜《くやし》いのよ。……悪い事をするんじゃなし、誰に遠慮が、と思っても、何だかねえ、派手《はで》過《す》ぎたようで差出《さしで》たようで、ぱっとして、ただ恥しくって、何《ど》うにも駆出せなかったの。

まあ、極《きま》りの悪い。……銀貨入を握った手が、しっとり汗に成りました。」

とその塩瀬《しおぜ》より白い指に、汗にはあらず、紅宝玉《ルビイ》の指環《ゆびわ》。点滴《したた》る如《ごと》き情《なさけ》の光を、薄《うす》紫《むらさき》の裏に包んだ、内気な人の可懐《なつか》しさ。

七

清葉は、きれの長い清《すず》しい目で、その銀貨入の紫を覗《のぞ》いて見つつ、

「お前《まえ》さんの姉《ねえ》さんに聞かせたら、嘸《さ》ぞ気が利かないってお笑いだろう。」

「否《いいえ》、姉さん。」

傍目《わきめ》も触らず、清葉を凝視《みつ》めて聞いたお千世が、呼吸《いき》が支《つか》えたようにこう云った。

「でもね、姿婆気《しゃばっけ》だの、洒落《しゃれ》だの、見得《みえ》だの、なんにも那様態《そんなわざ》とで無しに、為《し》ようと思って、直《す》ぐ那《あ》の中へ、頭からお宝を撒ける人は、まあ、沢山《たんと》ほかには無い。――お孝《こう》さんばかりなんだよ。」

稲葉家の主《あるじ》、お千世の姉さん、暮《くれ》から煩《わずら》って引いている。が、錦絵《にしきえ》のお孝とて、人の知った、素足《すあし》を伊達《だて》な婦《おんな》である。

「折角《せっかく》お前さん、可《い》い姉さんを持って幸福《しあわせ》だったのに、」

と清葉は、もの寂しそうに、

「困るわねえ、病気をして。」

「ええ。」

お千世は引入《ひきい》れられたように返事して、二人《ふたり》の目の熱《じっ》と合う時、自働電話に備付《そなえつけ》の番号帳がパタリと鳴る。……前《さき》に繰《く》って見たものが粗雑《ぞんざい》に置いたらしい、紐が摺《ず》って落ちた音。

一寸目《ちょっと》を遣《や》って見返しながら、

「そして、奈様《どんな》なの、矢張《やっぱ》りお孝さんは相不変《あいかわらず》?」

「ええ、困るのよ。二日《ふつか》に一度、三日《みっか》に一度ぐらい、一寸《ちょっと》気がつくんですけれど、直《すぐ》に夢のように成って了《しま》いますわ。」

「そうだってねえ。」

「時々、嬰児《あかんぼ》のようなことなんか。今しがたも、ぶっきり飴《あめ》と鳥が欲しいって、そう云《い》って、……」

と莞爾《にっこり》するのが、涙ぐむより果敢《はかな》く見られる。

「ああ、それで飴を買いに。」

と云いかけて、清葉は何か思出《おもいだ》した面色《おももち》して、

「お千世さん、今の、あの、味方をして下すった坊さんね、……」

「ええ。」

「お前《まえ》さん誰かに肖《に》て居《い》たとは思わなくって、」

「肖て居て。誰に、ええ?……姉さん。」

「一寸あの……それだと、お前さんも、お孝さんも、私も知って居る方なんだがね。」

「そうでしょう、ですから、私も屹度《きっと》そうでしょうと思いましたわ。」

「まあ、矢張り、そうかねえ。気の迷いじゃなかったかねえ。」

と清葉は半ば独言《ひとりごと》に云うと、色傘《いろがさ》を上《うえ》へ取って身繕《みづくろ》いをする状《さま》して、も一度あとを見送りそうな気構《きがま》えに、さらさらと二返《ふたかえし》、褄《つま》を返して、火の番の羽目《はめ》を出たが、入交《いれかわ》って、前へ通そうとするお千世と、向《むき》を変えてまた立留《たちど》まった。時も過ぎたり、如何《いか》にしても、今はその影も見えないことを心付いたらしいのである。

「では、あの、姉さんはお顔を見たことがあるんですか。」

「私は、ここで遠いもの。顔なんて何《ど》うして？……お前さんは見たんじゃない？　尤《もっと》も笠を被《かぶ》って居なすったけれどもさ。」

お千世は頻《しきり》に瞬《またたき》した。

「あら、姉さん、肖《に》て居たって、西河岸《にしがし》のお地蔵様じゃないんですか。私は直接《じか》に見たことはありませんけれど、……でしょうと思いましたから。で、なくって、誰に肖て居ましたの、姉さん。」

「まあ、お千世さん、肖たってのはその事なの。……じゃ、矢張《やっぱ》り、気の迷《まよい》だったんだよ。」とうっかりしたように色傘を攴《つ》く。

「否《いいえ》、気の迷いじゃありません。私は真個《まったく》。」

「そうね、……折《おり》があったら、お千世さん、一所《いっしょ》におまいりをしようねえ。」

手《て》に手《て》

八

「成程《なるほど》、蜜豆屋《みつまめや》じゃ無かったわね。」

飴屋が名代《なだい》の涎掛《よだれかけ》を新しく見ながら、清葉は若い妓《こ》と一所《いっしょ》に、お染久松《そめひさまつ》が一寸戸迷《ちょっととまど》いをしたと云う姿《い》で、火の番の羽目《はめ》を出て、も一度仲通《なかどおり》へ。何方《どっち》の家へも帰らないで、——西河岸《にしがし》の方へ連立《つれだ》ったのである。

雖然《けれども》、いずれそのうち、と云った、地蔵様へ参詣をしたのではない。其処《そこ》に、小紅屋《こべにや》と云う苺《いちご》が甘《うま》そうな水菓子屋がある。二人《ふたり》は並んでその店頭《みせさき》。帳場に横向きに成って、拇指《おやゆび》の腹で、ぱらぱらと帳面を繰《く》って居《い》た、肥った、が効性《かいしょう》らしい、円髷《まるまげ》の女房が、莞爾目迎《にっこりむか》えたは馴染《なじみ》らしい。

「入らっしゃいまし、……唯今《ただいま》お坊ちゃんがお見えに成りましたよ。」

「おや、そうですか、小婢《ちび》がついて。」

と小さな袱紗《ふくさ》づつみを一寸口へ、清葉は温容《しとやか》なものである。

「否《いいえ》、乳母《ばあや》さんに負《おん》ぶをなすって、林檎《りんご》を両個《ふたつ》、両手へ。」

と女房は正面へ居直って、膝にちゃんと手を支《つ》いて、故《わざ》と目を円《まる》くしながら、円々《まるまる》ちい括頤《くくりあご》で、頷《うなず》くように襟《えり》を圧《おさ》えて、

「懐中《ふところ》へ一つ、へい。」

と惚《とぼ》けた顔。この大業《おおぎょう》なのが可笑《おかし》いとて、店に突立《つッた》った出額《おでこ》の小僧は、お千世の方を向いて、くすりと遣《や》る。

女房は念入りに尚《も》一《ひと》つ頷き、

「お土産《みや》の先廻《さきまわ》り。……莞爾々々《にこにこ》お帰りでございました。ですから最《も》う今日《こんにち》は、お持ちに成るに及びません。真個《ほんと》にお坊ちゃんは、水菓子がお好きで入《い》らっしゃいます事！お宅様《たくさま》の直《じ》き御近所《ごきんじょ》に、立派な店がございますのに、難有《ありがた》い事に手前どもが御贔屓《ごひいき》で。……小《ちい》さいお娘様《あねえさま》もその御縁で、学校のお帰りなんぞに、（小母《おば》さんお水《ひや》を一杯。）なんて、お寄りなすって下さいますし、土地第一の貴女方《あなたがた》に御心安《おこころやす》く願いますので、房州出《ぼうしゅうで》のこんな田舎ものも、実《まこと》にねえ、町内《ちょうない》で幅《はば》が利《き》きますんでございますよ。はい。」

「飛んでもない、女房《おかみ》さん、何ですか、小娘《こども》までが、そんなに心安《こころやす》だてを申しますか、御迷惑でございますこと。」

「勿体《もったい》ない、お蔭《かげ》さまで人気《にんき》が立って大景気《だいけいき》でございますよ。」

「お世辞が可《い》いのねえ、お千世さん。」

「はあ、真個《ほんとう》に評判よ。」

「否《いいえ》、滅相《めっそう》な、お世辞ではございませんが、貴女方《あなたがた》に誉められます処《ところ》を、亡くなった亭主《やど》に聞かして遣《や》りとうございます。そういたしましたら、生きてるうち邪慳《じゃけん》にしましたのを嘸《さ》ぞ後悔《こうかい》することでございましょう。しかしまた未練が出て、化《ば》けてでも出ると大変でございますね。」

お千世が襦袢《じゅばん》の袖口《そでくち》で口を圧《おさ》えて、一昨年《おととし》の冬なく成ったその亭主の、聊《いささ》か訛《なまり》のある仮声《こわいろ》を使う。

「松蔵《まつぞう》どんやあ。」

「わい。」

と叫んで、飛上《とびあが》ると、蜜柑《みかん》の空箱《からばこ》を見事に一個《ひとつ》、ぐわた、ぐわたんと引転覆《ひっくりかえ》して、松《まつ》小僧《こぞう》は帳場口《ちょうばぐち》へどんと退《さが》って、

「女房《おかみ》さん！」

「ああ、驚いた。何《なん》だい。」

不意打《ふいうち》に吃驚《びっくり》して、女房《かみさん》もぬッと立って、

「何だねえ、お前、大袈裟《おおげさ》な。」と立身《たちみ》に頭《あたま》から叱られて、山姥《やまうば》に逢ったように、くしゃくしゃと窘《すく》んで、松小僧は土間《どま》へ蹲《しゃが》む。

「見たか、弱虫。」

お千世は白い肱《ひじ》をちらりと見せ、細い二の腕を軽く叩いて、

「可《い》い気味《きみ》さ。」

「何だね、お前さん。」と、余所《よそ》の抱妓《かかえ》でも、其処《そこ》は姐《ねえ》さん、他人に気兼《きがね》で、たしなめる。

「だって、いつも人魂《ひとだま》の土蔵の処《とこ》じゃ、暗《くら》がりで私を威《おど》すんですもの。」

九

「まあ、貴女方《あなたがた》、何《ど》うぞ、まあ。」

女房《かみさん》は立った序《ついで》に、小僧にも吩咐《いいつ》けないで、自分で蒲団《ふとん》を持出《もちだ》して店端《みせばな》の縁台に——夏は氷を売る早手廻《はやでまわ》しの緋毛氈《ひもうせん》——余り新しくは無いのであるが、向う側が三間《げん》ばかり、忍返《しのびがえ》しの附いた黒板塀《くろいたべい》なのと、果物《くだもの》の艶《つや》を被《かぶ》せたので、埃《ほこり》も見えず綺麗である。

「否《いいえ》、すぐにお暇《いとま》を。——お千世さん、何が可《よ》かろうねえ。」

「済《す》みません、姉さん。」

とお千世は瞬《またた》きで礼を言う。

清葉は乃《いま》し方《がた》、火の番小屋から、直《す》ぐに分れて帰ろうとして、その銀貨入《ぎんかいれ》を、それご

とお千世の帯の間《あいだ》へ挟《はさ》みつつ云《い》うのに——

「あの、極《きま》りが悪いんですがね、お前さんのために使おうと思ったのを、使わないで済んだんです。お金子《かね》だと思わないで、お千世さん。」

「まあ、何故《なぜ》?」

「小児《こども》に苛《いじ》められたお見舞に。」

お千世は、生際《はえぎわ》の濃い上へ、俳優《やくしゃ》があいびきを掛けたように(13)、その紫の裏を頂《いただ》いたが、手へ返して、清葉のその手に、縋《すが》るが如く顔を仰《あお》いで、

「姉さん、このお宝《たから》で、私をお座敷へ呼んで下さいな。……ちっとも私、この節《せつ》かかって来ないんですもの。」

土地の故参《こさん》で年上でも、花菖蒲《はなあやめ》、燕子花《かきつばた》、同じ流れの色である。……生意気盛りが、我慢も意地も無いまでに、身を投げ掛けたは、よくせき、と清葉はしみじみ可哀《あわれ》に思った。

「菊家《きくや》へ行《ゆ》こうよ、私がお客で。大《たい》したお大尽《だいじん》だわね、お小遣《こづかい》を持扱《もちあつか》って。」

と故《わざ》と銀貨入《ぎんかいれ》を帯に納めて、

「途中で我ままな馴染《なじみ》に逢って、無理に連れられたとそうお云いな。目と鼻の前《さき》だって、一旦家《うち》へ帰ってからだと、河岸《かし》の鮨《すし》は立食《たちぐい》しても、座敷にはきちょうめんな、極り

の堅いお孝さん。お化粧だの、着換《きがえ》だので、ついそのままではお出しであるまい。……私も五時からお約束が一つある。早いが可《い》いわね。一寸《ちょっと》この自動《じどう》電話で、内《うち》へ電話をお掛けなさい。一所《いっしょ》に行って御飯を食べよう。」

「姉さん。」

と、いそいそ為《し》ながら、果敢《はか》なそうに、

「最《も》うね、内に電話は無いんですよ。」

清葉は思いがけず疑いの目を睜《みは》って、

「何《ど》うして、ねえ。」

「お孝姉さんは如彼《あんな》でしょう。私は滅多《めった》に御座敷はありませんし、あの……」

とお千世は言淀《いいよど》んだが、

「鑑札《かんさつ》のお代《だい》だって余計なものだのに、電話なんか無駄だからって、それで、譲って了《しま》ったんでしょう。一昨日《おととい》から、内にはボンボン時計も無いんでしょう。ですから、チンリンと云う音もしないで、寂寞《ひっそり》ぽかんとして居《い》るんですわ。

方々《ほうぼう》、お茶屋さんだの、待合《まちあい》さんへ、そう云っておいでって云うんでしょう。――私がずッと廻りましたの。

姉さん。――はじめてお弘《ひろ》めに連れられました時よりか、私極《きま》りが悪かったんです。

……だって、ただ、(ああそうですか御苦労様。)ってお言いなさる許《とこ》は可《い》いんですけれども、中にはねえ、(何《ど》うして。)って。……否《いいえ》、冷評《ひやか》すんじゃありません、深切《しんせつ》で聞いて下さるお家《うち》では、(私がちっとも出ませんから。)そう言わなけりゃ成りませんもの。為《しょ》う事《こと》なしに、笑って云《い》うにゃ云いましたが、死ぬほど辛《つろ》うござんしたわ。」

と指を環《わ》にしつ、引靡《ひきなび》けつ。

十

寐起《ねおき》の顔にも、鬢《びん》の乱れは人に見せない身嗜《みだしなみ》。他人の縺《もつ》れ毛《げ》も気に成るか、一つ座敷の年下など、小蔭《こかげ》で撫着《なでつ》けて遣《や》る外《ほか》には、客は固《もと》より、身体《からだ》に手なんぞ、触《さわ》った事の無い清葉が、この時は、確乎《しかと》頸筋《くびすじ》でも抱きたそうに、お千世の肩に手を掛けた。

「まあ、お孝さんが廻れと云って?」

「否《いいえ》。」

と驚いたように頭《かぶり》を振って。

「私の姉《ねえ》さんが、そんな事!……病気から以来《こっち》、内《うち》の世話をして居《い》る叔母《おば》さんのいいつけなんですよ。」

稲葉家のお孝が、そうした容体《ようだい》に成ってから、叔母とは云うが血筋《ちすじ》ではない。父親は台湾とやら所在分らず、一人《ひとり》有ったが、それも亡《な》くなった叔父《おじ》の女房で、蒟蒻島《こんにゃくじま》で油揚《あぶらあげ》の手曳《てびき》をして居た。(14) 余り評判のよくない阿婆《おばあ》が、台所《だいどこ》から跨込《またぎこ》んで、帳面を控えて切盛《きりもり》する。其奴《そいつ》の間夫《まぶ》だか、田楽《でんがく》だか、頤髯《あごひげ》の凄《すさ》まじい赤《あか》ら顔《がお》の五十男が、時々長火鉢《ながひばち》の前に大胡坐《おおあぐら》で、右の叔母さんと対向《さしむかい》に成ると、茶棚傍《ちゃだなわき》の柱の下に、櫛巻《くしまき》の姉さんが、棒縞《ぼうじま》のおさすり着《ぎ》もの、黒繻子《くろじゅす》の腹合《はらあわ》せで、襟《えり》へ突込《つっこ》んだ懐手《ふところで》、婀娜《あだ》に悄乎《しょんぼり》と坐って居るのが毎度《まいど》と聞く。可哀《かわい》そうに、お千世は御飯炊《ごはんたき》から拭掃除《ふきそうじ》、阿婆が寝酒《ねざけ》の酌《しゃく》までして、ちびりちびりと苛《いじ》められる上、収入《みいり》と云っては自分一人の足りない勝《がち》で、すぐにお孝の病気の手当《てあて》に差響《さしひび》くのに気を揉んで、言い憎《にく》かろう。我《わ》が口から、

「若干金《いくら》でも。」と待合《まちあい》の女中に囁《ささや》く。

不思議な事は、禍《わざわい》だか、幸《さいわい》だか、お孝の妹分と聞いただけで、その向きの客人は一目《いちもく》を置き、三舎《さんしゃ》を避《さ》けて、ただでも稲葉家では後日《あとあと》が、と敬遠すること、死せる孔明《こうめい》活ける仲達《ちゅうたつ》を走らす如《ごと》し。従《したが》ってちっとも出ない。その為《ため》に、阿婆の寝酒はなおあくどい。あわれがって、最惜《いとし》がって、住替《すみかえ》を勧めても、

「私が出ますと姉さんが。」

とお孝を案じて辛抱する。その可愛《かわい》さも知れている。それだのに、お千世に口の掛か

らない時は、宵《よい》から、これは何だ、と阿婆《おばあ》が茶の缶の鉱力《ブリキ》を、指で弾《はじ》いて見せると云《い》うまで、清葉は聞伝《ききつた》えて居《い》るのであった。

電話さえ無い始末、内証《ないしょう》も偲《しの》ばれる。……あの酒のみが、打切飴《ぶっきりあめ》。それも欲《ほし》い時は火のつくばかり小児《こども》に成って強請《ねだ》るのに、買って帰れば既《も》う忘れて、袋を見ようともしないとか。病気が病気の事であるから、誰の顔の見さかえも有るまいが、それにしても大《だい》分《ぶん》の無沙汰《ぶさた》をした。……お千世のためには、内《うち》の様子も見て置きたい、と菊家へ連れようとした気を替えて、清葉はお孝を見舞いに行くのに、鮨《すし》と云うのも狂乱の美人、附属《つき》ものの笹の気《き》が悪い。野暮《やぼ》な見立ても、萎《しお》る人の、美しい露にもなれかしと、ここに水菓子を選んだのである。

小紅屋《こべにや》の女房揉手《もみで》をして、

「稲葉家さんへ。えええ、直《すぐ》に、お後《あと》から持たせまして。」

小僧合点《がってん》して、忽《たちま》ち出額《おでこ》に蛸鬮巻《たこはちまき》。(15)引摺《ひきず》るほどにその奴《やっこ》が着た、半纏《はんてん》の印《しるし》に、稲穂の円《まる》の着いたのも、それか有らぬか、お孝が以前の、派手《はで》を語って果敢《はか》なく見えた。

二人は引返《ひきかえ》して、また、あの火の番の前へ出たが、約束事ででも有る如《ごと》く、揃《そろ》って立《たち》停《ど》まらなければならなかったのは、一町《ちょう》たらず河岸《かしょ》寄りの向《むこ》う側、稲葉家の其処《そこ》が露地《ろじ》の中から、蜥蜴《とかげ》のように、のろりと出て、ぬっと怪《あや》しげな影を地に這《は》わした、服装《みなり》はしょびたれ、薄汚れて、広袖《どてら》かと思う、袖口《そでぐち》も綻《ほころ》びて下《さが》ったが、巌乗《がんじょう》づくりの、ずんと脊《せ》の高い、目深《まぶか》に頬被《ほおかぶ》りした、草鞋穿《わらじばき》で、裾《すそ》を端折《はしお》らぬ、風体《ふうてい》の変な男があって、懐手《ふところで》で俯向《うつむ》いて、此方《こなた》へのさのさと来掛《きかか》った、と見ると、ふと頬被《ほおかむ》りの裡《うち》の目ばかり、……其《そ》処《こ》に立留《たちど》まった清葉たちを見るや否や、ばねで弾《はじ》かれたかと思う、くるりと背後向《うしろむき》。方角をかえて河岸通《かしどおり》へ、しかものそのそと着流しのぐなりとした、角帯《かくおび》のずれた結目《むすびめ》をしゃくって行く。

出て来た処《ところ》が稲葉家の露地であるだけ、お孝に憑《つ》いたあや、かしと思う可厭《いや》な影の、角《かど》の電信柱で、フッと消えるまで、二人は、ものをも言わず見送って居たのである。

露地《ろじ》の細路《ほそみち》

十一

昔と語り出ずるほどでも無い、殺された妾《めかけ》の怨恨《うらみ》で、血の流れた床下《ゆかした》の土から青々とした竹が生《は》える。筍《たかむな》の（力に非《あら》ず。）凄《すご》さを何にたとうべき。五位鷺《ごいさぎ》飛んで星移り、(16)当時は何某《なにがし》の家の土蔵に成ったが、切っても払っても妄執《もうしゅう》は消失《きえう》せず、金網戸《かなあみど》からまざまざと青竹が見透《みす》かさるる。近所で（お竹蔵《たけぐら》(17)。）と呼んで恐《おそれ》をなす白壁《しらかべ》が、町の表《おもて》。小児《こども》も憚《はばか》るか楽書《らくがき》の痕《あと》も無く、朦朧《もうろう》として暗夜《やみ》にも白い。

時々人魂《ひとだま》が顕《あらわ》れる。不思議や鬼火は、大きさも雀《すずめ》の形に紫陽花《あじさい》の色を染めて、ほとほとと軒《のき》を伝う雨の雫《しずく》の音を立てつつ、棟瓦《むながわら》を伝うと云《い》うので。

小紅屋《こべにや》の奴《やっこ》、平《たいら》の茶目《ちゃめ》が、わッ、と威《おど》して飛出《とびだ》す、とお千世が云ったはその溝端《みぞばた》。

——稲葉家は真向《まむこ》うの細い露地。片側立《かたがわだて》四軒目で、一番の奥である。片側は角《かど》から取廻《とりまわ》した三階建《さんがいだて》の大構《おおがまえ》な待合《まちあい》の羽目《はめ》で、その切れ目の稲葉家の格子向《こうしむこ》うに、小さな稲荷《いなり》の堂がある。傍《わき》に、総井戸を埋めたと云う、扇《おうぎ》の芝ほど草の生えた空地《くうち》があって、見切《みきり》は隣町の奥の庭。黒板塀の忍返《しのびがえ》しで突当《つきあた》る。

其処《そこ》に紅梅《こうばい》の風情《ふぜい》は無いが、姿見《すがたみ》に映《うつ》る、江《え》一格子《いちごうし》の柳が一本《ひともと》。湯上りの横櫛《よこぐし》は薄暗い露地を月夜にして、お孝の名は何時《いつ》も御神燈《ごじんとう》に、緑点滴《みどりしたた》るばかりであった。雖然《けれども》、此《こ》処の露地口《ろじぐち》と、分けて稲葉家のその住居《すまい》とに、少なからず、ものの陰気な風説《うわさ》がある。

以前、仲之町《なかのちょう》(18)の声奴《うれっこ》で、お若《わか》と云った媚《なまめ》かしい中年増《ちゅうどしま》が、新川《しんかわ》の酒問屋《さかどんや》に旦那《だんな》が出来たため色を売るのは酷《きつ》い法度《はっと》の、その頃の廓《くるわ》には居《い》られない義理に成って場所を替えた檜物町《ひものちょう》。

廓《さと》に馴れた吾妻下駄《あずまげた》、かろころ左褄《ひだりづま》を取ったのを、そのままぞろりと青畳《あおだたみ》に敷いて、起居《たちい》に蹴出《けだ》しの水色縮緬《みずいろちりめん》。伊達巻《だてまき》で素足《すあし》と云う芸者家《げいしゃや》の女房《おんなあるじ》。むかし古石場《ふるいしば》の寄子《よりこ》ほど、芸者の数《かず》を二階に抱えて、日本橋に芽生えの春。若菜家《わかなや》の盛《さかり》を見せた。夏の素膚《すはだ》の不断《ふだん》の絽明石《ろあかし》、真白《まっしろ》に透《す》く膚《はだ》とともに、汗もかかない帯の間《あいだ》に、いつも千円束《せんりょうたば》が透いて見える、と出入りの按摩《あんま》が目を剝《む》いたのが、その新川の帳尻《ちょうじり》に、柳の葉の散込《ちりこ》むのが秋風の立つはじめ。金気《きんき》蕭条《しょうじょう》として忽《たちま》ち至る殺風景。やけでお若は浮気をする。紐がつく、蔦《つた》が搦《から》む、蜘蛛《くも》の巣が軒にかかる、旦那は暴《あば》れる、お若は遁《に》げる。追掛廻《おっかけまわ》して殺すと云う。

手切話《てぎればな》しに、家《うち》を分けて、間夫《まぶ》をたててひく三度《ど》の勤めに、消え際《ぎわ》がまた栄えた、おなじ屋号《やごう》の御神燈を掛けたのが、即ちこの露地で、稲葉屋の前《ぜん》がそれである。

お若と云うのは、一輪の冬牡丹《ふゆぼたん》を凩《こがらし》に咲かす間《ま》もなく、その家で煩《わずら》いついて、所謂労《いわゆるろう》症《しょう》の、果《はて》はどっと寝て、枕も上らないように成ると、件《くだん》の間夫の妹と称する、(19)奚《いずくん》ぞ知らん品川の女郎上り。女で食う色男《いろおとこ》を一度食わせたことのある、台《だい》の鮨《すし》のくされ縁が、手《て》扶《だす》けの介抱《かいほう》と称《とな》えて入《い》り込んで、箪笥《たんす》の抽斗《ひきだし》を明けたり出したり、引解《ひきほど》いたり、鋏《はさみ》を入れたり。勝手に台所を掻廻《かきまわ》した挙句《あげく》が、やれ、刺身が無いわ、飯《めし》が食われぬ、醤油《しょうゆ》が切れたわ、味噌《みそ》が無いわで、皿小鉢《さらこばち》を病人へ投打《なげう》ち三昧《ざんまい》、擂鉢《すりばち》の当《あた》り放題《ほうだい》。

十二

お若の身は火消壺《ひけしつぼ》、蛍《ほたる》ばかりに消え残った、可哀《あわれ》に美しく凄《すご》い瞳《ひとみ》に、自分のを直して着せた瀧縞《たきじま》お召《めし》の寝々衣《ねんねこ》を着た男と、……不断《ふだん》じめのまだ残る、袱紗帯《ふくさおび》を、あろう事か、〆《し》めるはまだしも、しゃら解《ど》けさして、四十歳宿場《しじゅうしゅくば》の遊女《おいらん》どの、紅入友染《べにいりゆうぜん》の長襦袢《ながじゅばん》。矢張《やっぱ》り、勝手に拝借ものを、垂々《だらり》と見せた立膝《たてひざ》で、長火鉢《ながひばち》の前にさしむかいに成った形《かたち》を、世に有るものとも思わなかった、地獄の絵かと視《なが》めながら、涙の暗闇《やみ》のみだれ髪、はらはらとかかる白い手の、摑《つか》んだ拳《こぶし》に俯伏《うつぶ》せに、魂《たましい》は枕を離れたのである。

が、姿は雨に、月の朧《おぼろ》に、水髪《みずがみ》の横櫛《よこぐし》、頸白《うなじしろ》く、水色の蹴出《けだ》し、蓮葉《はすは》に捌《さば》く裾《すそ》に揺れて、蒼白《あおじろ》く燃える中に、何時《いつ》も素足《すあし》の吾妻下駄《あずまげた》。うしろ向《むき》に成って露地口《ろじぐち》を、カラカラと踏んで、五《いつ》つばかり聞えてフッと消える。

も一度《ど》からからと響《ひび》くと思うと、若菜家の格子《こうし》のカタンと開《あ》く音《おと》。極《きま》って、同じ姿が、うしろ向きに露地口へ立って、すいと入《い》ると途中で消えて、あとは下駄の音ばかりして格子が鳴る。

勿論《もちろん》、開いたでもなければ、誰も居《い》ない。……これを見たもの、聞いたもの。

やがて風説《うわさ》も遠退《とおの》いて、若菜家は格子先のその空地《あきち》に生《は》える小草《おぐさ》に名をのみ留めたが、二階づくりの意気《いき》に出来て、ただの住居《すまい》には割に手広い。……ここで、一度待合《まちあい》に成った処《ところ》、開店《みせびらき》の晩に、酔って裏二階から庇合《ひあわい》へ落ちて、黒塀の忍返《しのびがえ》しにぶら下って、半死半生に大怪我をした客があって、すぐに寂《さび》れて、間もなく行方《ゆくえ》知《し》れずそれは引越す。一度、勤人《つとめにん》の堅気《かたぎ》が借りて、これは無事。ただし商館通いであったが、旅順とやらの支店の方へ勤《つとめ》がえに成って、貸家札《かしやふだ》。

時に二割方《わりがた》家賃をあげた。近所では驚いた。差配《さはい》の肚《はら》は大きかった。すぐに引越し蕎麦《そば》を大蒸籠《おおせいろ》で配《くば》ったのが、微酔《ほろよい》のお孝であった。……抱妓《かかえ》が五人と分《わけ》が二人《ふたり》、雛妓《おしゃく》が二人、それと台所と婢《ちび》の同勢、蜀山兀《しょくざんこつ》として阿房宮《あぼうきゅう》(20)、富士の霞《かすみ》に日の出の勢《いきおい》、紅白粉《べにおしろい》が小溝《こみぞ》に溢《あふ》れて、羽目《はめ》から友染がはみ出すばかり、芳町《よしちょう》の前《ぜん》の住居が、手狭《ぜま》と成って、ここに鏡台の月を移して、花の島田を纏《まと》めたものが。

三年にして現時《げんじ》の始末。

尤《もっと》も中頃《なかごろ》、火取虫《ひとりむし》が赤いほど御神燈《ごじんとう》に羽《は》たたきして、頻《しきり》に蛞蝓《なめくじ》が敷居を這《は》う、と云う頃から、傍《はた》では少なからず気にしたものの、年月《としつき》過ぎたことでもあり、世《せ》間一体《けんいったい》不景気なり、稲葉家などは揚《あが》りのいい方、取り立てて言出《いいだ》して、気にさせても詮《せん》ない事と、土地で故顔《ふるがお》のお茶屋の女中、仕上《しあ》げて隠居分《いんきょぶん》の箱屋《はこや》(21)なども、打出《うちだ》しては言わなかった。

却《かえ》って河岸《かし》の客などに、場所も所説《いわれ》も能《よ》く知って、――中には見たのが有ると云う

――酒の座敷で威《おど》かし半分、

「帰りに摺違《すれちが》うよ、露地口《ろじぐち》で。」

とまで打撒《ぶちま》けるものは有っても、勝気気嵩《かちききがさ》の左褄《ひだりづま》、投遣《なげや》りの酒機嫌《さけきげん》。

「評判な人ね、あやかりたいよ。」

で、粋《すい》な音〆《ねじめ》と聞えた美声。

露地の細路《ほそみち》……駒下駄《こまげた》で……(22)

と得意の一節寂寞《ひとふししん》とする。――酔えば蒼《あお》く成る雪の面《おもて》に、月がさすように電燈の影が沈むや。

「肖然《そっくり》。」

と、知った同士が囁《ささや》き合って、威した客の方が悚然《ぞっ》とする。……

露地の細路、……駒下駄で……

「お孝、それだけは堪忍《かんにん》しな。」

つむじ曲《まが》りが、娑婆気《しゃばっけ》な、故《わざ》と好事《ものずき》な吾妻下駄《あずまげた》、霜《しも》に寒月《かんげつ》の冴《さ》ゆる夜《よ》の更けて帰る千鳥足《ちどりあし》には、殊更《ことさら》に音《おと》を立てて、カラカラと板を踏む。

顔の見える時はまだしもである。

朽《く》ちた露地板は気前《きまえ》を見せて、お孝が懐中《ふところ》で敷直《しきなお》しても、飯盛《めしもり》さえ陣屋《じんや》ぐらいは傾《かたむ》けると云《い》うのに、芸者だものを、と口惜《くやし》がっても、狭い露地は広く成らぬ。

車は通らず、雨傘《あまがさ》も威勢よくポンと轆轤《ろくろ》を開《ひら》いたのでは、羽目《はめ》へ当って幅《はば》ったいので、湯《ゆ》の帰りにも半開《はんびらき》、春雨捌《はるさめさば》きの玉川鬠《たまがわざし》。

美人《たおやめ》のこの姿は、浅草海苔《あさくさのり》と、洗髪《あらいがみ》と、お俠《きゃん》(23)と、婀娜《あだ》と、(飛んだり刎《は》ねたり。)も一寸交《ちょっとまじ》って、江戸の名物の一つであるが、この露地ばかり蛇目傘《じゃのめ》の下の柳腰《やなぎごし》は、と行逢《ゆきあ》うものは身の毛を悚立《よだ》てて、鶯《うぐいす》の声の媚《なま》めいて濡れたのさえ、昼間も時鳥《ほととぎす》の啼《な》く音《ね》を怪《あや》しむ。

柳《やなぎ》に銀《ぎん》の舞扇《まいおうぎ》

十三

鐘さえ霞《かす》む日は闌《たけなわ》に、眉を掠《かす》める雲は無いが、薄《うっす》りとある陽炎《かげろう》が、ちらりと幻《まぼろし》を淡く染めると、露地を入りかけた清葉は、風説《うわさ》の吾妻下駄《あずまげた》と、擦違《すれちが》うように悚然《ぞっ》とした。

清葉は実際、途中でも、座敷でも、廊下でも、茶屋の二階の上《あが》り下《お》り、箱部屋などでも、丁《ちょう》ど、袖袂《そでたもと》の往通《ゆきかよ》いに、生きて居《い》た頃の幽霊と、擦違って知ったのであるから。——

此処《ここ》まで引添《ひきそ》ったお千世は、家《うち》の首尾を見る為《ため》か、あるじもうけの心附《こころづ》けか、ものも言わないで、一足前《ひとあしさき》へ、袖を振って駆出した。格子《こうし》の音《おと》はカラカラと高く奥から響いたけれども、幸《さいわい》に吾妻下駄《あずまげた》の音では無くて、色気も忘れて踏鳴《ふみな》らす台所穿《だいどころばき》の大《おおき》な跫音《あしおと》。それさえ頼母《たのも》しい気がするまで、溝板《どぶいた》を辿《たど》れば斧《おの》の柄《え》の朽《く》ちるばかり、漫《そぞろ》に露地《ろじ》が寂しいのである。

並んで四軒、稲葉家の隣家《となり》は目下《いま》空屋《あきや》で、あとの二軒も、珍しく芸者家《げいしゃや》では無い。片側の待合《まちあい》のその羽目《はめ》に、薄墨《うすずみ》でぼかしたように、ふらふらと、一所《いっしょ》に歩行《ある》いて附いて来る影法師《かげぼうし》。

清葉は例の包《つつ》ましやかに、色傘《いろがさ》を翳《かざ》して居《い》た。その影と分れたが、フト気に成るので、其処《そこ》で窄《つぼ》めて、逆上《のぼせ》るばかりの日射《ひざし》を除《よ》けつつ、袖屏風《そでびょうぶ》する如《ごと》く、怪《あやし》いと見た羽目の方へ、袱紗《ふくさ》づつみを頰《ほほ》にかざして、徐《しずか》に通る褄《つま》はずれ、末濃《すそご》に藤の咲くかと見えつつ。

さて音訪《おとず》る格子戸は、向うへ間《ま》を措《お》いて、其処へ行く手前《てまえ》が、下に出窓、二階が開《あ》いて、縁が見える。

「お孝さん。」

と無遠慮に心易《こころやす》く、それなり声を掛けるのには――二人の間《あいだ》は疎遠でないが――いずれも名取《なと》りの橋の袂《たもと》、双方対《つい》の看板主《かんばんぬし》、芸者同士の礼儀があるので。

一歩《ひとあし》とまって、二階か、それとも出窓の内《うち》か、と熟《じっ》と視《なが》めて、こう、仰いだ清葉の目に、色糸《いろいと》を颯《さっ》と投げたか、とはらりと映って、稲妻《いなずま》の如く瞳を射つつ沈んで輝く光があった。

驚いた鬢《びん》のほつれに、うしろの羽目板《はめいた》で、ちらちらと一つ影が添って、重《かさな》った蒼《あお》い影。優しいながら、口を緊《し》めて——透《とお》った鼻筋《はなすじ》は気質に似ないと人の云《い》う——若衆質《わかしゅだち》の細《ほそ》面《おもて》の眉を払って、仰向《あおむ》いて見上げた二階の、天井裏へ、翩然《ひらり》と飛ぶのは、一面《いちめん》、銀の舞《まい》扇《おうぎ》である。

十四

晃乎《きらり》と光ると、扇《おうぎ》は沈んで影は消えた。

……が、また翻《ひるがえ》って颯と揚羽《あげは》。輝く胡蝶《こちょう》の翼《つばさ》一尺《しゃく》、閃《ひらめ》く風に柳を誘って、白い光も青《あお》澄《ず》むまで塵《ちり》を払った表二階《おもてにかい》。

露地も温室のような春の中に、其処《そこ》に一人《ひとり》月の如き美人や病《や》む。扇に描《か》いたは、何《なん》の花か、淡《うす》い絵具も冷たそうに、床《とこ》の柱に映るのが見える。落ちると、丁《トン》と幽《かすか》な音。あの力なさは足拍子《あしびょうし》で無い。……畳に辷《すべ》った要《かなめ》の響《ひびき》。日ざしの白い静かさは、深山桜《みやまざくら》が散るようである。

障子を左右に開け放して、見透かされたるその座敷に、欞子《れんじ》隠れの肩も見えず、欄干《てすり》にこぼるる裳《もすそ》も見えぬ。

お孝はまさしく寝て居《い》るのである。

寝ながら、舞扇《まいおうぎ》のお手玉《てだま》して、千鳥《ちどり》に投げて遊ぶのであった。

「ああ、多日逢《ながくあ》わない……」

清葉は、また可懐《なつか》しさが身に染《し》みた。……軒《のき》の柳の翠《みどり》も浅い、霞《かすみ》のような簾《すだれ》一枚、じき其処《そこ》に、と思うのが、気の狂った美人である。……寝ながら扇を……

また飛ぶ扇、閃《ひら》めく影、影に重《かさな》る塀の影。

何故《なぜ》か渾名《あだな》の(錦絵《にしきえ》。)に、魂《たましい》の通う不思議な友に、夢現《ゆめうつつ》に相見《あいみ》る気がして、清葉は軽く胸が轟《とどろ》く。

扨《さ》てこう云《い》うも咄嗟《とっさ》の事。

直《す》ぐに格子《こうし》を音ずれかけたが、歩みも運ばないで、立淀《たちよど》んだ。

清葉は途端に、内《うち》で、がみがみと喚《わめ》く声を聞いたから。

「遅いじゃないかね。」

と云う、嗄《しゃ》がれた中《うち》に痰《たん》の交じった、冷飯《ひやめし》に砂利《じゃり》を噛《か》む、心持《こころもち》の悪い声で、のっけに先《ま》ず一つくらわせた。

続いて、

「真昼間《まっぴるま》、……お尻を振廻《ふりまわ》して歩行《ある》いたって、誰も買手は有りはしないや。……鳶《とんび》、鳶《とんび》、」

と茶色な歯、尖《とが》った口も見えると思うと、

「鳶につつかれるくらいが落《おち》なんだよ。何処《どこ》、何、お茶、お茶、何処へお茶を買って来《き》、」

と一寸途絶《ちょっととだ》える。

お千世は飴《あめ》を買ったのに。

「何だ、飴だえ。私はまたお前《まえ》さんの身のものは、売買《うりかい》ともにお茶だと思った。……そう飴を、お茶うけに、煙草《たばこ》を吹いたぞ。へへむ、」

と笑い上げたは、

「矢張《やっぱ》りお茶に縁が有らあね、……世間じゃあお天道様《てんとうさま》と米《こめ》の飯《めし》は附いて廻ると云うけれど、お前さんにゃ、貰水《もらいみず》とお茶がついて廻るんだ。お茶の水は本郷の名所だっけ。日本橋にゃ要《い》らないもんだ。

ええ、姉《ねえ》さんのだ、嘘をお吐《つ》き。……否《いいえ》、姉さんがまた吩咐《いいつ》けたって、口ばかりさ、直《す》ぐに忘れて、きょとんとして居る事は知ってるじゃないか。そして、食べさしちゃ悪いんだ。狂女《きちがい》に食《たべ》ものッてね、むしゃむしゃ食散《くいち》らかされて堪《たま》るものかな。食べると水膨《むくむ》んだよ。……あの上水膨《うえむくま》れちゃ、御当人《ごとうにん》より傍《はた》のものが助からないよ。人が乾殺《ほしころ》しでもするように、陰《かげ》へ廻っちゃ出過《です》ぎたがる。姉さんもまた、人聞きの悪いほど、何《なん》だ彼《か》だって食べたがる。精々《せいぜい》何にも当飼《あてが》わないで、咽喉腹《のどはら》を乾《ほ》しとかないと、この上また何かの始末でもさせられるようじゃ何《ど》うすると思うんだ。」

清葉は睫毛《まつげ》に露を押えて、二階の陽炎《かげろう》の光るのを見た。——扇《おうぎ》は澄《す》まして舞うのである。

十五

清葉は格子《こうし》へ音訪《おとず》れ兼《か》ねた。

自分と露地口《ろじぐち》まで連立《つれだ》って、一息前《ひといきさき》へ駆戻《かけもど》ったお千世を捉えて、面前喚《まのあたりわめ》くのは、風説《うわさ》に聞いたと違いない、茶の缶を敲《たた》く叔母《おば》であろう。

悪戯児《いたずらっこ》の悪関係《こだわり》から、火の番の立話《たちばなし》、小紅屋《こべにや》へ寄ったまで、一寸《ちょっと》時間が取れて居《い》る。昼間近所へ振売《ふりうり》だ、と云《い》う。そんなお尻は鳶《とんび》の突《つつ》くが落《おち》だ、と云う。お茶と水とは附いて廻る、駿河台《するがだい》に水車《みずぐるま》が架《かか》ったか、と云う。

お千世さんは私が一所《いっしょ》に此処《ここ》へ来たことを云ったのだろうか。……言って、そして聞《きこ》えよがしに、悪体《あくたい》を吐《つ》くとすると、私に喧嘩を売るのか知《し》ら。何の怨《うら》みも無いものが、煩《わずら》う人の見舞に来たのに、如何《いか》に分らずやの叔母だと云って、まさかそうした事ではあるまい。露地から急いで、……あのお千世さんが心づかい、台所から長火鉢《ながひばち》、二階を股《また》に掛けて、眼張《がんば》って居る、ものがもの。姉さんは姉さんゆえ、客に粗末の無いように、と先触《さきぶ》れに駆込んだ処《ところ》を、頭から喚き立てて、あの妓《こ》が呼吸《いき》を吐いて、口を利《き》く間《ま》も措《お》かず、立続《たてつ》けて饒舌《しゃべ》るらしい。

それにしても、汚い口から出過ぎた悪体。お千世も同じ、芸者はお互い。筆がしらでも中軸《なかじく》でも一味《いちみ》についた連名《れんめい》の、昼鳶《ひるとんび》がお尻を突《つつ》く、駿河台の水車、水からくりの姉さんが、ここにも一人《ひとり》と、飛込《とびこ》もうか。

それには用意がなければならず、覚悟もしないじゃ出来まいが、自分へ面当《つらあて》なら破れかぶれ。お千世へだけの事だったら、陰《かげ》で綻《ほころび》を縫《ぬ》うまで、と内気な女が思直《おもいなお》す。……またその時、異《おっ》う悪黙《わるだま》りに黙って了《しま》って、ふと手の着けられぬまで、格子の中が寂寞《ひっそり》して、薄気味の悪いほど静まった。

これぞ、お千世の客が来て、門《かど》に近いのを、漸《やっ》と囁《ささや》き得た事を頷《うなず》かせる。

「ええ。」

咳《しわぶき》を優しくして、清葉が出窓際《でまどぎわ》の柳の葉の下を、格子へ抜けようとする、と恰《あたか》もその時。

はらりと音《おと》して、寝ながら投げた扇が逸《そ》れたか、欄干《らんかん》を颯《さっ》と掠《かす》めて、蒔絵《まきえ》の波がしら立つ如《ごと》く、浅翠《あさみどり》の葉に掛《かか》って、月かと思う影が揺《ゆら》ぐと、清葉の雪のような頰《ほほ》を照らす。……と思わず、受けたは袱紗《ふくさ》の手。我知らず色傘《いろがさ》を地に落して、その袖をはっと掛けて、斜《なな》めに丁《ちょう》と胸に当てた。

清葉は前刻《さっき》から見詰めた扇子《おうぎ》で、お孝の魂《たましい》が二階から抜けて落ちたように、気を取られて、驚いて、抱取《だきと》る思いが為《し》たのである。

潜《くぐ》って流れた扇子の余波《なごり》か、風も無いのにさらさらと靡《なび》く、青柳《あおやぎ》の糸の縺《もつ》れに誘われた風情《ふぜい》して、二階にすらりと女の姿。

お孝は寝床《ねどこ》を出た扱帯《しごきおび》。寛《ゆる》い衣紋《えもん》を辷《すべ》るよう、一枚小《いちまいこ》袖《そで》の黒繻子《くろじゅす》の、黒いに目立つ襟《えり》白粉《おしろい》、薄いが顔にも化粧した……何の心ゆかしやら――よう似合うのに、朋輩が見たくても、松の内で無いと見られなかった――潰島田《つぶししまだ》(24)の艶《つや》は失《う》せぬが、鬢《びん》のほつれは是非《ぜひ》も無い。

生際曇《はえぎわくも》る、柳の葉越《はごし》、色は抜けるほど白いのが、浅黄《あさぎ》に銀の刺繡《ぬいとり》で、これが伊達《だて》の、渦巻《うずまき》と見せた白い蛇の半襟《はんえり》で、幽《かすか》に宿《やど》す影が蒼《あお》い。

十六

唯《と》……思ったほどは窶《やつ》れも見えぬ。

病気の為《た》めに失心《しっしん》して、娑婆《しゃば》も、苦労も忘れたか、不断《ふだん》年より長《ふ》けた女が、却《かえっ》て実際より三《みっ》つ四《よっ》つも少ないくらい、ついに見ぬ、薄化粧で、……分けて取乱《とりみだ》した心から、何か気紛れに手近《てぢか》にあったを着散《きち》したろう、……座敷で、お千世が何時《いつも》着る、紅《べに》と浅黄と段染《だんぞめ》の麻《あさ》の葉鹿《はか》の子《こ》の長襦袢《ながじゅばん》を、寝衣《ねまき》の下に褄浅《つまあさ》く、ぞろりと着たのは、――予《か》ねて人が風説《うわさ》して、気象を較べて不思議だ、と言った。清葉が優しい若衆立《わかしゅだち》で、お孝が凜々《りり》しい娘形《むすめがた》、――宛然《さながら》その娘風《むすめふう》の艶《えん》に媚《なまめ》かしいものであった。

お孝は弛《ゆる》んだ伊達巻《だてまき》の、ぞろりと投遣《なげや》りの裳《もすそ》を曳《ひ》きながら、……踊《おどり》で鍛《きた》えた褄《つま》は乱れず、白脛《しろはぎ》のありとも見えぬ、蹴出捌《けだしさば》きで、すっと来て、二階の縁の正面に立ったと思うと、斜《なな》めに其処《そこ》の柱に凭《もた》れて、雲を見るか、と庇合《ひあわい》を恍惚《うっとり》と仰《あお》いだ瞳を、蜘蛛《くも》に驚いて柳に流して、葉越《はご》しに瞰下《みおろ》し、其処に舞扇《まいおうぎ》を袖に受けて、見上げた清葉と面《おもて》を合せた。

「ああ、お孝さん。」

と声を掛ける。

上で見詰めたなり、何にも言わず、微笑《ほほえ》むらしいお孝の唇《くちびる》、紅をさしたように美しい。

其処《そこ》へ、あとも閉めないで置いたと見える、開けたままの格子《こうし》を潜《くぐ》って、顔を出したお千世は、一杯《いっぱい》目に涙を湛《たた》えて居《い》る。

乱れて咲いた欄干《らんかん》の撓《たわわ》な枝と、初咲《はつざき》のまま萎《しお》れむとする葉がくれの一輪を、上下《うえした》に、中の青柳《あおやぎ》は雨を含んで、霞《かす》んだ袂《たもと》を扇に伏せた。——

「清葉さんは楽勤《らくづと》め。」と茶屋《ちゃや》小屋《こや》で女中が云《い》う。……時間過ぎの座敷などは、(お竹《たけ》蔵《ぐら》)の棟瓦《むねがわら》に雀《すずめ》が形《かたち》を現しても、この清葉が姿を見せた験《ためし》が無い。……替《かわ》りには、刻《こく》限《げん》までだと、何時《なんどき》に口を掛けても、本人が気にさえ向けば、待つ間《ま》が花と云う内《うち》に、催促に及ばずして、金屏風《きんびょうぶ》の前に衣紋《えもん》を露《あらわ》す。

ただし約束は受けて居ても、参詣《おまいり》の帰途《かえりみち》に眩暈《めまい》がすると、そのまま引籠《ひきこも》ること度々《たびたび》で。この眩暈と、風邪と、も一つ、用達《ようたし》と云う断《ことわ》りが出る、と箱三《はこさん》の札《ふだ》は、裏返《うらがえ》らないでも、電話口の女中が矢継早《やつぎばや》の弓弦《ゆんづる》を切って、断念《あきら》めて降参する。

座敷で口惜《くやし》がるもの曰《いわ》く、

「旦那《だんな》が来て居るのだろう。」

勿論《もちろん》である。

時に説を為《な》すものあり。

「そのくらいなら商売を止《や》めれば可《よ》い。」

難じ得て妙だと思うと、忽《たちま》ち本調子の声がして、

「芸者が好きな旦那でしょうよ。」

一言簡潔《いちごんかんけつ》にして更に妙で、座客《ざきゃく》ぐうの音《ね》も出ず愕然《がくぜん》としてこれを見れば、蓋《けだ》し三味線《さみせん》が、割前《わりまえ》の一座《いちざ》を笑ったのである。

そうまで我儘《わがまま》が通る癖《くせ》に、附合《つけあい》が綺麗で、朋輩に深切《しんせつ》で、内気で、謙遜で、もの優しい。おくれた座敷は、若い妓《こ》の背後《うしろ》に控えて、動く処《ところ》は前《さき》へ立って目立たないように取り廻す、と云うのであるから、お茶屋の蔵《くら》の前《さき》に目の光る古狸《ふるだぬき》から、新道《しんみち》の塒《ねぐら》を巣立ちの雛児《ひよっこ》まで、

「ああ、いい姉《ねえ》さん。」

とのっけに云う。……続いて頭《かぶり》を振る所科《しぐさ》ありと知るべし。少《わか》いもの慌《あわ》てまい。その頭を振る事たるや、今のは嘘だと云う打消しではない。

十七

向《むこ》うへ対手《あいて》に廻《まわ》しては、三味線の長刀《なぎなた》、扇子《おうぎ》の小太刀《こだち》(25)、立向《たちむか》う敵手《あいて》の無い、芳町育《よしちょうそだ》ちの、一歩を譲るまい、後《おくれ》を取るまい、稲葉家のお孝が、清葉ばかりを当の敵《かたき》に、引くまい、退《の》くまい、と気を揉んで、負けじとするだけ、予《かね》て此方《こなた》が弱身《よわみ》なのであった。

張《はり》も、意地《いじ》も、全盛《ぜんせい》も、芸も固《もと》より敢《あえ》て譲らぬ。否《いな》、較べては、清葉が取立てて勝身《かちみ》は無い。分《わ》けて彼方《むこう》は身一《みひと》つで、雛妓《おしゃく》一人《ひとり》抱《かか》えて居《お》らぬ。此方《こなた》は、盛りは四天王《してんのう》、金札《きんさつ》打った独武者《ひとりむしゃ》、羅生門《らしょうもん》よし、土蜘蛛《つちぐも》よし、狒々《ひひ》、狼《おおかみ》も以《も》って来《き》なで、萌黄《もえぎ》、緋縅《ひおどし》、卯《う》の花縅《はなおどし》、小桜《こざくら》を黄《き》に返したる年増《としま》交《まじ》りに、十有余人《ゆうよにん》の郎党を、象牙《ぞうげ》の撥《ばち》に従えながら、寄すれば色ある浪《なみ》に砕《くだ》けて、名所の松は月下《げっか》に独り、従容《しょうよう》として名を得《う》る口惜《くや》しさ。

弱虫の意気地《いくじ》なしが、徳とやらを以《もっ》て人を懐《なず》ける。雪の中を草鞋《わらじ》穿《は》いて、蓑《みの》着て揖譲《おじぎ》するなんざ、惚気《のろけ》て鍋焼《なべやき》を奢《おご》るより、資本《もとで》のかからぬ演劇《しばい》だもの。

「字《あざな》は玄徳《げんとく》め。(26)」

と、所好《すき》な貸本《かしほん》の講談を読みながら、梁山泊《りょうざんぱく》の扈三娘《こさんじょう》(27)、お孝が清葉を詈《ののし》る、と洩聞《もれき》いて、

「その気だから、あの妓《こ》は、(そんけん)さ。(28)」

と内証《ないしょう》で洒落《しゃれ》た待合《まちあい》の女房《おかみ》がある由《よし》。

却説《さて》、言うが如《ごと》く、清葉の看板は瀧《たき》の家《や》にただ一人《ひとり》である。母親がある。それは以前同じ土地に聞えた老妓《ろうぎ》で、清葉はその実、養女である。学校に通う娘が一人。これには表むき、おっかさん、とおおびらに自分を呼ばせて、誰に、遠慮も気づかいも無い。

なお水菓子が好きだと云《い》う、三歳《みッつ》に成る男の児《こ》の有ることを、前《さき》の条《くだり》に一寸《ちょっと》言ったが、これは特に断《ことわ》って置く必要がある、捨児《すてご》である。夜半《よなか》に我《わ》が軒《のき》に棄てられたのを、拾い取って育てて居《い》る。その児に乳母を選んで、附けて置く裕《ゆたか》な身上《しんしょう》。土蔵《くら》がある、土蔵には、何かの舞《まい》に使った、能の衣裳まで納まったものである。嘗《かつ》て山から出て来た猪《しし》が、年の若さの向う不見《みず》、この女に恋をして、座敷で逢えぬ懐中《ふところ》の寂しさに、夜更《よふ》けて瀧の家の前を可懐《なつか》しげに通る、と其処《そこ》に、鍋焼《なべやき》が居た。荷の陰で引飲《ひっか》けながら、フトその見事な白壁を見て、その蔵は？

「瀧の家で。」

「たきの家？」

「へい、清葉姉さんの家《うち》でげすよ。」

や、これを聞くと、雲を霞《かすみ》と河岸《かし》へ遁《に》げた。しかも霜冴《しもさ》えて星の凍《い》てたる夜《よ》に、その猪が下宿屋の戸棚には、襲《かさ》ねる衾《ふすま》も無かったのであった。

と、何の苦労も、屈託《くったく》も無さそうなその清葉が、扇子《おうぎ》とともに、身を震わした。声もうるんで、

「お千世さん、姉さんが。」

と、二階に彳《たたず》んで物言わぬお孝を、その妹に教えながら、お千世の泣顔《なきがお》を、ともに誘

って、涙ぐんだ目で欄干《てすり》を仰いで、

「私、……私よ、お孝さん。」

と二度目に呼んで声を掛けるや、

「葛木《かつらぎ》さん。」

と、冴《さ》えた声。お孝が一声《ひとこえ》応ずるとともに、崩れた褄《つま》は小間《こま》を落ちた、片膝《かたひざ》立てた段《だん》鹿《か》の子《こ》の、浅黄《あさぎ》、紅《くれない》、露《あら》わなのは、取乱《とりみだ》したより、蓮葉《はすは》とより、薬玉《くすだま》の総《ふさき》切れ切れに、美しい玉《たま》の緒《お》の縺《もつ》れた可哀《あわれ》を白々地《あからさま》。萎《な》えたように頬杖《ほおづえ》して、片手を白く投掛《なげか》けながら、

「葛木さん。」

二度まで、同じ人の名を、此処《ここ》には居《い》ない人の名を、胸を貫いて呼んだと思うと、支えた腕《かいな》が溶けるように、島田髷《しまだ》を頂《の》せて、がっくりと落ちて欄干に突伏《つっぷ》したが、忽《たちま》ち反《そ》り返るように、衝《つッ》と立つや、蹌踉々々《よろよろ》として障子に当って、乱れた袖を雪なす肱《ひじ》で、緊乎《しっかり》と胸にしめつつ、屹《き》と瞰下《みお》ろす目に凄味《すごみ》が見えた。

「ああ。」

「危《あぶな》いわ、姉さん。」

端近《はしぢか》な低い欄干、虹が消えそうな立居《たちい》の危さ、と見ると、清葉が落した色傘を拾って居たお千世が、小脇《こわき》に取ったまま慌《あわただ》しく駆込《かけこ》んだは、梯子《はしご》を一飛《ひとと》びに二階へ介添《かいぞえ》。

「何《なん》だい、盗人猫《どろぼうねこ》のように、唐突《だしぬけ》に。」と摺違《すれちが》いに毒気《どくき》を浴びせて、ぬっと門口《かどぐち》を覗《のぞ》いた、遣手面《やりてづら》の茶缶阿婆《ちゃかんおばあ》。

「えへへ。」と笑う、茶色な前歯、金の入歯と入乱《いりみだ》れて、窪《くぼ》んだ頬《ほほ》に白粉《おしろい》の残滓《かす》。

「まあ、瀧の家のお姉様、何《ど》うぞ此方《こちら》へ。……まあ、御全盛《ごぜんせい》な貴女様《あなたさま》が、こんな怪物《ばけもの》屋敷《やしき》見たような処《ところ》へ、まあ、何うした風の吹廻《ふきまわ》しで。」

清葉はきりりと、扇子《おうぎ》を畳《たた》んで、持直《もちなお》して、

「一寸《ちょっと》、お茶を頂《いただ》きに。」

河童御殿《かわたろごてん》

十八

「ははあ、葛木ですかね、姓じゃね、苗字であるですね。名は何と云《い》わるるですか。」

「晋三《しんぞう》です。」

上外套《オウバアコオト》を着ながら、なお蒲柳《やせ》の見える、中脊《ちゅうぜい》の男が答える。

三月四日の夜《よ》の事であった。宵《よい》に小降《こぶ》りのした雨上《あめあが》り、月は潜《ひそ》んで朧《おぼろ》、と云うが、黒《くろ》

雲《くも》が浸《にじ》んで暗《くら》い、一石橋《いちこくばし》(29)の欄干際《らんかんぎわ》。

一方は口つきでも知れる、言うまでもなく警官である。

「新《しん》は何《ど》う書くですかね、……通例新《しん》の新ですか？　或《あるい》は。」

「晋《すすむ》と云《い》う字です。」

と男は声を低うした。ここに事故《こと》ありと聞きつけて、通行の人集《ひとだか》りを憚《はばか》って、さり気《げ》なく知合《しりあい》が立話《たちばなし》でもする如《ごと》く装《よそ》おうと為《し》たらしい。

さして気遣《きづか》う事は無い。近間《ちかま》に大《おおき》な建築《たてもの》の並んだ道は、崖《がけ》の下《した》行く山道である。峰を仰ぐものは多いけれど、谷を覗《のぞ》くものは沢山《たんと》ない。夜は特更往来《ことさらゆきき》が少《すくな》い。しかも、その夜《よ》は、丁《ちょう》ど植木店《だな》の執持薬師《とりもちやくし》様《さま》と袖を連《つら》ねた、ここの縁結《えんむす》びの地蔵様、実は延命地蔵《えんめいじぞう》尊《そん》(30)の縁日で、西河岸《にしがし》で見初《みそめ》て植木店で出来る、と云って、宵は花簪《はなかんざし》、蝶々髷《ちょうちょうまげ》、やがて、島田、銀杏返《いちょうがえし》、怪《け》しからぬ円髷《まるまげ》まじり、次第に髱《たぼ》の出た、襟脚《えりあし》の可《い》いのが揃《そろ》って、派手に美しく賑《にぎわ》うのである。それも日本橋寄《より》から仲通《なかどおり》へ掛けた殷賑《にぎわい》で、西河岸橋《にしがしばし》を境《さかい》にして此方《こなた》の川筋《かわすじ》は、同じ広重《ひろしげ》の名所でも、朝晴《あさばれ》の富士と宵《よい》の雨ほど彩色《さいしき》が変って寂しい。尤《もっと》もこの一石橋の夜《よ》の御領主《ごりょうしゅ》、名代《なだい》の河童《かっぱ》が、雨夜《あまよ》の影を潜めたのも、漸《や》っと五六年以来であるから。

初夜《しょや》も過ぎた屋根越《やねごし》に、向う角《かど》の火災保険の煉瓦《れんが》に映る、縁結びの紅《あか》い燈《あかり》は、恰《あたか》も奥《おく》庭《にわ》の橋に居《い》て、御殿の長廊下《ながろうか》を望んで、障子越《しょうじごし》の酒宴《さかもり》を視《なが》める光景《ありさま》！　島田の影法師《かげぼうし》が媚《なま》めくほど、なお世に離れた趣《おもむき》がある。

偶《たま》にこぼれて出て来るのは、小姓梅之助《こしょううめのすけ》に手を曳《ひ》かるる腰元《こしもと》の青柳《あおやぎ》(31)か、密《そっ》と外《はず》して酔ざましの椎茸髱《しいたけたぼ》。いずれも人目を忍ぶ色の、悪くすると御手討《おてうち》もの。巡査と対向《さしむかい》に立ったのなんぞ、誰も立停《たちど》まって聞くものは無い。

夜は、間遠《まどお》いので評判な、外濠電車《そとぼりでんしゃ》のキリキリ軋《きし》んで通るのさえ、池の水に映って消える長廊下の雪洞《ぼんぼり》の行方《ゆくえ》に擬《まが》う。

が、名を憚った男の、低い声に、(ああん。)と聞えぬ振《ふり》して、巡査が耳を傾けたのは、故《わざ》とらしく意地悪く見えた。

「すすむ、所謂《いわゆる》、進歩ですかね。」

「否《いや》――高杉晋作《たかすぎしんさく》の晋《しん》なのです。」

と向直《むきなお》る。

巡査の背がぐっと伸びて、じろりと行《や》って、

「維新創業の名士、長州第一の英傑じゃね。ああ、豪《えら》い名前でありますな。ふん。」

「親がつけたんです。」

と、苦笑《にがわらい》したらしい。

「成程《なるほど》、大《おお》きに其処《そこ》もあるですね。」

と取っても附けない気振《けぶり》をしながら、

「で、晋三の蔵の字は？……いや、名刺をお持ちじゃろう、と考えるですがね。」

「確か……有りました。」

爾時《そのとき》、角燈《かくとう》を燦《ぱっ》と見せると、その手で片手の手袋を取って、目前《めさき》へ、ずい、と掌《てのひら》。目《め》潰《つぶし》もくわせる構《かまえ》。で、葛木という男は、ハッと一足《ひとあし》さがった。

「差上げますので？」

「何、拝見をしますので、はあ、ああ。」

十九

巡査は、持替《もちか》えた角燈に、頬骨《ほおぼね》高く半面《はんめん》暗く、葛木の名刺を指の股《また》に挟んで、

「これは非常に皺《しわ》に成っとる名刺じゃねえ。」

「つい突込《つっこ》んで置いたもんですから。」と袖の下に、葛木はその名刺入を持って居《い》る。

「ああ、非常に大事の物と見えるですね。」

巡査は鼻の先でニヤリと薄笑《うすわらい》。

この意味が受取れなくって、

「ええ？」と云《い》う。

「深くその、嚢底《のうてい》に秘《ひ》して置《お》くですね。」

「何、そう云う次第では無いんです。いけ粗雑《ぞんざい》なんです。」

「粗略《そりゃく》に扱うですか。故《わざ》とですかね、名刺を。」

「故と、と云うのじゃありません。皮肉じゃありませんか。」

「敢《あえ》てそうで無いです。が、貴下《あんた》の言語が前後不揃《ふぞろい》であるからじゃね。」

「何が不揃です。」と一寸忙《ちょっとせきこ》込む。

「お黙りなさい、」

と、低いが唐突《だしぬけ》に一喝して、けろりとまた静《しずか》に、

「反問をすることは要《い》らんのです。……ただ、質問に対して答えれば可《よ》いのです。」

ぐい、と名刺入を突込《つっこ》んだが、葛木は事を好《この》まぬらしく、そのまま黙る。

巡査はじろりと四辺《あたり》を見た。

「早く願いたいのです。」

「順序があります。――一体《いったい》この名刺はですな、……更《あらた》めて尋ねるですが、確《たしか》に、これは貴下《あなた》のですな。」

「名が書いてありましょう、葛木晋三と。」

「本郷駒込《こまごめ》が住所で。」

「相違《そうい》ありません。」

「すると……皺《しわ》だらけに成った、この一枚而已《のみ》ではありますまい。他《た》に幾枚《いくまい》か持合せがありましょう、有る筈《はず》じゃがね。」

「はあ。」と、浮《うっか》りした返事をする。

「それをお見せに成らんけりゃ不可《いか》んね。」

「生憎《あいにく》、持合せがありません。」

「無いと云う法は無い。有る可《べ》きですね。」

葛木は、これさえあれば、何事もない、と自覚したのに、実際無いのを口惜《くちお》しそうに、も一度名刺入を出して、中を苛立《いらだ》って掻廻《かきまわ》したが、

「真個《まったく》、一枚に成って居《い》たのです。」

「成程《なるほど》……非常に交際がお広いですね。」

「否《いいえ》、狭いんです。」と投げたように言下《げんか》に答える。

「ここに医学士、と記《し》てあるですな。」

巡査は魔を射る赤い光を、葛木の胸にぴたり。

その髯《ひげ》の薄い頤《あご》を照した。

「お職掌《しょくしょう》がら、特に御交際の狭いと云うのは、……ですな。何故《なぜ》ですかね。」

「開業は為《し》て居《お》らんのです。」

幾干《いくら》か、頷《うなず》いたらしかった。と更《あらた》まった態度で、

「何処《どこ》へお帰りですな。」

「学校へ。」

「何、」

「……その寄宿へ帰ります。」

「ははあ、学士の寄宿舎が。それは唯今《ただいま》ありますか。」

「医局に居ります。」

「今時分。」

「其処《そこ》に寝泊《ねとま》りをするんです。」

「すると、この駒込千駄木《せんだぎ》は？」

「籍が有るんです。」

「何故ですか、籍だけお置きに成るは、……ですね。」

「妹の縁附《えんづ》いた家なんです。」

「御令妹《ごれいまい》の、ふん。」

と、一つ呼吸《いき》を入れたが、突附《つきつ》けた燈《あかり》も引かず。

「で、唯今《ただいま》まで、何処《どこ》においでで有ったのかね。」

「この辺に、一寸《ちょっと》飲んで居《お》りました。」

其処《そこ》へ、二人《ふたり》ばかり通抜《とおりぬ》けたが、誰も立停《たちど》まっても見なかった。

二十

「何屋です、何屋ですかね。」

「……それは言わなければならないでしょうか。勿論《もちろん》、是非《ぜひ》とならば申すんです。」

「いや、それは先《ま》ず。……しかし御愉快でしたな。」

「何、苦痛です。」

と向《むき》を替えて、欄干《らんかん》に凭《もた》れて云《い》う。……

「苦痛、……成程《なるほど》。道理で、顔色《がんしょく》が非常に悪いな。」

忽《たちま》ち乱暴な言語《ものいい》しながら、横ざまにその痩《や》せた形《かたち》を照して、

「真蒼《まっさお》じゃね、はははは。」

と笑棄《わらいす》てたが、底に物ある、薄気味の悪い事。

その時聞えた。糸より細い忍音《しのびね》の……

――露地《ろじ》の細路《ほそみち》、駒下駄《こまげた》で――

「ああ……可厭《いや》な……姉《ねえ》さん。」

と若い女の声がすると、かたかたと駆出《かけだ》す音《おと》、呉服橋《ごふくばし》を、やや離れた辻のあたり。薄《うす》墨色《ずみいろ》の河岸《かし》を伝って、雲より黒い線路に響いた。トも一人《ひとり》笑った女の声。悪巫山戯《わるふざけ》に威《おど》したらしい。跫音《あしおと》は続いて響く。

葛木は捗《むし》るように顔を撫《な》でて、

「蒼青《まっさお》ですか。……そうですか。客が野暮《やぼ》だから、化物《ばけもの》に逢《あ》った帰途《かえり》でしょうよ。」

「それは、唯今《ただいま》のそれは、苟《いやしく》も行政官の一員たる、即《すなわ》ち本職に向っての言語であるのですね。」

「否《いや》、実は性分《しょうぶん》です。」

と焦《じれ》ったそうに言い切った。葛木は衝《つ》と行《ゆ》こうとした。表裏《ひょうり》、反覆《はんぷく》、兎《と》に角《かく》ながら、対手《あいて》が笑ったから、話は済《す》んだ、と思ったのである。

「お待ちなさい、お待ちなさい。待たんか、おい。」

「何です。」

「ずかずか行っちゃ不可《いか》んじゃないか。尋問はこれからなんだ。」

「僕は帽《ぼう》を取るよ。更《あらた》めて挨拶《あいさつ》をします。可《い》い加減にしなくっちゃ困るじゃありませんか。夜分《やぶん》、我々が通行するのに、こう云《い》う事は間々《まま》あります。迷惑でも御職務に対して敬意を表する。それにしてもです。唯今《ただいま》までさえ、立入過《たちいりす》ぎたお尋ねの被成方《なさりかた》ですが、単に御熱心であるからだ、と思ったんです。

この上何を聞くんです。真個《まったくい》可い加減にして下さい。……用が有るなら住所へお尋ねを願いましょうか知らん。」

「さよう、当方の都合に因《よ》っては住所へもお尋ね出来ます、また……都合によっては、本署へ御同行も出来得《う》るですでなあ。」

「ええ。」

有繋《さすが》に葛木は一驚《いっきょう》を喫《きっ》した。余《あまり》の事である。

「雖然《けれども》、御答弁に依《よ》って、其処《そこ》までに立到《たちいた》らない事を、紳士のために、本職は欲するでしてな、はあ、ああ。」

「早くお尋ねを願います。何です、兎《と》に角《かく》、困りました。僕は不安に堪えません。」

「すると、寧《むし》ろ此処《ここ》で埒《らち》を明ける事を御希望に成るのですね。」

「勿論《もちろん》、是《ぜ》が非《ひ》でも連れて行こうと思えば、それが出来ない貴下《あなた》じゃないんだから。」

「さよう。しからば反抗をなさらんで、柔順にお答えをなさるが可《よ》い。」

と入交《いれちが》いに成った向《むき》を直して、巡査は半身を反《そ》るが如《ごと》く、肩を聳《そび》やかして衝《つ》とまた角《かく》燈《とう》を突附《つきつ》けた。

葛木は、その忌《いま》わしさと、癇癪《かんしゃく》にぶるぶるする。

「貴下《あなた》は太《ひど》くその顔色《がんしょく》が悪いですね。」

「……寒《さむ》いのです。」

「寒《さぶ》い！　化物《ばけもの》に逢ったのが、性分に成って、而《そ》して今は寒い。いろいろに変化しますな。」

「まあ、君は、」と、足蹈《あしぶみ》で橋を刻《きざ》んで焦《じ》れると、

「御都合で署へ御同行を願っても可いのです、が、御答弁によって、それまでに立到らない事を、紳士のために希望しますでなあ。」

「…………」

栄螺《さざえ》と蛤《はまぐり》

二十一

「何《な》にしろじゃね、本職の前で顔色《かおいろ》が悪うて、震えて居《お》らるるのは事実じゃね、それ

はしかし寒《さぶ》いでも構《かま》わんです。

その寒いのにじゃね……先刻《さっき》から、水に臨んで、橋の上に、此処《ここ》に暫時《しばらく》立って居《い》たのは、ありゃ何《ど》う云《い》うわけですか。

勝手だ、酔覚《よいざま》しじゃと言わるるかも知れん。雖然《けれども》じゃね、見て居《お》ったぞ、どぶん！と音のした……」

水の面《おもて》は暗かった。

「どぶん。」

ぎりぎりと靴を寄せつつ、

「川の中へ放棄《ほか》し込んだ、……確《たし》に、新聞紙に包んだ可《か》なり重量の有るものは、あれは何ですか。」

「ああ。」

前《まえ》の世《よ》の罪ででもある事か、と自《みず》ら危《あや》ぶみ、惶《おそ》れ、惑《まど》い、且《か》つ怪《あや》しんで居た葛木は、余りの呆気《あっけ》なさに却《かえ》って驚いたのである。

「その事ですか。」

「先《ま》ずそれを聞かんとならんですね。」

「あれは栄螺《さざえ》と蛤《はまぐり》ですよ。」

これがまた少なからず這個《この》行政官を驚かした。……その答が余り簡単で明瞭で加《おまけ》に平凡であったから。……雖然《けれども》、この場合の平凡たるや、世間の名詞は、巡査のためには尽《ことごと》く、平凡であったろう。

巡査に取っては、魚河岸《うおがし》の俠男《いさみ》が身を投げたよりは、年の少《わか》い医学士と云う人間の、水に棄てたものは意外であった。

「栄螺と蛤。」

問返す、鼻柱かけて著《いちじる》しく眉を顰《ひそ》めて、疑惑の眼《まなこ》は異変に光る。

「貝類《かいるい》の……です。」

「いや、それは否《いや》、それはしかしながら初めは妖怪《ばけもの》の符牒《ふちょう》ででもあるかに聞いたですが、再度繰返《くりかえ》して説明をされたで、貝類である事は分ったです。分ったですが、……貴下《あなた》は妙なものを棄てましたなあ。」

「放したのです、私は、」

「成程《なるほど》、でそれは禁厭《まじない》にでも成るですかね。」

「……雛《ひな》に、雛壇に供えたのを、可哀相《かわいそう》だから放したんですよ。」

「ははあ、或《あるい》は煮《に》、或は焼いた奴を。」と、故《わざ》と空惚《そらとぼ》けた事を云う。

うっかり引入れられそうだった。が、対手《あいて》が巡査である事に、彼は漸《ようや》く馴れたのである。

「生《なま》のままですとも。」

「何等《なんら》の目的ですかね。」

「目的は有りません。」

「人間が、紳士が、苟《いやし》くも学士の名称御所有の貴下《あなた》が、目的なしに、目的なしに事を行うと云《い》う理由はあるまいかに考えるですね。」

医学士は思わず激《げき》した。

「根《ね》、根《ね》掘《ほ》り葉《は》掘《ほ》り。」

「御都合に因《よ》ればです、本署へ御同行を願うことも出来るです。が、紳士として、御名誉の為《ため》にですな。」

「分った。……分りました。が、別に目的と云っては無い。可哀相《かわいそう》だからそれでなんです。」

「……蓋《けだ》し非常な慈善家でおありですな。成程《なるほど》、所謂《いわゆる》、医は仁術であるですかね。」

「私は敢《あえ》て、敢て仁者《じんしゃ》とは言いますまい。妹の、姉の。」

「あ!」と一つ握拳《にぎりこぶし》を口に突込《つきこ》むが如《ごと》く言《ことば》を遮《さえぎ》る。

ト稍《やや》しどろの体《てい》で、

「姉《ねえ》さんの志《こころざし》です。」

「姉さんの志。ははあ、君は姉のために、嬰児《あかご》を棄てたんじゃね。」

「何！」

二十二

「前刻《さき》には御令妹《ごれいまい》であったかに、ああ、本職は記憶するですな。」

「そうです、そうなんです。」

「何か、年上の妹かね。」

「否《いや》、姉です。」

「答《こたえ》が明瞭を欠いてて不可《いか》んねえ。……為に成らんぞ、君。」

「ですから僕の妹です。」

「ははは、駄目じゃね、君、何《ど》うも変じゃね。」

「何が変ですか。」

「都合に因っては本署へ、ですな。」

「馬鹿を仰有《おっしゃ》い！」

「けれども、紳士のために、敢てそれは望まんのですなあ。」

「実に、貴下《あなた》は。」

「誰が雛《ひな》を飾ったのですか。」

「それは僕だ。」と赫《かっ》となる。

「おい、」

と云《い》う語調が変って、

「確乎《しっかり》答弁をせんと不可《いか》んねえ。君は、今しがた、……某大学ですかね、病院に寄宿をすると言ったでは無かったか。……大学、病院の宿舎内で、雛を飾って遊ぶのですな。栄螺《さざえ》、蛤《はまぐり》を供うるですな。」

「如何《いか》にも。」

「事実は、……本職が、貴下を疑うよりも、寧《むし》ろ奇怪じゃ無いですか。」

「それが姉の志《こころざし》ですから。」

「御令妹《ごれいまい》は、」

「妹は縁附《えんづ》いて、千駄木《せんだぎ》に居《い》るのです。」

「分りました。」

はじめて僅《わずか》に頷《うなず》きながら、

「姉と云うのは、ですな。」

「それまで、そんなことまで凡《すべ》て言わなければ成らんのですか。……詮方《しかた》がない、災難と思う……御都合に因《よ》っては、それは何処《どこ》へでもお供をする。が、打明けてお聞かせ下さい。一体、何から起ったお疑いなんですか。」

「聞かせましょう。川へお棄《す》てに成ったものを、明《あきら》かにお話しが願いたい？……」

「それは、」

「ははは、矢張《やは》り（栄螺と蛤）か、其奴《そいつ》は困りましたな。」

「お信じ下さらない。」

「強《し》いて信じたくないとは願わんのです、紳士のために。何為《なぜ》、那様《そん》なら貴下《あなた》は、その新聞包みを棄つるに際して、きょろきょろ四辺《あたり》を眴《みまわ》したり、胡乱々々《うろうろ》往来《ゆきき》をしたんじゃね。」

「そりゃ何です、人が怪《あやし》みはしまいかと思ったからです。」

「ははあ、人が怪むと云う事を。それじゃ……御承知であったですな。」

「ものが、ものだからですから。」と大《おお》にまごつく。

「何も貝類を川に棄つるに、世間を憚《はばか》る事は無いように思われる……ですね。」

「ですが、……また……貴下のような。」

「すると、本職がです、警官がそれを怪む事は御承知の上ですか。」

「僕には分らん。」

「本職はです、貴下《あなた》のために御答弁の拙劣《せつれつ》なのを惜《おし》むです。」

「……勝手にし給《たま》え。何《ど》うしようてんだ。」

「……紳士のために望まない事ですな。」

「煩《うるさ》い、勝手になさいよ。」

「為《ため》に成らんぞ！」

「旦那《だんな》。」

と暗《くら》がりに媚《なまめ》かしく婀娜《あだ》な声。ほんのりと一重桜《ひとえざくら》、カランと吾妻下駄《あずまげた》を、赤電車(32)の過ぎた線路に遠慮なく響かすと、はっと留楠木《とめき》(33)の薫《かおり》して、朧《おぼろ》を透《すか》した霞《かすみ》の姿、夜目《よめ》にも褄《つま》を咲《さか》せたのは、稲葉家のお孝であった。

——一昨年《いっさくねん》の春である——

おなじく妻《つま》

二十三

「もし、一寸《ちょいと》。」

右側の欄干際《らんかんぎわ》に引添《ひきそ》った二人の傍《わき》へ、すらりと寄ったが、お端折《はしおり》の褄を取りたそうに、左を投げた袖ぐるみ、手をふらふらと微酔《ほろよい》で。

「旦那、その方のお検《しら》べはまだ済みませんか。」

と斜《なな》めに警官を見て、莞爾《にっこ》り笑う……皓歯《しらは》も見えて、毛筋《けすじ》の通《とお》った、潰島田《つぶししまだ》は艶麗《あでやか》である。

警官は二つばかり、無意味に続けざまに咳《しわぶき》した。

「お前は何かい、ああ。」

「はあ、お次に控えて居《お》りました、賤《しず》の女《め》でござんすわいな。」とふらふらする。

分ったか、分らないか、別に心にも留《とま》らない様子で、

「何が故《ゆえ》に、ああ、出チ来たかい、うむ?」

「唯々《はいはい》、御意《ぎょい》にござりまする。」

と妙に可愛《かわい》い声して、

「このお方の、」

流眄《ながしめ》に、ト心あってか葛木を優しく見ながら、

「お検べが済みませんと、後《あと》が支《つか》えますのでござんすわいな。」

「何が支《つか》える、何が。」

「だって——ああ焦《じれ》ったい。この方は何じゃありませんか——御姉《おあねえ》さんの志《こころざし》だって、お雛様《ひなさま》に御馳走なすった、お定《さだ》まりの(栄螺《さざえ》と蛤《はまぐり》。)——でもお儀式よ。それを貴下《あなた》、川ン中へお放しなすったって、それがでしょう、怪しいって事なんでしょう。

もし、栄螺も蛤も活《い》きて居《い》ますわ。中でもね……お雛様に飾ったのは、ちらちら蠟燭《ろうそく》の煮えます時、春雨《はるさめ》の静かな晩は、口を利くものなんですよ。クク、」

と酸漿《ほおずき》を鳴らすが如《ごと》く、

「なんて。——可哀相《かわいそう》に、蒸したり焼いたり出来ますかって貴下——おまけにお雛様んでしょう——この方の心意気は、よく分ってるじゃありませんか。

私だって放しに来ました、見て下さいな。」

片手を添えて、捧《ささ》げたのは、錦手《にしきで》の中皿《ちゅうざら》の、半月形《はんげつなり》に破《わ》れたのに、小さな口紅《くちべに》三つばかり、裡紫《うちむらさき》の壺二個《つぼふたつ》。……その欠皿《かけざら》も、白魚《しらお》の指に、紅猪口《べにちょく》の如く蒼《あお》く輝く。

巡査も葛木も瞳を寄せた。

「あら、小さいんで極《きま》りの悪い事ね……お価《あし》が高いもんですから、賤の女でござんすわいな。ほほほほほ。」

桃の花片其処《はなびらそこ》に散る、貝に真珠の心があって、雛《ひいな》を懐《した》う風情《ふぜい》かな。

「お座敷帰《ざしきがえり》に、我家《うち》の門《かど》から、奴《やっこ》に持たして出たんですがね。途中で威《おど》かしたもんだから、押放出《おっぽり》して遁《に》げたんですもの。ヒヤリとしたわよ、真二《まっぷた》つ。身上大痛事《しんしょうおおいたごと》。これを拾う時の拙者《せっしゃ》が心中、心持と云《い》うものは、御両所、御推量下されい。

それでも、孝の字大達引《おおたてひき》。……ねえ、そんな思いをしてまでだって、放しに来たんじゃありませんか。ねえ、現在。」

と左右を見つつ、金魚鉢を覗《のぞ》く如く、仇気《あどけ》なく自分も視《みつ》めて、

「お分りになって、旦那。……お許しを受けないと、また叱られると成りません……最《も》う可《い》いでしょう、一寸《ちょいと》、放しますすよ。」

巡査の、ものも言わない先、つかつかと欄干越《らんかんごし》。

「一石橋《いちこくばし》に桃が流れる。どんぶりこ。」

ばっと鳴って、どどどんと水の音。

両手を縋《すが》って、肩を細く乗出《のりだ》しながら、

「河童《かっぱ》や、悪戯《いたずら》をおしでないよ。」

向う岸《がし》に鷺《さぎ》が居て、雲はやや白く成った。

「失礼しました。」

名刺を返して、

「悪《あ》しからず……お名前だけ記憶します。」

と、鉛筆で手帳へその名を。……振向くお孝に見向《むか》って、

「お前の名も？……何と云《い》うかい。」

「おなじく妻《つま》、とかいて頂戴《ちょうだい》。」

二十四

「実に難有《ありがた》かった、姉《ねえ》さん。」

巡査の靴音が橋の上に留《や》んで、背後向《うしろむき》のその黒い影が、探偵小説の挿画《さしえ》のように、保険会社の鉄造りの門の下に、寂しく描出《えがきいだ》された時、歎息《たんそく》とともに葛木はそう云った。

「お庇《かげ》さまで助かったんだよ。」

「恐入《おそれい》ります、御慇懃《ごいんぎん》で。」

並んで彳《たたず》んで見送って居《い》たのが、微笑《ほほえ》んで見向《みむ》いてお孝。

「でも、驚いたでしょう、貴方《あなた》。」

「驚いたって、はじめは串戯《じょうだん》だと思ったし、半頃《なかごろ》じゃ、故《わざ》と意地悪くするんだと思って癪《しゃく》にも障《さわ》りましたがね、段々真面目なのに気が付いたんです。確《たし》かに嬰児《あかんぼ》でも沈めたと

思ったらしい。先方《さき》が職務に忠実なんだと気がつくほど、一度は警察か、と覚悟をしてね——まあ、しかしそれでも活《い》きた証拠に、同じものの放生会《ほうじょうえ》があって、僕が放生会に逢ったようだ。で、真個《ほんとう》に不思議な位《くらい》だ。」

「私は毎年放すんですわ。」

「それにした処《ところ》で、丁《ちょう》ど機会《おり》よく、……私は姉の引合せか、と思う。」

「御馳走様。」

と横を向いた、片頬笑《かたほほえ》みの後毛《おくれげ》を、男に見せて、婀娜《あだ》に払い、

「清葉姉さんの、でしょう一寸《ちょいと》。」

「ええ？」

「お驕《おご》んなさいよ、葛木さん。」

「驕る。……そりゃきっとお礼をするがね、何《ど》うしてお前さん、私の名を。」

「知って居ますよ。」

吾妻下駄《あずまげた》をからりと鳴《なら》して、摺下《ずりさが》る褄《つま》を上衣《コオト》の下に直した気勢《けはい》。

「今お帰り？　清葉さんの葛木さん。」

彼は退《しりぞ》いて片手を振った。

「止《よ》してくれ、先方《さき》が迷惑をするんだから。」

「酷《ひど》く御謙遜《ごけんそん》ね。」

「否《いや》、真個《まったく》。」と、慌《あわただ》しく中折《なかおれ》をぐいと被《かぶ》る。

お孝は覗《のぞ》くようにしながら、

「それとも、これからお出掛けなさるの。……宵《よい》にして下さいよ。そうでないと、私たちが見たくっても廊下で御目《おめ》に掛れない。」

「串戯《じょうだん》を云《い》っちゃ困る……これから行って逢えるようなら、橋の上で巡査に捉《つか》まる、そんな色消しは見せやしない。……

なんのッて暢気《のんき》らしく云うけれども、実際行掛《ゆきが》けに流した方が無事だった。雀《すずめ》と違って、ものがものだし、一寸嵩《ちょっとかさ》は有るしするから、宵の人目を憚《はばか》ったのが、虫が知らしたのかも知れんのだね。真個《ほんとう》にこれから帰るんだよ。」

「じゃ、矢張《やっぱ》りお帰りがけね、お待ちなさいよ。」

と抜出《ぬけで》て居《い》た簪《かんざし》を、反《そ》らした掌《てのひら》で、スッと留めて、

「そうね……姉さんの御志《おこころざし》で、お雛様《ひなさま》の栄螺《さざえ》と蛤《はまぐり》を、一石橋《いちこくばし》から流すと云うのに一人ぽっち。それまで檜物町《ひものちょう》に差向《さしむか》いで居た芸者が、一所《いっしょ》に着いて来ない意気じゃ、成程《なるほど》出来て居ませんね。」

「勿論《もちろん》。」と外套《オウバアコオト》の襟《えり》を立てる。

「それじゃ風説《うわさ》の通りだよ。」

「や、専《もっぱ》ら風説をするのかい。」

「評判さ。お前さん。」

「それは聊《いささ》か情《なさけ》ない。」

「意気地《いくじ》なし……」

と袂《たもと》を投げた手を襟に、眉《まゆ》を明るく屹《きっ》と見て、

「男の癖に。」

「これは手酷《てひど》い？」

二十五

「だけども、可《い》い気味ねえ。」

「何の怨《うら》みだね。」

「可いもの好《ごの》みをするからさ。」

「相済《あいす》みません。」

葛木は寂しく笑って、

「猛烈なる事巡査以上だ。」

「処《ところ》へ……私でなく、清葉さんに出て貰いたかったわね。」

「その人でさえ、可《い》いかね、都合のいい時で無いと、容易に顔も見せちゃくれない……」

「沢山《たくさん》よ。」と一転《くるり》と背後《うしろ》向く。

「否《いや》、見得《みえ》も外聞も無しにさ。分けて、お前さんは全盛《ぜんせい》だ。名だけは評判で聞いて居《い》る。……この頃《ごろ》に一度挨拶《あいさつ》、と思うけれど、呼んでも……一寸《ちょっと》じゃ見えんのだろうな。」

「見えるも見えないも、葛木さん、御挨拶なんて要《い》るものですか。」

「きっとそう云《い》うだろうと思った。勿論《もちろん》、たかだか更《あらた》めて、口で云う礼ぐらい。」

「却《かえ》って迷惑。」

「御迷惑。」と口も足も、学士は蹴躓《けつまず》いたようであった。

お孝は澄まして、

「ええ、真平《まっぴら》。」

「それじゃ時節を待って下さい。」

「可厭《いや》です。」

学士は決然たる態度で、一寸帽《ぼう》を取って、

「名は忘れませんよ、いずれ。」と二《ふた》ツ三《み》ツ塵《ちり》をはじきながら、附穂《つきほ》なく線路を斜《なな》めに、見えない電車に追わるる如《ごと》く。

唯《と》顧《かえり》みて、其処《そこ》で、ト被直《かぶりなお》して、杖《ステッキ》をついた処、お孝は二つばかり、カラカラと吾妻《あずま》下駄《げた》を踏鳴《ふみな》らした。

「ただ別れるの。……不意気《ぶいき》だねえ、――一石橋の朧夜《おぼろよ》に、」

四辺《あたり》を見つつ袖を合せた、――雲を漏れたる洗髪《あらいがみ》。

「女と二人《ふたり》逢いながら、すたすた（かねやす。）[34]の向うまで、江戸を離れる男ッてのがお前さん江戸にありますか。人目にそうは見えないでも、花のような微酔《ほろよい》で、ここに一《ひと》本《もと》咲いたのは、稲葉家のお孝ですよ。清葉さんとは違いますわ。」

「違うから、それだから、」

学士は、つかつかと引返して、

「なおの事、忙しくって、逢ってはくれまいと言うんじゃないか。」

「ええそうよ、……違いますとも。……清葉さんと違うのはね、今時分から一人じゃ貴方《あなた》を帰さない事なのよ。」

「お孝さん。」

「葛木さん、もう遅いわ。……電車も無し……巡査に咎《とが》められたりなんかして、こんな時はつけが悪い、山の手の夜道《よみち》だもの、無理をすると追剥《おいはぎ》が出ますよ。」

「尤《もっと》も、直《す》ぐにも、挨拶《あいさつ》も為《し》たいんだけれど、遅い、ね、何しろ遅いから何処《どこ》と云《い》って……私は働《はたらき》が無いのでね。」

「附いてるのが私です。——箱を出たお嬢さんだわ、お座敷は何処にでも。……一寸《ちょっと》……一所《いっしょ》に行《い》らっしゃいな。」

と取って引いた外套《がいとう》の脇を離すと、トンと突いて、ひらりと退《の》くや、不意に蹌踉《よろ》めく葛木を、すっと立って、莞爾《にっこり》見て、

「その時、きっと御挨拶なさいまし。ほほほ。」

と花やかなものである。

「姉《ねえ》さん。」と抱附《だきつ》くように腰にひったり、唐突《だしぬけ》に駆寄ったは、若い妓《こ》の派手な態度《なり》——当時一本《いっぽん》に成りたてだった、お孝が秘蔵のお千世なのである。

「まあ。千世《ちい》ちゃんか、……ああ、吃驚《びっくり》するじゃないか、ねえ。」

二十六

「だって、姉さん。」

「姉さんじゃないよ、……唐突に何だねえ、お前、今しがた河岸《かし》の角《かど》から駆出したじゃないか。」

──露地《ろじ》の駒下駄《こまげた》──は、この婦《おんな》で、怯《おび》えた声はその妓《こ》であった。

「緩《ゆっく》り歩行《ある》いても追着《おっつ》いて来ないから、内《うち》へ帰ったろうと思ったのに。」

「だって、姉さんが威《おど》かすんですもの。私吃驚《びっくり》して遁出《にげだ》しましたけれど、（お竹蔵《たけぐら》。）の前でしょう、一人じゃ露地へ入れませんもの、可恐《こわ》くって、私……」

「煙草屋の小母《おば》さんに見てお貰いなら可《い》いものを。」

「最《も》う閉《しま》りましたの。」

と、小腰《こごし》を屈《かが》めて、欄干《らんかん》の上で、ふっくりした鬢《びん》を庇《かば》った透《すか》して見る手、──橋の側《がわ》は……変って居《い》た。

「……覗《のぞ》いたけれども、真暗《まっくら》で、最う寝たんですもの。」

「それで何かい、また出掛けて来たのかい。」

「ええ、一人じゃ可恐いんですもの、……でも此方《こっち》がまだしもですわ。」

「なんて、お前、お約束だもんだから、帰りに縁日へ廻って、何か買わせようと思ってさ。さあ、行《ゆ》こうよ……ねえ、貴方《あなた》一所に──千世《ちい》ちゃん御挨拶をおしでないか。」

「──失礼。……お初《はつ》に、」

「お初じゃないよ。……貴方、この妓は御存じだわね。」

「両三度──千世ちゃんだっけ。」

「あら、済みません、……誰方《どなた》。」

と縋《すが》り寄るように、外套《がいとう》の襟《えり》を覗《のぞ》いて、

「まあ、清葉姉さんに岡惚《おかぼ》れの、」

「謝《あや》まる。」

と俯向《うつむ》けに、中折帽《なかおれ》ぐるみ顔を圧《おさ》えて、

「何とも面目次第も無い！」

「……清葉命《いのち》……と顔に書いてあるようだわね、口惜《くやし》いね、明《あか》るい処《ところ》でよく見て遣《や》ろうや。」

「何処《どこ》へ行く気なんです。」

「縁結びに……西河岸《にしがし》のお地蔵様へ。」

肩でトンと寄添《よりそ》いつつ、

「分ったでしょう、貴方《あなた》、この妓《こ》には遠慮は要《い》らない。千世《ちい》ちゃん、御覧、似合ったかい。」

「あら、姉さんは？」

「お孝さん。」

「(同じく妻。）だわ。……雛《ひな》の節句のあくる晩、春で、朧《おぼろ》で、御縁日《ごえんにち》、同じ栄螺《さざえ》と蛤《はまぐり》を放して、巡査の帳面に、名を並べて、女房と名告《なの》って、一所《いっしょ》に詣《まい》る西河岸の、お地蔵様が縁結び。……これで出来なきゃ、日本は暗夜《やみ》だわ。」

肩に掛った留南奇《とめき》の袖。

お孝を掠《かす》めて腕車《わんしゃ》(35)が一台。

「危《あぶ》え。」

矢の如《ごと》し。

「おや、おいでなすったよ……」

――露地《ろじ》の細路《ほそみち》、駒下駄《こまげた》で――

細く透《とお》って凄《すご》い声する。

「可厭《いや》、姉さん。」

「それ、兄さんにおつかまり。」

飛《とび》つくお千世を葛木に縋らせて、ひとり褄《つま》を挙げて、悠然と前《さき》へ立って、

「大丈夫、そうすりゃ、途中で、誰かに逢っても安心でしょう。」

葛木は、扱兼《あしらいか》ねたか、故《わざ》と不答《こたえず》。

「千世《ちい》ちゃん、お前寒くは無いかい。」

果《はた》せる哉《かな》、この一行は、それから参詣を済まして帰りがけに、あの……仲通りで、一

人軒伝《のきづた》いに、包《つつ》ましく来かかる清葉に、ゆくりなく出逢ったのである。

横槊賦詩《ほこをよこたえてしをふす》(36)

二十七

「今晩は……清葉姉《ねえ》さん。」

「清葉姉さん、今晩は。」

そうした事も、渾名《あだな》を令夫人《れいふじん》などと呼ばるる箇条《かじょう》であろう、柔かな毛皮の襟巻《えりまき》を、雪の細面蔽《ほそおもておお》うまで、深々と巻いて居《い》る。……上衣《コオト》無しで、座敷着の上へ黒縮緬《くろちりめん》の紋着《もんつき》の羽織を着て、胸へ片袖、温容《しとやか》に褄《つま》を取る、襲《かさ》ねた裳《もすそ》しっとりと重そうに、不断《ふだん》さえ、分けて今夜は、何となく、柳を杖に支《つ》かせたい、すんなりと春の夜風に送られて、向うから来る姿。……手を曳《ひ》かれたり、三人つれたり、箱屋と並んで通るのだの、薄彩色《うすさいしき》した陽炎《かげろう》が朧《おぼろ》に顕《あらわ》れた風情《ふぜい》の連中《れんじゅう》が、行違《ゆきちが》ったり、出会ったり、大勢の会釈《えしゃく》するのが、間《あわい》の隔《へだた》った時分から——西河岸《にしがし》の露店の裸火《はだかび》を、ほんのりと背後《うしろ》にして軒燈明《のきとうみょう》の寝静まった色の巷《ちまた》に引返《ひきかえ》す、——この三人の目に明《あきら》かに見えたのである。

「あれだ、玄徳《げんとく》……」

見ても分る。清葉のその土地子《とちっこ》に対して、徳と位《くらい》と可懐味《なつかしみ》の有るのに対して、お孝は口の中《うち》に呟《つぶや》いた。

「千世《ちい》ちゃん、お放しでないよ、……葛木さん、横町《よこちょう》へなんか躱《かわ》しては卑怯だことよ。……」

「何が可恐《こわ》くって遁《に》げるものかね、悪い事をした覚《おぼえ》は無い。」

「ただ、口説《くど》いて見たばっかりだってね。」

「そしてだ、見事に刎《は》ねられたから可《い》いじゃないか。」

「嘘ばっかり、口説けもしないいんじゃありませんか。」

「それも、評判かい。」

「先《まず》ね。」

「否《いや》、破れかぶれ、何を隠そう。言出《いいだ》すまいとは思ったけれども、凡夫《ぼんぷ》の浅間《あさま》しさに、つい、酔った紛《まぎ》れに。」

「おや。」

「が、酒の勢《いきおい》を借りて、と云《い》うのが、打明《うちあ》けた処《ところ》だろう――しかも今夜――頭《あたま》から恐《おそれ》入《い》らされたよ。」と、もう一呼吸《ひといき》、帽子を深草《ふかくさ》、蓑《みの》より外套《がいとう》は見窄《みすぼ》らしい。

これは蓋《けだ》し事実なのである。

お孝は、一足前立《ひとあしさきだ》った、身を開いて、鈴を張ったような瞳に一目《ひとめ》凝視《みつ》めて一寸《ちょっと》頷《うなず》きながら、

「隠さず、白状をなすったから、私がつかまって行くのは堪忍《かんにん》して上げます。……打棄《うっちゃ》った清葉さんも豪《えら》いけれども。……」

で、立直《たちなお》って凛《りん》とした声、

「拾い手が立派です。……威張っていらっしゃい。そんなに可恐《こわ》がる事は無いわ。」

「否《いや》、恐れはせん、が、面目ないのだよ。」と窘《すく》まるばかり襟《えり》に俯向《うつむ》く。

斉《ひと》しく俯向いて、莞爾々々《にこにこ》と笑ってばかり、黙って、ついて歩行《ある》いた、お千世が、衣《きぬ》の気勢《けはい》にそれと知って、真先《まっさき》に、

「今晩は、」

「おお、千世《ちい》ちゃん。」

所謂口説《いわゆるくど》いて刎《は》ねられたと云《い》う恋人に、しかも同じ夜。突落《つきおと》された丸木橋《まるきばし》の流《ながれ》に逆《さか》らって出逢ったのである。葛木は次の瞬間を憂慮《きづか》って、靴の先から冷《つめた》く成った。

お孝が、横合《よこあい》から、

「御参詣《おまいり》ですか、清葉姉さん。」

「は……」

と、行違《ゆきちが》って、温容《しとやか》に見返りつつ、

「姉さんて、可厭《いや》ですよ、ほほほ、人が悪いわ。」

と、すっと通った。

知らぬ振《ふり》か、実際それとも、面《おもて》を蔽《おお》うたので認めなかったか、心付《こころづ》かない様子で通過《とおりす》ぎたの、トお千世が袂《たもと》を曳《ひ》いたのに、葛木は宙を行くように、うかうかと思わず別れた。

——お孝——

「姉さんて、可厭ですよ、ほほほ、人が悪いわ。」

二十八

「ちょッ、玄徳め。」

と、投げたように、袖を払って、拗身《すねみ》に空《そら》の雁《かり》の声。朧《おぼろ》を仰いで、一人立停《ひとりたちどま》った孫権《そんけん》を見よ。英気颯爽《さっそう》として寧《むし》ろ槊《ほこ》を横《よこた》えて詩を赤壁《せきへき》に賦《ふ》した、白面《はくめん》の曹操《そうそう》(37)の概《がい》がある。

前《まえ》へ行く二人の影に、その通る声で、此方《こっち》から、

「通越《とおりこ》し。」

と浴びせたのは、稲葉家の我家《うち》へ曲《まが》る火の番の辻であった。

すぐに、カタカタと追縋《おいすが》って、

「千世《ちい》ちゃん、清葉さんの長襦袢《ながじゅばん》を見たかい。」

「ええ、可《い》いわねえ。」

「色が白くて、髪が黒い処《ところ》へ、細《ほっそ》りしてるから、よく似合うねえ。年紀《とし》よりは派手なんだけれど、娘らしく色気が有って、まことに可い。葛木さん、一寸《ちょいと》、彼処《あすこ》へ惚《ほ》れたんじゃないこと。」

「馬鹿な。」

「でも可いでしょう。」

「長襦袢なんか、……ちっとも知らない。」

「まあ、長襦袢を見ないで芸者を口説《くど》く。……それじゃ暗夜《やみよ》の礫《つぶて》だわ。だから不可《いけな》いんじゃありませんか。今度、私が着て見せたいけれど、座敷で踊るんでないと一寸着《ちょっとき》憎《にく》い。……口惜《くやし》いから、この妓《こ》に拵《こしら》えて着せましょうよ。」

やがてお千世が着るように成ったのを、後《のち》にお孝が気が狂ってから、ふと下に着て舞《まい》扇《おうぎ》を弄《もてあそ》んだ、稲葉家の二階の欄干《てすり》に青柳《あおやぎ》の糸とともに乱れた、縺《もつ》るる玉の緒の可哀《あわれ》を曳《ひ》く、燃え立つ緋《ひ》と、冷《つめた》い浅黄《あさぎ》と、段染《だんぞめ》の麻《あさ》の葉鹿《はか》の子《こ》は、この時見立てたのである事を、一寸此処《ここ》で云《い》って置きたい。

序《ついで》に記すべき事がある。それは、一石橋《いちこくばし》からこの火の番の辻に来る、途中で清葉に逢った前《まえ》。

縁日は最《も》う引汐《ひきしお》の、黒い渚《なぎさ》は掃《は》いたように静まった河岸《かし》の側《がわ》で、さかり場からはずッと下《さが》って、西河岸橋《にしがしばし》の袂《たもと》あたりに、其処《そこ》へ……その夜《よ》は、紅《あか》い涎掛《よだれかけ》の飴屋《あめや》が出て居《い》た。

が、それでは無い。

桜草《さくらそう》をお職《しょく》にした草花の泥鉢《どろばち》、春の野を一欠《ひとかき》かいて来たらしく無造作に荷を積んだのは帰り支度。踵《かかと》を臀《しり》の片膝立《かたひざだて》。すべりと兀《は》げた坊主頭へ縞目《しまめ》の立った手拭《てぬぐい》の向顱巻《むこうはちまき》。円《まる》顔《がお》で頬皺《ほほじわ》の深く口の大《おお》い、笑うと顔一杯に成りそうな、半白眉《はんぱくまゆ》の房《ふっさ》りした爺《じい》さま一人《ひとり》、かんてらの裸火《はだかび》の上へ煙管《きせる》を俯向《うつむ》け、灰吹《はいふき》から狼煙《のろし》の上《あが》る、火気に翳《かざ》して、スパスパと吸って、涎掛の飴屋と何か云って、アハハ、と罪も無げに仰向《あおむ》いて笑った、……その顔を此方《こっち》で見ると、葛木に寄縋《よりすが》って、一石橋から来たお千世が、

「ああ、お爺さんが。」と云うと斉《ひと》しく、振払《ふりはら》うようにして駆出したのであった。

「可愛《かわい》いわね。」

それを透かして、写絵《うつしえ》の楽屋の如《ごと》き、一筋のかんてらに、顔と姿の写るのを、故《わざ》と立《たち》淀《よど》んで、お孝が視《なが》めて、

「ねえ、一寸《ちょいと》。……生意気盛りの、あの時分じゃ、朋輩《ほうばい》の見得《みえ》や、世間への外聞で、

抱主《かかえぬし》の台所口へ、見すぼらしい親身のものの姿が見えると、つんと起《た》って、行《ゆ》きもしないお稽古だの、寝坊が朝湯《あさゆ》へ行き兼ねないのに、大道唯中《だいどうさなか》、(お爺さん。)――ええ、お千世は那《あ》の人の孫なのよ、――可愛《かわい》ッちゃないのねえ。」

羆《ひぐま》の筒袖《つつそで》

二十九

「阿爺《おやじ》どの、阿爺どの。」

「はい、私《わし》かねえ。」

橋から橋へ、河岸《かし》の庫《くら》の片暗《かたくら》がりを遠慮らしく片側へ寄って、売残りの草花の中に、蝶の夢には、野末の一軒家の明窓《あかりまど》で、かんてらの火を置いた。荷は軽そうなが前屈《まえかが》みに、てくてく帰る……お千世が爺《じい》の植木屋甚平《じんべい》、名と鬮巻《はちまき》は娑婆気《しゃばけ》がある。

背後《うしろ》をのさのさと跟《つ》けて来て、阿爺どの。――呼声《よびごえ》は朱鞘《しゅざや》の大刀、黒羽《くろは》二重《ぶたえ》、五分《ごぶ》月代《さかやき》に似て居《い》るが、既にのさのさである程《ほど》なれば、そうした凄味《すごみ》な仲蔵《なかぞう》では無い。

按《あん》ずるに日本橋の上へは、困った浪花節《なにわぶし》の大高源吾が臆面もなく顕《あらわ》れるのであるが、未《いま》だ幸《さいわい》に西河岸《にしがし》へ定九郎《さだくろう》(38)の出た唄を聞かぬ。……尤《もっと》もこのあたり、場所は大日本座《だいにほんざ》の檜《ひのき》舞台《ぶたい》であるけれども、河岸は花道では無いのであるから。

変な好《この》みの、萌葱《もえぎ》がかった、釜底形《かまぞこがた》の帽子をすッぽり、耳へ被《かぶ》さって眉の隠るるまで低《の》めずらした、脊《せ》のずんとある巌乗造《がんじょうづくり》。搗《か》てて加えて爪皮《つまかわ》の掛《かか》った日和下駄《ひよりげた》で、見上げるばかり大《おお》きいのが、もくもくとして肩も胸も腹もなく、ずんぐり腰の下まで着込んだのは、羆《ひぐま》の皮を剝《む》いた、毛をそのままにした筒袖《つつそで》である。

これがもし対丈《ついたけ》で、赤皮《あかがわ》の靴を穿《は》けば、樺太《かばふと》の海賊であるが、腰の下の見すぼらしさで、北海道の定九郎。

見よかし羆の袖を突出《つきだ》し、腕を頤《あご》のあたりへ上《あ》げ状《ざま》に拱《こまぬ》いた、手首へ面《つら》を引傾《ひっかた》げて、横睨《よこにら》みにじろじろと人を見る癖。

「帰るのかあ。」と少し訛《なま》る。

「はい。」

むかし権三《ごんざ》は油壺《あぶらつぼ》。鰊蔵《にしんぐら》から出たよな男に、爺さんは、きょとんとする。

羆は件《くだん》の横睨みで、

「おい、帰るのかあ。」

「家《うち》へかね。」

「うむ。」と頷《うなず》く。

「帰りますよ、はい。」

「帰ると……ふん。何処《どこ》か道寄《みちよ》りはせんのですかい。」と、悪く横柄《おうへい》な癖《くせ》に時々変徹《へんてつ》に丁寧《ていねい》なり。

「道寄りとおっしゃりますと？……」

「何よ、あれだ、お前、今彼処《あすこ》で。」

と人指《ひとさし》一本《ぽん》、毛の中へ一寸《ちょいと》出し、

「あれよ、芸者と少《わか》い男と三人連《づれ》に逢うたでしょうが。」

「はい、はい。」と大《おお》きな口を開けて続けざまに頷きながら、目は却《かえっ》て半《なか》ば閉じて、分別したは老功也《ろうこうなり》。

「知ってるだろうが、姉《ねえ》さんはお孝と云《い》うのだ。少い妓《こ》はお千世よ。」

「さようでございます、はい。」となお胡散《うさん》らしく薄目で見上げる。

「阿爺《おやじ》どのは、何《ど》うやら大分《だいぶ》懇意らしい様子ですな。」

「ええ、否《いいえ》、些少《さささい》の。何、お前さま。何かその、私《てまえ》に用事で。」

「火を一つ貸してくれ。」

と云う、煙草より前《さき》に、蔵造りの暗い方へ、背《せな》を附着《くっつ》け、ずんぐりと小溝《こみぞ》を股《また》に挟んで大きく蹲《しゃが》み、帽子の中《うち》から、ぎろぎろと四辺《あたり》を見た。が、落《おち》こぼれたような影もまばらで、開《あ》いて居《い》るのは、地蔵尊の門と、隣《となり》家の煙草屋の店ぐらいに過ぎなかった。

爺《じい》さんは遁腰《にげごし》に天秤《てんびん》を捻《ひね》って、

「さあ、お点《つ》けなさりまし、だが、お早く願いますので、はい。」

三十

「聞くだけ聞けば用は無いだ。」

例の訛《なま》った下卑《げび》た語調《ものいい》。圧《おし》は利かないが威《おど》かすと、両切《りょうぎり》の和《わ》煙草《たばこ》を蠟巻《ろうまき》の口に挟んで、チュッと吸って、

「喃《な》、阿爺《おやじ》どの、お孝が今だ、お前に別れて帰り際に、(待ってるからおいで、きっとだよ。)と言うたではないですかい。……違《ちが》やせまいが、喃。」

爺さんは、面中《かおじゅう》の皺《しわ》へ皺を刻《きざ》んで、

「ええ、ええ、さような事もござりましたよ。」

「秘《かく》さずとも可《い》い。喃、阿爺どの。お前は何だ、内《うち》の千世の奴の親身《しんみ》でしょうが。孫娘に用が有って逢いに来たことが二三度あるです、で、俺は知っとるですわい。お前は何か、しかし俺の顔は知らんですか。」

と釜底帽《かまぞこぼう》、一名《いちめい》(のっぺらぽう。)とも云《い》わるる、青ぺらの鍔《つば》を捗り上げて、引傾《ひきかた》げて剃《は》いで見せたは、酒気《さかけ》も有るか、赤ら顔のずんぐりした、目の細い、しかし眉の迫った、その癖《くせ》、小児《こども》のような緊《しまり》の無い口をした血気壮《けっきざかり》の漢《おのこ》である。

「へい、否《いいえ》、お顔は存じて居《お》りますほどでもござりませんが、その上被《うわっぱり》の召《めし》ものでござります、お見事な、」

こう云ったのは羆《ひぐま》の筒袖《つつそで》。

「稲葉家様の縁起棚《えんぎだな》の壁でござりますの、縁側などに掛って居《い》て拝見したことがござりますよ。はい。何でござりますか、それでは旦那様《だんなさま》は、」

「うむ、内《うち》のもの同然だ。」と頤《あご》を撫《な》でる。

界隈《かいわい》では、且《か》つ知って且つ疑う。土地に七不思議が有ればそれはその第一に数えて可《い》い。一石橋《いちこくばし》の河太郎《かわたろう》、露地《ろじ》の駒下駄《こまげた》、お竹蔵《たけぐら》などとともに、この熊の皮がそれである。

湿深《しつぶか》そうな膏《あぶら》ぎったちょんぼり目を膃肭臍《おっとせい》、毛並の色で赤熊とも人呼んで、所謂《いわゆる》お孝の兄《にい》さんである。……本名五十嵐伝吾《いがらしでんご》、北海道産物商会主とある名札を持つから、成程《なるほど》膃肭臍も売るのであろうが、他《た》に何を商《あきな》って、何処《どこ》に住むか、目下《もくか》の処《ところ》未《いま》だ定かならずである。

それ、後家《ごけ》の後見《こうけん》、和尚《おしょう》の姪《めい》、芸者の兄、近頃女学生のお兄様、もっと新しく女優の監督にて候《そうろう》ものは、いずれも瓜《うり》の蔓《つる》の茄子《なす》である。この意味に於《おい》て、知るものは、お孝に於ける羆の皮を一方《ひとかた》ならず怪《あやし》むのであった。

赤熊は指揮《さしず》する体《てい》に頤で掬《しゃく》って、

「喃《な》、阿爺《おやじ》どの、だから俺には何も秘《かく》すことは要《い》らんのですわい。」

「ええ、ええ、別に秘すではございません、（これからお茶屋へ行って一口《ひとくち》飲むから、待ってるからきっとおいで。）と、はい、そのきっとでございますが、何の、貴下様《あなたさま》、こんな爺《おやじ》に御一座《ごいちざ》が出来ますもので。姉さんがただ御串戯《ごじょうだん》におっしゃったのでございますよ。」

「串戯ではなかったがい。俺はな、あの、了《しま》いかけた見世物小屋の裏口に蹲《しゃが》んで聞いとったんだ。」

赤熊のこの容態《ようだい》では、成程立聴《たちぎき》をする隠れ場所に、見世物小屋を選ばねば成らなかったろう、と思うほど、薄気味の悪い、その見世物は、人間の顔の尨犬《むくいぬ》であった。

「それは、もし、万《まん》ケ一真個《いちほんとう》に仰有《おっしゃ》って遣《つか》わされたに為《し》ました処で、私《てまえ》は始めからその気では聞きませせなんだよ。」

「何《ど》うでも可《い》い。それは構わんが、俺が聞きたいのは、お前《ま》んに後《あと》から来い、と云うて、先へ行ったその家の名ですわい。自分の内《うち》で無い事は知れて居《お》る。……そりゃ何処《どこ》ですかい、阿爺《おやじ》どの。」

「…………」

「ああん、阿爺い。」

「さあ、何とか云《い》うお茶屋であった。」と、独言《ひとりごと》のように云って、鬮巻《はちまき》を反《そ》らして仰向《あおむ》く。

三十一

赤熊は、チェと俯向《うつむ》けの股《また》へ唾《つば》を吐いて、

「今時分、何処《どこ》の茶屋が起きて居《お》ろうで。待合《まちあい》に相違ないがい、阿爺い、秘《かく》さんと云え、阿爺い。自分が来いと云われた先の名を忘れると云うがあるもんですかい。悪くすると為《ため》に成らんのですぞ。」と、教員らしい口も利く。

「さあ、何か存じません、待合さんかも、それは分りませんが、てんで私《てまえ》の方で伺《うかが》う気はござりませなんで、頭字《かしらじ》も覚えませせぬよ、はい。」

「で、何か。」

と一寸睨《ちょっとね》めつけた、が更《あらた》まって、

「あの、野郎は何かい、あれは、ついぞ見掛けぬ奴だが、阿爺は知っとるのですかい、

よう。」
「ええ、私《てまえ》も今までお見掛け申しはしませんので、はい、いずれお客人でござりまし
奴をですがい。」
「客には違わんで、それや違わんで。何方《どっち》の客だ知っとるだろうが。」
「それは、もし、お尋ねまでもござりません、孫めがお附き申して居《お》りましたよ。で、
(旦那様《だんなさま》、お初《はつ》に。何《ど》うぞ何分《なにぶん》。)と私御挨拶《ごあいさつ》をしました処《ところ》で、爺《じい》の口から旦那様が嬉し
い、飲まして遣《や》ろう、と姉さんが申されたのでござりましたよ。」
跡方《あとかた》も無い嘘は吐《つ》けぬ。……爺さんは実に、前刻《さき》にお孝にもその由《よし》を話したが……
平時《いつも》は、縁日廻《えんにちまわ》りをするにも、お千世が左褄《ひだりづま》を取るこの河岸《かし》あたりは憚《はばか》って居《い》たのであ
る。が、抱主《かかえぬし》の家へは自分の了簡《りょうけん》でも遠慮をするだけ、可愛《かわい》い孫の顔は、長者星《ちょうじゃぼし》(39)ほど宵《よい》
から目先にちらつくので、同じ年齢《としごろ》の、同じ風《ふう》俗の若い妓《こ》でも、同じ土地で見たさの余
り、ふとこの夜《よ》に限って、西河岸の隅《すみ》へ出たのであった。
帰りがけの霞《かすみ》の空の、真中《まんなか》を蔽《おお》う雲を抜けて、かんてらの前へ、飛出《とびだ》したお千世の姿
は、爺さんの目には、背後《うしろ》の蔵から昨夜《ゆうべ》の雛《ひな》が抜出したように見えて、あっと腰を抜い
て、平坦《ぺたん》と胡坐《あぐら》を搔《か》いて、ものを言うより莞爾々々《にこにこ》として居たのである。
その間《あいだ》にお孝は、葛木と二人で参詣を済まして、知らぬ振《ふり》して帰るも可《い》い、が、却《かえ》っ

て気まずく思わせよう。

（お爺さん虞美人草《けしぼうず》はないの、ぱっと散る。）桜草《さくらそう》の前へ立った時、……お孝に挨拶《あいさつ》をした爺さんが、（これは旦那様《だんなさま》。）とその時葛木にお辞儀をしたので、

地蔵様へお参りして、縁を結んで来た矢前《やさき》――旦那様は嬉しいね――で、それから引上げる、待合《まちあい》の名を其処《そこ》で教えて、旦那様に見立ててくれた礼心《れいごころ》に、お爺さんには今夜一晩、……私が玉《ぎょく》をつけて可愛《かわい》いお千世を抱かして上げよう。……来て一所《いっしょ》にお寝《ね》、串戯《じょうだん》じゃない、きっと待ってる。……と云《い》った。

仔細《しさい》はそうした事なのである。

赤熊が顕《あらわ》れた。

この毛むくじゃらを、稲葉家の縁起棚《えんぎだな》の傍《わき》で見た事があると云うだけ、その血相と、意気込みで、様子を悟って、爺さんは、やがて、押《おっ》くり返し何と言われても、行った先を饒舌《しゃべ》らなかった事は言うまでも無い。

「御自分、ついて行って見なさりゃ可《よ》かった。」

何か知らぬが、お千世が世話に成る稲葉家に退《の》かぬ中の男、と思うだけ、虫を堪《こら》えて飽《あ》くまで下手《したで》に出た爺さんも、余りの押問答《おしもんどう》、悪執拗《わるしつこ》さに、こう言って焦《じ》れたほどである。

知らぬ知らぬで、事は済む、問われる方が焦れたくらい、言数《ことばかず》を尽すだけ、問う方の苛立《いらだ》ち加減は尋常《よのつね》では無い！

「この業突張《ごうつくばり》、何だとッ。」

縁日《えんにち》がえり

三十二

「まあ、お前《まえ》さん、怪我をしやしませんか。」

植木屋の布子《ぬのこ》の肩に、手を柔《やわら》かに掛けた、弱腰《よわごし》も撓《たわ》むと見える帯腰《おびごし》に、もの優しい羽織の紋の、藤の細いは清葉であった。

「拷問《ごうもん》して遣《や》る。」

赫《かっ》と成った赤熊が、握拳《にぎりこぶし》を被《かぶ》ると斉《ひと》しく、かんてらが飛んで、真暗《まっくら》に桜草が転げて覆《かえ》ると、続いて、両手で頬を抱えて、爺さんは横倒れ。

苦《あっ》とも言わせず、踏《ふみ》のめす気か足を挙げた赤熊は、四辺《あたり》に人は、邪魔は、と見る目に、御堂《みどう》の灯《ともしび》に送らるるように、参詣《おまいり》を済まして出た……清葉が、朧《おぼろ》の町に、明《あかる》いばかりの立姿《たちすがた》。……それと見て、つかつかと、小刻《こきざ》みながら影《かげ》が映《さ》す、衣《きぬ》の色香《いろか》を一目見ると、じたじたと成って胴震《どうぶる》いに立窘《たちすく》むや否《いな》や、狼狽加減《うろたえかげん》も余程《よっぽど》な、一度駆出したのを、面喰《めんくら》って逆戻《ぎゃくもど》りで、寄って来る清葉の前を、真角《まっかく》に切って飛んで遁《に》げた、赤熊の周章《あわ》てた形《かたち》は、見る見る日本橋の袂《たもと》へ小さく成って、夜中に走る鼬《いたち》に似て居《い》た。

其方《そっち》は見返しもしないのである。

「お年寄を、こんなこと、何て乱暴なんだろう。」

「はいはい。」

爺《じい》さんは居ざり起きて、自分がたしなめられた如《ごと》く、畏《かしこま》って、漸《やっ》と口を利く。……

「恐入《おそれい》りましてござります、はい。」

「音がしましたわ、串戯《じょうだん》ではありません。嘸《さぞ》お痛かったでしょうねえ。怪我をしたんじゃありませんか。」

前刻《さっき》から響いて居た、鉄棒《かなぼう》の音が、ふッと留《や》むと、さっさっと沈めた鞋《わらじ》の響き。……

夜廻りの威勢の可《い》いのが、肩を並べてずっと寄った。

「何《ど》うした、」

「何うしたんだえ。――やあ、姉《ねえ》さん。」

「頭《かしら》たち、御苦労です。……今、其処《そこ》へ駆出して行った大《おおき》な男なんだよ。」

「膃肭臍《おっとせい》。」

「赤熊。」と二人は囁《ささや》いて、一寸目配《ちょっとめくばせ》。

「姉さん、こりゃ何かい、お前さんお係合《かかりあい》なんですかい。」

「否《いいえ》、私はただ通りかかったばかりなんです。でもまあ遁《に》げてくれて可《よ》かったけれど、抵《むか》って来たら何うしようかと思ったよ。……可哀相《かわいそう》に、綺麗な植木の花が。」

清葉は桜草の泥鉢《どろばち》を、一鉢《ひとはち》起して持ちながら、

「手伝って、そして、よく見て上げて下さいな。遅うござんすから。私は失礼ですが。」

一人は組合の看板を、しゃん、と一ツ膝に控えて、

「御心配にゃ及びません。見て遣《や》りますとも。」

「では、お爺さん、お大事になさいまし。お気をつけなさいましよ。」

「はいはい、あなた方の御志《おこころざし》、孫も幸福《しあわせ》。それが嬉しゅうござります。」

とッちて、着きも無いことを云《い》うのを、しんみりと聞いて、清葉は何故《なぜ》か、ほろりとしたが、一石橋《いちこくばし》の方へ身を開いて向返《むきかえ》った処《ところ》で、衣紋《えもん》をつくって、一寸《ちょっと》、手招《まね》く。

鉄棒《かなぼうこ》小脇《わき》に搔込《かいこ》みたるが一人、心得てつかつかと寄った。

「ええ……え、腕車《くるま》に、成程《なるほど》。ええ可うがす、可うがすとも。そりゃ仔細《わけえ》有りゃしま

せん。何、私《わっし》たちに。串戯《じょうだん》じゃありません。姉さん、串《じょ》……、そうですかい、済まねえな。」

そのまま見送って小戻りする。この徒《てあい》も清葉が戻路《もどりみち》の方《かた》を違《たが》えて、なぞえに一石橋の方《ほう》へ廻ったのは知らずに居たろう。

サの字千鳥《じちどり》(40)

三十三

「何だか、唐突《だしぬけ》に謎《なぞ》見たような事だけれど、それが今夜の事の抑々《そもそも》と云《い》うのだから、恥辱《はじ》も忘れて話すんだがね……

上野から日本橋へ来る電車――確か大門行《だいもんゆき》だったと思う――品川行《しながわゆき》にした処《ところ》で、あの往復切符、勿論乗換札《もちろんのりかえふだ》じゃないのだよ。……その往《ゆき》か復《かえり》か、孰方《どっち》にしろ切符の表《おもて》に、片仮名の(サ)の字が一字、何か書いてあると思いますか。」

葛木は卓子台《ちゃぶだい》に乗せた寄鍋《よせなべ》に着けようとした箸《はし》を、(まだ。)とお孝に注意されて、そのまま控えながら話す。

お孝は時に、猪口《ちょこ》を取って、お千世の酌を受けたのである。

「サの字。」

「考えるに及ばないよ。そんな字は一つも無い。処が、松坂屋の前を越して、彼処《あすこ》は、黒門町《くろもんちょう》を曲《まが》ろうとする処だ。……ふっと！　心から胸へ、衣《き》ものの襟《えり》へ突通《つきとお》るような妙な事を思ったのが、その(サ)の字、左の手に持って居《い》た切符を視《み》て、其処《そこ》にサの字が一字あったら、それから行って逢うつもりの。」

「清葉さん。」と薄目で見越《みこ》して、猪口は紅《べに》を嚙《か》んだかと思う、微笑《ほほえみ》のお孝の唇《くちびる》。

「……止《よ》そう、そんな事を云うんなら。」と葛木は苦笑して、棒縞《ぼうじま》お召《めし》の寝々衣《ねんねこ》を羽織《はお》った、胡坐《あぐら》ながら、両手を両方へ端然《きちん》と置く。

潰島田《つぶしまだ》を正的《まっすぐ》に見せて、卓子台《ちゃぶだい》の端にぴたりと俯向《うつむ》き、

「謝罪《あやま》った、謝罪った。断《た》って手前《てまえ》の方から願いましたものを。千世《ちい》ちゃん、御免《ごめん》なさい、と云って、お前《まえ》さんもおやゝやまり。」と言憎《いいにく》いから先繰《さきぐ》りに訛《なま》って置く。

「あら、姉《ねえ》さん、私は何にも。」とお千世は熱かった銚子を持添《もちそ》えた、はっと薫る手巾《ハンケチ》を、そのまま銚子を撫でて云う。

「だって、今、(行って逢うつもり。)と、此方《こちら》がお言いなすった時は、直《す》ぐに清葉さんとお思いだろう。」

「ええ、そりゃ思ってよ。」

「そら御覧《ごらん》、思ったって饒舌《しゃべ》ったって、罪は同じくらいだよ。それに、謝罪《あやま》るには、お前さんの方が役者が上だからさ、よう、一寸《ちょいと》。」

「貴方《あなた》、御免《ごめん》なさいまし、ほほほ。」

葛木はしかし考えさせられた様子が見えて、

「成程《なるほど》、思ったって饒舌ったって、違いは無いか。いや、そうまでは、なかなか悟れない。……と云《い》うのは矢張《やは》り色気なんです。……極《きま》りは悪いがね。

そのサの字なんだ。切符の表《おもて》に、有るべき理由の無い一字が、もし有ったら、何時《いつ》も控え控え断念《あきら》めて引退《ひきさが》る、その心がきっと届くぞ！……想《おもい》が叶《かな》う。打明けて言えば清葉が言う事を肯《き》いてくれる。思切《おもいき》って打着《ぶっつ》かろう。サの字が無ければ、今夜も優柔《おとな》しく、と言えば体裁《ていさい》が可《よ》い、指を銜《くわ》えて引込もうと、きっと思って熟《じっ》と視《み》ると、波打つ胸の切符に寄せる、夕日に赤い渚《なぎさ》を切って、千鳥が飛ぶように、サの字が見えた。」

「ああ。」とその千鳥を見るように、引入れられて、屏風《びょうぶ》はずれに前髪を上げた、瞼《まぶた》の色。お孝の瞳は恍惚《うっとり》と、湯気《ゆげ》の朧《おぼろ》に美しい。

葛木も連れられて、夢を見るように面《おもて》を合せて、

「明《あかる》いね、ここの電燈は何燭《なんしょく》だろう。」

「五燭《しょく》よ、ほほほほ。」とお千世が花《はな》やかな笑声《わらいごえ》。鍋は暖《あたたか》く霞《かす》んだのである。

三十四

「あれ……この妓《こ》が笑う。」

と葛木も笑いながら、

「客がこれだからその筈《はず》の事だけれども、私の行《ゆ》く家《うち》が、元来甚《はなは》だ立派で無いのだ。ね、座敷の電燈が五燭なんだよ。平時《いつも》は、そんなでも無かったが、過般中《このあいだ》、連《つれ》があって、二人で出掛けた、爾時《そのとき》、その千世ちゃんが来たんだね。確か……」

お千世が頷《うなず》く。

「覚えて居《い》る、それを知って、笑うんだ。私のような、向《むこ》う見ずに女に目の眩《くら》んだものに取っては、電燈の暗いのなんぞちっとも気には成らないがね、同伴《つれ》の男は驚きましたぜ。何しろ火鉢に掴《つか》まって、暫時《しばらく》気を静めて居ると、襖《ふすま》や障子が朦朧《もうろう》と顕《あらわ》れるけれども、坐った当座は、人顔《ひとがお》も見えないと云う始末だからね、余り力を入れて物を見るので、頭が痛いと云うんだよ。その妓も知ってるけれども、同伴の男が。

客の無い閑《ひま》な家だし、不景気だし、いずれ経済上の都合だろうから、余分な御祝儀の出ない客が、(明《あかり》を直せ。)も殿様じみるから、同じメートルで光は三倍強と云う重宝な電球ね、あいつを寄附しようと成って、……来て居《い》た清葉が、」

「東西、黙って。」

と笑顔をお千世に向けて、ト故《わざ》と睨《にら》んで見せる。

「私、何にも言《い》やしませんわ。」

「いや、何とでもお言い、こう成れば意地で饒舌《しゃべ》る。」と呷《ぐい》と煽《あお》る。

「お酌。」

と自分でお孝が、ツッと銚子を向けて、

「それに限るの。貴郎《あなた》は気が弱いから可厭《いや》さ。」

「処《ところ》で、……清葉が下階《した》へ下りて、……近所だからね、自分の内《うち》へ電話を掛けて、婢《おんな》にいいつけて、通りへ買いに遣《や》った、タングステン(41)が、やがて紙包みに成って顕《あらわ》れて、芝居の月の書割《かきわり》のように明るく成った。

其処《そこ》が、お鹿《しか》(待合の名。)の上段の間さ。」

「あら、串戯《じょうだん》の間、可《い》いわねえ。」

「いや、その串戯じゃない、御本陣式《ごほんじんしき》、最上等の座敷の意味だ。

人の好《い》い、気の好い、(お鹿。)の女房が喜んで、貴方《あなた》の座敷だ——貴方の座敷だと云《い》って通す。まるで新座敷一ツ建増《たてま》した勢《いきおい》だ。素《す》ばらしいもんだね、こう見えても。」

「有繋《さすが》はね。」

「串戯《じょうだん》じゃ無い、……いや、その串戯では無い座敷の上段へ、今夜も通された――サの字の謎から、ずっと電車で此地《こっち》へ来てだよ。……

平時《いつも》と違って、妙に胸がどきつくのさ。頭の頂上《てっぺん》へ円髷《まるまげ》をちょんと乗せた罪の無いお鹿の女房が、寂寞《ひっそり》した中へお客だから、喜んで莞爾々々《にこにこ》するのさえ、何《ど》うやら意見でも為《し》そうで成らない。

飯《めし》は済んだ、と云うのは、上野から電車で此地へ来る前に、朋達《ともだち》三人で、あの辺の西洋料理で夕飯を食べた。其処《そこ》で飲んでね、最《も》う大分《だいぶ》酔って居たんです。可訝《おかし》くふらふらするくらい。その勢《いきおい》で、かッと成る目の颯《さっ》と赤い中へ、稲妻《いなずま》と見たサの字なんだ。

考えれば、千鳥《ちどり》の知らせでも無く、恋の神のおつげでも無い。酒のサの字だったかも知れないものを。……その酒さえ、弱身《よわみ》のある人が来て対向《さしむか》いに成ると、臆面の無いほてった顔を、一皮剝《む》かれるように醒《さ》めるんだからの。お察しものです。」

カチリと力無《ちからな》く猪口《ちょこ》を置く。

梅《うめ》ケ枝《え》の手水鉢《ちょうずばち》(42)

三十五

「座敷へ入ると間《ま》も無くさ、びりびり硝子戸《がらすど》なんざ叩破《たたきやぶ》りそうな勢《いきおい》、がらん、どん、どたどたと豪《えら》い騒ぎで、芸者交《まじ》りに四五人の同勢が、鼻唄やら、高笑《たかわらい》。喚《わめ》くのが混多《ごった》に成ってね。上り込むと、これが狭い廊下を一つ置いた隣座敷《となりざしき》へ陣取《じんど》って、危《あぶな》いわ、と女の声。どたんと襖《ふすま》に打《ぶ》つかる音。どしん、と寝転ぶ音。――楠《くすのき》の正成《まさしげ》がーと梅《うめ》ケ枝《え》の手水鉢《ちょうずばち》で唄い出す。

座敷を取替《とりか》えて上げよう、此方《こっち》は一人だから。……第一寄進に着いた電燈に対してもお鹿の女房が辞退するのを、遠慮は要《い》らない、で直《す》ぐに、あの、前刻《さっき》のあれ、雛《ひな》の栄螺《さざえ》と蛤《はまぐり》の新聞包みを振下《ぶらさ》げて出た。が、入交《いれかわ》るのに、隣の客と顔が合うから、私は裏梯子《うらばしご》を下《お》りて、鉢前《はちさき》へ一寸《ちょっと》立った。……

此処《ここ》に、朝顔形《あさがおがた》の瀬戸の手水鉢が有るんです。これがまた清葉《きよは》が寄進に附いたのさ。お鹿の内《うち》には、まだ開業当時と云《い》うので手水鉢も柄杓《ひしゃく》も無かった。湯殿《ゆどの》の留桶《とめおけ》に水を汲んで、簀《す》の子《こ》の上に出してある。恐らく待合《まちあい》の手水鉢に柄杓の無いのは、厠《かわや》に戸の無いより始末が悪い。右は早速調達《ちょうだつ》に及んだけれど、桶はそのままに成って居《い》たのを、清葉が心付いて、何時《いつ》か、女房が勘定を届けか何か、瀧《たき》の家《や》へ出向いた時、火事見舞に貰ったのが、まだ使わないで新しい、お役に立てば、と持たして返した。……

知っての通り、清葉の家は、去年の火事に焼けたんだね。

何ですよ、奥庭に有った手水鉢を見ましたがね、青銅のこんな形、とお鹿の女房は仕《し》方《かた》をして、そして龍《たつ》の口《くち》を捻《ひね》ると、ザアです。焼けてもびくともなさらない。すっかり青苔《あおごけ》を帯びた所が好《い》いなんのッて、私に話した。

惚れた芸者の工面《くめん》の可《い》いのは、客たるもの、無心を言われるよりなお怯《ひる》む、……此処《ここ》でまた怯まされた。

清葉の手水鉢、で聊《いささ》か酔覚《よいざめ》の気味。二階は梅ケ枝の手水鉢。いや、楠の正成だ。……大将も惜《お》しい事に、懐中都合《ふところつごう》は悪かったね。

二階へ返って、小座敷へ坐直《すわりなお》る、と下階《した》で電話を掛けます。また冷評《ひやか》すだろうが、待《まち》人《びと》の名が聞える。」

二人は黙って微笑《ほほえ》むのみ。

「ねえ、そうした電話が筒抜けに耳へ響くのは、事は違うが、鳥屋の二階で、軍鶏《しゃも》の鳴声《なきごえ》を聞くのと肖《に》て居る。故《かるがゆえ》に君子は庖厨《ほうちゅう》を遠ざく……こりゃ分るまいが、大尽《だいじん》は茶屋の構《かまえ》の大《おおき》からむことを望むのだとね。

(誰《たれ》だ、誰だ、誰を掛けてるんだ。)(何、清葉だ、清葉とは誰だ。)一座の芸者が小さな声で、(瀧の家の姉《ねえ》さんよ。)(馬鹿、清葉が、こんな家《うち》へ来るもんか。)と隣座敷で憚《はばか》らない高話《たかばなし》。」

「お酌《つ》ぎ……千世《ちい》ちゃん、生意気だね。お孝《こう》なら飛んで来る、と言《い》やしないか。」

「誰も、そんな事を言いはしませんよ。」とお千世《ちせ》が宥《なだ》めるように優しく云《い》って内端《うちわ》に酌《つ》ぐ。

「口惜《くやし》いねえ、……(清葉が来るもんか。)呼んで下すった、それが私で、お孝が、こんな家へと云って貰いたかった。……私は其処《そこ》へ手水鉢《ちょうずばち》なんぞじゃない、擂鉢《あたりばち》と采配を両手に持って、肌脱《はだぬ》ぎに成って駆込んで驚かして遣《や》ったものを。」

「でも、何だ、お前さんとは、今しがた逢ったばかりじゃないか。」

「ですから、今度っから、楠の正成で、梅ケ枝をお呼びなさいよ、……その手水鉢へ、私なら三百円入れて遣りたい、と此方《こっち》でも思うばかりだから、先方《さき》さままでも、お孝がこんな家へ来るもんか、とは言わないわね。……貴方《あなた》お盃《さかずき》を下さいな、……チョッ口惜いねえ、清葉さんは。……」

三十六

「少々加減が悪くって、内《うち》で寝て居《い》た、と云って、黒の紋着《もんつき》の羽織《はおり》で、清葉が座敷へ。思う。前後《あとさき》七年ばかりの間、内端《うちわ》に打解《うちと》けたような、そんな風采《なり》をして居たのは初めてかと思う。尤《もっと》も一寸《ちょっと》ひく感冒《かぜ》と、眩暈《めまい》は持病で、都合に因《よ》れば仮託《かこつけ》でね——以前、私の朋達《ともだち》が一人、これは馴染《なじみ》が有って、別なある待合《まちあい》へ行った頃——一寸々々《ちょいちょい》誘われて出掛けた時分には、のべつに感冒と眩暈で、いくら待っても通って見ても、一度も逢えた事は無かったんだ。最《も》う断念《あきら》めて居た処《ところ》、その後宴会があって、あるお茶屋へ行《ゆ》くと、その時、しばらく振《ぶり》で顔を見た。何だか、打絶《うちた》えて居た親類に思掛《おもいが》けず出逢ったような可懐《なつかし》い気がしたっけ。それが縁で、……時々、と云っても月に二三度、そのお茶屋で呼ぶとね、三度に二度は来てくれる。

其処《そこ》の女中頭をして居たんだ、お鹿の女房と云うのは。」

「知って居ますわ。」

「気心《きごころ》は知ったり、遠慮は無しで、其処へ行くように成ってから、余《あま》り月日を置かないで、顔だけも見るのは、漸《やっ》と一昨年《おととし》の夏からだと思う。……

処で、能《よ》く、あんなで座敷が勤まるよ。……尤も私なんぞは座敷の中へは入るまいが、あの人と来たら、煙草《たばこ》は喫《の》まず、酒は飲まず、」

「ただ、貯《たま》るばかり。」

「まあ、堪忍《かんにん》し給《たま》え。猪口《ちょこ》は唇《くちびる》へ点《つ》けるくらいに過ぎますまい、朝顔の花を嚙《か》むように、」

「敗軍《まけいくさ》の鬱憤《うっぷん》ばらしに、そのくらいな事は言っても可《い》いのね。」

「堪忍し給え。酒を飲まない芸妓《げいしゃ》ぐらい口説《くど》き憎いものは無い。」

「じゃ、其方此方《そっちこっち》、当って見たの。」

「否《いや》、人は何《ど》うだか私一人としてはなんだ。処《ところ》で今夜だ——御飯は済んだと云《い》う、御《お》粥《かゆ》を食べたんだとさ。」

「御養生《ごようじょう》でおいで遊ばすのね。……それから、」

「お鹿の女房《かみさん》も、暖《あたたま》るものが可《よ》かろうと云うんで、桶饂飩《おけうどん》。」

「おやおやおや。」とお孝は、がっかり、最一《もひと》つうんざりしたらしい。

「……此処《ここ》に八頭《やつがしら》の甘煮《うまに》と云うのが有ります。」

と葛木《かつらぎ》は、小皿と猪口の間を、卓子台《ちゃぶだい》の上で劃《しき》って、

「一度讃《ほ》めたが、以来お鹿の自慢でね、きっと通しものに乗って出ます。……今日あたり土曜から日曜で私が来そうだと思う日は、煮て置くんだとお世辞を言った。が、

噫々《ああ》、十《と》ウに九ツ《ここの》これも見納めに成ろうも知れん、と云うのは（サの字。）の謎の事。……一度口へ出して、ピシリと遣《や》られる、二度とは面《おもて》は向けられまい、お鹿も今夜切《ぎり》と思うと何となく胸が迫って卓子台の上が暗かった……」

お孝はポンと楊枝《ようじ》をくべた、すうッと帯を揺《ゆす》って焦《じ》れったそうに、

「一寸《ちょいと》、まあ、待って頂戴《ちょうだい》よ。お粥腹《かゆばら》のお姫様《ひいさま》を饂飩《うどん》で口説《くど》いて、八頭《やつがしら》を見て泣いたって、宛然《まるで》お精霊様《しょうろさま》の濡場《ぬれば》のようだね。能《よ》く、それでも生命《いのち》があって帰って来たよ。確乎《しっかり》して下さいよ、後生《ごしょう》だから、お前さん、私が附いてるから。」

で、するり卓子台の縁《ふち》を辷《すべ》って、葛木の膝に手を掛ける。

「ああ、痛い。」

そのまま、背中をトンと凭《も》たして、瞳を返すと、お千世を見て、

「何《ど》うした、お爺《じい》さんは遅いじゃないか。」

「あら、姉さん、来るもんですか。」

「私は来るつもりで待って居《い》たのに――其処《そこ》の襖《ふすま》を開《あ》けて御覧《ごらん》よ、居るかも知れない。」

「まあ、」と可愛《かわい》く、目をぱちぱち。

「可《い》いから一寸御覧。」

と言う、香《こう》の煙に巻かれたように、跪《ひざまず》いて細目《ほそめ》に開《あ》けると、翠帳紅閨《すいちょうこうけい》に、(43)枕が三つ。床《とこ》の柱に桜の初花《はつはな》。

口紅《くちべに》

三十七

「御維新ちっと前だって、芝の大門通《だいもんどお》りの足袋屋《たびや》に名代娘《なだいむすめ》の美人が有った。その時分、増上寺《ぞうじょうじ》の坊さんは可恐《おそろ》しく金を使ったそうでね、怪《け》しからないのは居周囲《いまわり》の堅気《かたぎ》の女房で、内々囲《ないないかこ》われて居《い》たのさえ有ると言うのさ。その増上寺に、年少《としわか》な美僧で道心堅固な俊才《えらい》のが一人《ひとり》あった。夏の晩方《ばんがた》、表町《おもてまち》へ買物が有って、麻の法衣《ころも》で、ごそごそと通掛《とおりかか》ると、その足袋屋の小僧の、店前《みせさき》へ水を打って居た奴、太粗雑《いけぞんざい》だから、ざっと刎《は》ねて、坊さんが穿《は》きたての新しい白足袋を泥だらけにしたんだとね。……当時は電車で、毎々《まいまい》の事だが。

娘が夕化粧《ゆうげしょう》の結綿《ゆいわた》で駆出して、是非《ぜひ》、と云《い》って腰を掛《かけ》さして、其処《そこ》は商売物です。直《す》ぐに足袋を穿替《はきか》えさせると成って、予《かね》て大切なお山の若旦那《わかだんな》だから、打たての水に褄《つま》を取ると、お極《きま》りの緋縮緬《ひぢりめん》をちらりと挟んで、つくまって坊さんの汚れた足袋を脱がそうとすると、紐《ひも》なんです。……結んだやつが濡れたと来て、急には解けなかった為《ため》に口を添えた、皓歯《しらは》でその、足袋の紐に口紅《くちべに》の附いたのを見て、晩方《ばんがた》の土の紺泥《こんでい》に、真紅《しんく》の蓮花《れんげ》が咲いたように迷出《まよいだ》して、大堕落《だいだらく》をしたと言う、いずれ堕落して還俗《げんぞく》だろうさ。

　此方《こっち》は悔悟《かいご》して、坊主にでも成ろうと云うんだ。……いずれ精進《しょうじん》には縁があります。自棄《やけ》だから序《ついで》に言うが、……私は、はじめて逢った時、二十三の年、……高等学校を出ると、祝《いわい》だと云って連出《つれだ》して、村田屋《むらたや》(44)で御飯を驕《おご》ったものがある。酒は飲めず、畏《かしこま》って煙草ばかり吐《ふ》かして居たので、愛想に一本、一寸《ちょっと》吸って、帰りがけにくれたのが、」

「承知々々。」とまた笑う。

「でね、口紅がついて居たんだ。」

「気障《きざ》だ。」とお孝は手酌《てじゃく》である。

「坊主には縁があるって事だよ。」

　軽く清《ゆす》いで盃《さかずき》をさしながら、

「処《ところ》をまた還俗さしてあげるから、もとッこだわね。可哀相《かわいそう》に……そのかわり小鰭《こはだ》の鮨《すし》を売りゃしないか。」

　と倦怠《だる》そうに居直って、

「もし、その吸口《すいくち》は何《ど》う遊ばしたえ？……後学の為《ため》に承《うけたまわ》り置きたい……ものでござるな。……よ。真個《ほんとう》に、」

「路傍《みちばた》では踏《ふみ》つけよう、溝《どぶ》も気に成る……一石橋《いちこくばし》から流したよ。」

「ああ、祟《たた》りますねえ。そんな男を、私も因果だ。」

「恐入《おそれい》ります、が聞いて下さい。」

「聞いて遣《つか》わす、お酌《しゃく》をおし……御免《ごめん》なさいよ。」と弥々《いよいよ》酔う。

「そうだ――ああお銚子が冷めました、とこう、清葉が、片手で持って、褄《つま》の深い、すんなりとした膝を斜《はす》っかいに火鉢に寄せて、暖めるのに炭火に翳《かざ》す、と節《ふし》の長い紅宝玉《ルビイ》を嵌《は》めたその美しい白い手が一つ。親か、姉か、見えない空から、手だけで圧《おさ》えて、毒な酒はお飲みでない、と親身に言ってくれるように、トその片手だけ熟《じっ》と見たんだ。……」

お孝が、偶《ふ》と無意識の裡《うち》に、一種の暗示を与えられたように、掌《てのひら》を反《そ》らしながら片手の指を頤《あご》に隠した。その指には、白金《プラチナ》の小蛇《こへび》の目に、小さな黒金剛石《くろダイヤ》を象嵌《ぞうがん》したのが、影の白魚《しらうお》の如《ごと》く絡《まつわ》って居《い》たのである。

後で知れた、――衣類の紋も、同じ白色《しろいろ》の小蛇の巻いた渦巻《うずまき》であった。

「時に、隣の間《ま》の正成《まさしげ》も、ふと音の消えた時、違棚《ちがいだな》の上で、チヤチヤ、と囁《ささや》くように啼《な》いたものがある。声のしたのは、蛤《はまぐり》です。動いたと見えて、ガサガサと新聞包《しんぶんづつみ》が揺れたろうでは無いか。」

三十八

「(栄螺《さざえ》と蛤です。……)

思掛《おもいが》けない音に、一寸《ちょっと》驚いた顔をした清葉にそう云《い》って、土産《みやげ》じゃ無い、汐干《しおひ》では時節が違う。……雛《ひな》に供えたのを放生会《ほうじょうえ》、汐入《しおいり》の川へ流しに来たので、雛は姉から預かったのを祭って居る……先祖の位牌《いはい》は、妹が一人あって、それが斉眉《かしず》く、と言ったんだね。そして御姉妹《ごきょうだい》は、と清葉が訊くから、(実は。)と出ました。……実は、それに就《つ》いて、と言ったもんです。何に就いてだか、自分にも分らない。けれどもね……何に就いたって、あし掛《かけ》七年の間《あいだ》、ただ一度も、気障《きざ》な、可厭《いや》らしい、そんな事を、言出せそうな機会と云っては一度も無かった。

何時《いつ》も、座敷の服装《なり》で、きちんと芸者と云う鎧《よろい》を着て居るのから見れば、羽織《はおり》で櫛巻《くしまき》だけに、客に取っては馴《な》れ易《やす》い。覚悟は有ったし、サの字の謎。……

実は、と目を瞑《ねむ》って切掛《きっか》けたが、からッきし二《に》の太刀《たち》が続きません。酌をして下さい、と一口《ひとくち》に飲んでまた飲んだ飲んだ。もう一つ、もう一つ酌《つ》いで欲しい、また、と立続《たてつづ》けに引掛《ひっか》けても、千万無量の思《おもい》が、全然《まるで》、早鐘《はやがね》の如《ごと》くに成って、ドキドキと胸へ撞上《つきあ》げるから、酒なざ何処《どこ》へ消えるやら。

口も濡れない処《どころ》か舌が乾く。……また、清葉が何《なん》にも言わずに、那様《あんな》に煽切《あおっき》るのも道理だ、と断念《あきら》めたらしく見えて、黙って酌《つ》ぐんだよ。

ああ、酔った。」

と袖を擦並《すりなら》べたお孝の肩に、頭《つむり》を支《ささ》えたそうに頽然《がっくり》と成る。のをお孝が向うへ、片手で邪慳《じゃけん》らしく、トンと突戻《つきもど》した、と思うと、その手を直《す》ぐに、葛木の膝へ。敷《し》いて重ねた腕枕《うでまくら》に、ころりと横に成って、爪先《つまさき》をすっと流す、と靡《なび》いた腰へ、男の寝々衣《ねんねこ》の裾《すそ》を曳《ひ》いて、半《なか》ばを掛けた。……

「肝心《かんじん》な処《ところ》、それから。」と自若として言う。

「弱った……」

「私《わたい》を口説《くど》く気で、可《よ》うござんすか。真個《まったく》は、あの御守殿《ごしゅでん》(45)より、私の方が口説くには煩《むずかし》いんだから、その積《つもり》で、しっかりして。」

「破れかぶれは初手《しょて》からだ。構うもんか！……更《あらたま》って(清葉さん)。……」

「黙って顔を見ましたかい。」

「惚れたと云《い》うのが不躾《ぶしつけ》であるなら、可懐《なつかし》いんです、床《ゆかし》いんだ、慕《したわ》しいんです。……

私に一人の姉がある、姉は人の妾《めかけ》だった。……恋こがれた若い男が有ったのに、生命《いのち》にかえてある相場師の妾に成った……それは弟の為《ため》だったんです。

私の父親は医師《いしゃ》だったんだよ。……と云うお医師も、築地、本郷、駿河台(46)は本場だけれども、薬研堀《やげんぼり》の朝湯《あさゆ》に行って、二合半《こなから》引掛けてから脈を取ったんだそうだから、医師の方では場違いだね。

広袖《どてら》を着たまま亡くなると、看病やつれの結び髪を解きほぐす間《ま》も無しに、母親も後を追う。

姉は二十《はたち》、私は十三、妹は十一で、六十を越して祖母《おばあ》さんが、あとに残った……私と妹は奉公に出たんです。

姉は祖母《おばあさん》をかかえて、裏長屋に、間借りをして、其処《そこ》で、何か内職をして露命《ろめい》をつないで居る。私が小僧に成ったのは、赤坂台町《あかさかだいまち》の葉茶屋《はぢゃや》だった。」

膝に島田を乗せながら、葛木の色は白澄《しろず》んだ。

チャランチャラン、と河岸通《かしどおり》、五郎兵衛町《ごろべえちょう》を出番の金棒《かなぼう》。

一重桜《ひとえざくら》

三十九

「忘れもしない、ずっと以前——今夜で言えば昨夜《ゆうべ》だね——雛《ひな》の節句に大雪の降った事がある。その日、両国向《むこ》うの得客先《とくいさき》へ配達する品があって、それは一番後廻《いちばんあとまわし》、途中方々《ほうぼう》へ届けながら箱車《はこぐるま》を曳《ひ》いて、草鞋穿《わらじばき》で、小僧で廻った。日が暮れたんです。両国の橋を引返した時の寒さったら、骨まで透《とお》って、今思出《おもいだ》しても震え了《ちま》う。

何の事は無い、山から小僧が泣いて来たんだ。

人通りは全然《まるで》無し、大川端《おおかわばた》の吹雪《ふぶき》の中を通魔《とおりま》のように駆けて通る郵便配達が、唯《たっ》た一人《ひとり》。……それが立停《たちど》まって、チョッ可哀相《かわいそう》にと云《い》った。……声を出して泣きながら、声も涸《か》れて、漸《やっ》と薬研堀《やげんぼり》の裏長屋《うらながや》の姉の内《うち》の台所口へ着いた、と思うと感覚《おぼえ》が無い。浸々《しんしん》と降る雪の中に、ただどしんと云う音がしたって、姉が後で言い言いした。処《とこ》が何《ど》うです……妹は妹で、その前夜《ぜんや》から奉公先を病気で下《さが》って、内で寝て居《い》る。

これがまた悲惨でね。……聞いて見ると、猫の小間使《こまづかい》に行って居たんだ。主人夫婦が可恐《おそろし》い猫好きで、その為《ため》に奉公人一人給金を出して抱えるほどだから、その手数《てすう》の掛る事と云ったら無い、お剰《まけ》に御秘蔵が女猫《おんなねこ》と来て、産の時などは徹夜《よっぴて》、附《つき》っ切《きり》。生れた小猫に、すぐにまた色気《いろけ》が着くと、何と何うです、不潔物《ふけつぶつ》の始末なんざ人間なみに為《さ》せられる。……処へ、妹が女の子の癖《くせ》に、予《かね》て猫嫌いと来て居たんだものね。死ぬほどの思いで、辛抱はしたんだが、遣切《やりき》れなく成って煩《わずら》いついた。(少し変だ、顔を洗うのに澄まして片手で撫《な》でる、気を鎮《しず》めるように。)と言って、主人から注意があったんだとね。祖母《ばあさん》は祖母で、目を煩って殆《ほと》ど見えない。二人の孫を手探りにして赤い涙を流すんじゃないか。

私は気が付くと、その夜《よ》、――後で妹の話を聞いて慄然《ぞっと》して飛んで出たが、猫行火《ねこあんか》に噛着《かじりつ》いて居て、豆煎《まめいり》を頬張《ほおば》ったが、余り腹が空《す》いて口が乾いて咽喉《のど》へ通らないから、番茶をかけて掻込《かっこ》んだって。

内職の片手間に、近所の小女《こむすめ》に、姉が阪東《ばんどう》を少々、祖母《ばあ》さんが宵《よい》は待《まち》ぐらいを教えて居たから、豆煎は到来ものです。

(白酒《しろざけ》をおあがり、晋《しん》ちゃん、私が縁起直《えんぎなお》しに鉢の木を御馳走しよう。)と、鉱落《ブリキおと》しの長火鉢《ながひばち》の前へ、俎《まないた》と庖丁を持出して、雛に飾った栄螺《さざえ》と蛤《はまぐり》をおろしたんだ。

重代の雛は、掛物《かけもの》より良《い》い値《ね》がついて、疾《とう》に売った。有合《ありあ》わせたのは土彩色《つちさいしき》の一《いち》もん雛《びな》です。中にね、――潰島田《つぶししまだ》に水色の手柄《てがら》を掛けた――年数が経って、簪《かんざし》も抜けたり、その鬢《びん》の毛も凄《すご》いような、白い顔に解《ほつ》れたが――一重桜《ひとえざくら》の枝を持って、袖で抱くようにした京人形、私たち妹も、物心覚えてから、姉に肖《に》て居《い》る、姉《ねえ》さんだ姉さんだと云《い》い云いしたのが、寂しくその蜜柑箱《みかんばこ》に立って居た。

それをね、姿《すがた》見を見る形に、姉が顔を合せると、其処《そこ》へ雪明《ゆきあか》りが映《さ》して蒼《あお》く成るように思ったよ。姉が熟《じっ》と視《なが》めて居たが、何と思ったか、栄螺《さざえ》と蛤《はまぐり》を旧《もと》へ直すと、入《いれ》かわりに壇《だん》へ飾ったその人形を取って、俎《まないた》の上へ乗せたっけ……」

「千世《ちい》ちゃん。」

と葛木の膝枕《ひざまくら》のまま、お孝が呼んだ。

「はあ。」と襖《ふすま》越しに返事した。お千世は、前刻《さっき》其処《そこ》を見せられた序《ついで》に、……(眠かろう先《さき》へお寝な。)と言われたのである。そして寂寞《ひっそり》して今しがた、ずるずると帯を解いた気勢《けはい》がした。

四十

「寒く成った、掻巻《かいまき》をおくれ。」

とお孝は曲げた腕《かいな》を柔《やわらか》く畳に落して、手をかえた小袖の縞《しま》を、指に掛けつつ男の膝。

「姉さん、私、帯を解いてよ。」

「生意気お言いでないよ、当《あて》も無しに。可《い》いから持っといで。」

「うまい装《なり》をして、」

と膚《はだ》の摺《す》れる、幽《かす》かな衣《きぬ》の捌《さば》きが聞えて、

「御免《ごめん》なさいまし。」と抱いて出た掻巻の、それも緋《ひ》と浅黄《あさぎ》の派手な段鹿子《だんかのこ》であったのを、萌黄《もえぎ》と金茶《きんちゃ》の翁格子《おきなごうし》の伊達巻《だてまき》で、ぐいと縊《くび》った、白い乳房を夢のように覗《のぞ》かせながら、ト跪《ひざまず》いてお孝の胸へ。

襟足《えりあし》白く、起上《おきあが》るようにして、ずるりと咽喉《のど》まで引掛《ひきか》けながら、

「貴方《あなた》、同じ柄で頼母《たのも》しいでしょう、清葉さんの長襦袢《ながじゅばん》と。」

学士は黙って額を圧《おさ》える。

「姉さん、枕よ……」

「不作法だわ、二人で居る処《ところ》へ唯《たっ》た一ツ。」

「知らない、姉さんは。」

「持ってお帰り。」

「はい。」

と立って、脛《はぎ》をするすると次の室《ま》へ。襖《ふすま》を閉めようとして一寸立姿《ちょっとたちすがた》で覗く。羽二重《はぶたえ》の紅《くれない》なるに、緋で渦巻《うずまき》を絞ったお千世のその長襦袢の絞《しぼり》が濃いので、乳《ちち》の下、鳩尾《みずおち》、窪《くぼ》

み に陰《かげ》の映《さ》すあたり、鮮紅《からくれない》に血汐《ちしお》が染《そ》むように見えた——俎《まないた》に出刃《でば》を控えて、潰島田《つぶししまだ》の人形を取って据えたその話しの折の所為《せい》であろう。

凄《すご》さも凄いが、艶《えん》である。その緋《ひ》の絞《しぼり》の胸に抱く蔽《おおい》の白紙《しらかみ》、小枕《こまくら》の濃い浅黄《あさぎ》。隅田川のさざ波に、桜の花の散敷《ちりし》く俤《おもかげ》。

非《あら》ず、この時、両国の雪。

葛木は話したのである。

「姉の優しい眉が凜《りん》と成って、顔の色が蠟《ろう》のように、人形と並んで蒼《あお》みを帯びた。余りの事に、気が違ったんじゃないかと思った。

顔の色が分ったら祖母《おばあ》さんは姉を外へ出さなかったろうと思うね。——兄弟《きょうだい》が揃った処《ところ》、お祖母《ばあ》さんも、この方《ほう》がお気に入るに違いない、父上《おとうさん》、母上《おっかさん》の供養の為《ため》に、活《いき》ものだから大川《おおかわ》へ放して来ようよ……

で、出たっ切《きり》、十二時過ぎまで帰らなかった。

妹が涙ぐんで、(兄さん、姉さんは? 見て来て下さい。)と言う。私も水へ飛込み兼ねない勢《いきおい》で、台所へ出ようとすると、姉は威勢よく其処《そこ》へ帰った。……

白鳥《はくちょう》を提《さ》げてね、景気よく飲むんだって……当人既《すで》に微酔《ほろよい》です。お待遠様《まちどおさま》と持込んだのが、天麩羅蕎麦《てんぷらそば》に、桶饂飩《おけうどん》。

女二人が天麩羅で、祖母さんと私が饂飩なんだよ。考えて見ると、その時分から意気《いく》地《じ》の無い江戸児《えどっこ》さ。

その晩、予《かね》て口を利いた浜町《はまちょう》の骨董屋《こっとうや》の内《うち》へ駈込んで、（あい。）と返事をしたんだって。

浅草、花川戸《はなかわど》の、軒に桃の咲く二階家《にかいや》に引越《ひきこ》して、都鳥《みやこどり》の鼈甲《べっこう》の花笄《はなこうがい》、当分は島田のままで、祖母さんと妹が其処へ引取られて、私は奉公を止《よ》して、中学校の寄宿舎へ入る。続いて白筋《しろすじ》の制帽《せいぼう》と成って、姉の思一《おもいひと》つなんだ。かみわざで助けられるように、金釦《きんぼたん》の制服と漕ぎつけた。」

伐木丁々《ばつぼくちょうちょう》

四十一

「……までは、先《ま》あ可《よ》かったんです。……処が、その後祖母《のちおばあさん》の亡くなった時と、妹が婚礼をした時ぐらいなもので、可懐《なつか》い姉は、毎晩夢に見るばかり。……私には逢ってくれない。二階の青簾《あおすだれ》、枝折戸《しおりど》の朝顔、夕顔、火の見の雁《かり》がね、忍返《しのびがえ》しの雪の夜《よ》。それこそ、鳴く虫か小鳥のように、どれだけ今戸《いまど》のあたり姉の妾宅《しょうたく》の居周囲《いまわり》を、あこがれて徉徜《さまよ》ったろう、……人目を忍び、世間を兼ねる情婦《いろ》ででも有るように。――暗号《あいず》で出て来る妹と手を取って、肩を抱合《だきあ》って、幾度泣いたか知れません。……姉は恥かしいから逢わぬと歎く。女の身体《からだ》の、切刻《きりきざ》まれる処《ところ》が見たいか、と叱るんだね。

その弟の身に成ると、姉は隅田川の霞《かすみ》の中に、花に包まれた欄干《らんかん》に立って、私を守って居《い》るようでもあるし、紅蓮大紅蓮《ぐれんだいぐれん》と云《い》う雪の地獄に、俎《まないた》に縛られて、胸に庖丁を擬《あ》てられながら、救《すくい》を求めて悶《もだ》えるとも見える。……

死《しに》ものぐるいに勉強をしたよ。

大学へ入ると言う、その祝いだ、と云って、私を村田屋《むらたや》へ連出《つれだ》したのは、姉の旦那《だんな》だ。

その時清葉を見ました。

心の迷いか、済《す》まん事だが、脊恰好《せいかっこう》、立居《たちい》の容子《ようす》が姉に肖然《そっくり》。

この方《ほう》は手形さえあれば、曲りなりにも関所が通られると思うと、五度《たび》に一度《ど》、それさえ半年の間《あいだ》なんだ、……小遣《こづかい》を貯めるんだからね。……また芸者の身に成って見りゃ、迷惑な事は夥多《おびただ》しい。」

お孝は黙って頭《かぶり》を掉《ふ》った。

「姉の方は、天か地か、まるで幽明処《ゆうめいところ》を隔《へだ》つ、遠い昔のものがたりの中に住むか、目《ま》近《ぢか》に姿ばかりの錦絵《にしきえ》を見るようだろう。同じ、娑婆《しゃば》に、おなじ時刻に、同じ檜物町《ひものちょう》の土地に、ただ町を離れて、本郷の学校の門と、格子戸《こうしど》を隔てただけで住んで居る筈《はず》の清葉さえ、夢に見ても夢でさえ、遠出《とおで》だったり、用達《ようた》しだったり、病気だったりして逢えないんだものね。半年の間熟《あいだじっ》と目を塞《ふさ》いで居て、お茶屋の二階で目を開《あ》いて、ドキドキする胸を圧《おさ》えるのがその仕儀《しぎ》なんだ。

一度も夢で泣いたのは……」

天井を高く仰いで云った、学士の瞳は水の如し。

「何処《どこ》か……私の寄宿舎の二階と向合《むきあ》う、同じ高さに川が一筋《ひとすじ》……川が一筋。……で、夢だろう。水はその下を江戸川の(どんどん)ぐらいな流れで通る。向う岸《がし》に二階がある。表《おもて》だけ見えて、欄干《らんかん》が左右へ……真中《まんなか》に榎《えのき》の大樹《たいじゅ》があって仕切る、その二階がね、一段低く成って流《ながれ》に臨《のぞ》んで、も一つ高い座敷が裏に有りそうなんだ、夢だからね、お聞き。……いや聞いておくれ。

その左右の欄干の、向って右へ、嫋娜《すらり》と掛《かか》って、美しい片袖《かたそで》が見える。ト頰杖《ほおづえ》か何か、物思わしい風情《ふぜい》で、熟と此方《こっち》を視《なが》めるらしい、手首が雪のように、ちらりと見えるのに、顔は榎に隠れたんだ。榎は何処か、深山《みやま》の崖か、遠い駅路《うまやじ》の出入境《でいりざかい》に有る、繁った大《おお》きな年経《としふ》る樹《き》らしい。

其処《そこ》へね、むくむくと動いて葉を分けて、ざわざわと枝を踏んで、樵夫《きこり》が出て来た。花咲爺《はなさかじじい》の画《え》にあるような、ああ、」

と横を向いて卓子台《ちゃぶだい》を幽《かす》に拊《う》って、

「前刻《さっき》、西河岸《にしがし》で逢った植木屋……ね、一寸《ちょっと》消《に》て居《い》たよ。取留《とりと》めは無いのだけれども。その爺《じい》さんが、コツンコツンと斧を入れる。が、斧の音は、あの、伐木丁々《ばつぼくちょうちょう》として、百里も遠く幽《かすか》だのに、一枝《ひとえだ》、二枝《ふたえだ》、枝は、ざわざわと緑の水を浴びて落ちる。」

四十二

「三枝《みえだ》、五枝《いつえだ》、裏掻《うらが》いてその繁茂《しげり》が透《す》くに連れて、段々、欄干《らんかん》の女の胸が出て、帯が出て、寝着姿《ねまきすがた》が見えて、頬《ほほ》が見えて、鼻筋の通る、瞳が澄んで、眉が、はっきりと成る。縺毛《もつれげ》がはらはらとかかって島田髷《しまだ》が見えた。

川の水が少し渺《びょう》として、月が出たのか、日が白いのか、夜だか昼だか分らない。……間《あいだ》が凡《およ》そ何《ど》のくらいか知れないまで遠く成る、とその一段高い女の背後《うしろ》に、すっくと立った、大《おおき》な影法師が出た。一段高いのに、突立《つった》ったから胸から上は隠れたが、人とも獣とも、大な熊が蔽《おお》われかかるように見えたんだがね。」

「一寸待って！」

て、お孝の怯《おび》えたらしい慌《あわただ》しさ。が沈んで力ある声に、学士は夢から現《うつつ》の世に引き戻され

その声は、最《も》う静《しずか》であった。掻巻越《かいまきごし》に、お孝は学士の手を我が胸に持添《もちそ》えて、

「ええ、」と驚く。

「此処《ここ》を抱いて居て下さい。」

「さあ、話しておくんなさいな、――身に染みるわねえ。」

「たわいは無いんだよ。……すがすがしいが、心細い、可哀《あわれ》な、しかし可懐《なつか》しい、胸を絞るような駅路《うまやじ》の鐸《すず》の音が、りんりんと響いたので、胸がげっそりと窪《くぼ》んで目が覚めるとね、身体《からだ》が溶けるような涙が出たんだ。

その二《に》階越《かいごし》の女が、何《ど》うしても姉なんだ。いや清葉だった。しかもつい近頃の事なんだよ。」

「…………」

「話が前後《あとさき》に成ったんだがね、……夢を見たのは、姉が最う行方《ゆくえ》知れずに成ってからです。」

「行方知れず？……」と手を支《つ》く音。

「私が兎《と》に角《かく》、今の学校を卒業すると、妹には代々の位牌《いはい》を、私にはその一組の雛《ひな》と、

人形を記念《かたみ》に残して観音様の巡礼に、身を亡きものと思っておくれ、――妹に――達者でおくらし、――私に、晋さん御機嫌よう――

妹には夫がある。

この行方《ゆくえ》を探すには、私が巡礼に出なければ成らないんだ。

が、それは今出来兼《できか》ねる。

雖然《けれども》、夢にも快《こころよ》く逢える事か、似た人にさえ思いのままには口も利《き》けない。七年越し（私は姉が欲しい、……お前さんが欲しい、清葉さん。）と清葉に云《い》った。

今夜思切《おもいき》って言ったんだ。

ただ他人でありたく無い！　が、いまこの二人《ふたり》は、きょうだいに成り得る世界を持たん。夫婦に成りたい。一所《いっしょ》に成りたい、ただ他人ではありたく無い。しかし様子を見ても大抵分る、これは肯入《きき》れてはくれないだろう、断然断《ことわ》らるるに違《ちが》いない！

私は、お前さんから巡礼に成る、少くとも行方知れずに成る、杯《さかずき》をうけて下さい。」

「御守殿《ごしゅでん》は何と云って？」と言《ことば》は烈《はげ》しく、掻巻《かいまき》はすらりとして居《い》る。

「清葉は、すっと横を向いて、襦袢《じゅばん》の袖口《そでくち》をキリキリと噛《か》んだ。」

「一件《いっけん》だね。」

「私は胸が迫ったよ。……清葉が、声を霞《かす》ませて言った。……（お察し申します。）」

「へえ。」

「(貴方《あなた》の姉さんが私でしたら、貴方に何とおっしゃるでしょう。貴方は姉さんにお聞き下さいまし。私には母があります、養母です。)と俯向《うつむ》いたが、起直《おきなお》って、(母に聞かなければ成りません。ト……また私には子があるんです。その子の父があるんです。一人極《きま》った人があれば、果敢《はか》ないながら芸者でも操《みさお》を立てねば成りません。芸者の操、貴方お笑いなさいまし。私は泣いて、そのお別れの杯を頂きましょう。)……」

「ああ、言いそうなこった。御守殿め、チョッ。」と膝を丁《ちょう》と支《つ》くと、颯《さっ》と掻巻の紅裏《べにうら》を飜《かえ》す、お孝は獅子《しし》頭《がしら》を刎《は》ねたように、美しく威勢よく、きちんと起きて、

「でも、有繫《さすが》に土地の姉さんだねえ。」

空《うつ》　蟬《せみ》

四十三

「もしもし、貴女様《あなたさま》、もし……」

此処《ここ》に葛木に物語られつつある清葉は、町を隔《へだ》て、屋根を隔てて、彼処《かしこ》にただ一人、

水に臨んで欄干《らんかん》に凭《もた》れて佇《たたず》む。……男の夢の流《ながれ》では無い、一石橋《いちこくばし》の上なのである。が、姿も水もその夢よりは幻影《まぼろし》である。

唯《と》、小腰《こごし》を屈《かが》めて差覗《さしのぞ》き、頭を揺《ふ》って呼掛《よびか》けたのは、顱巻《はちまき》もまだ除《と》らないままの植木屋の甚平爺《じんべいじい》さん。

「今頃、何をしておいでなさります、お一人《ひとり》でこんな処《ところ》に……ははは、」

と底力《そこぢから》の無い愛想笑《あいそわらい》で、

「いや、もう、人様《ひとさま》の事をお案じ申すと云《い》う効性《かいしょう》もございません。……お助けを被《こうむ》りました御礼を先へ申さねばなりませんのでございました。はい、先刻《せんこく》は何とも早《は》や、お庇《かげ》で助かりました。頓《とん》と生命拾《いのちびろ》いでございます。それにまた、お情深い貴女様《あなたさま》、種々《いろいろ》と若衆《わかいしゅ》たちまで、お優しいお心附《こころづけ》を下さいまして、お礼の申上げようもございません。」

「ああ、植木屋さん。」

と云う……人を見た声も様子も、通りがかりに、その何となく悄《しお》れたのを見て、下に水ある橋の夜更《よふけ》、と爺《おやじ》が案じたほどのものでは無い。

「今、お帰りなんですか。」

「はい、ええ、貴女からお心添え、と申されて、途中でまた待伏《まちぶ》せでもされるような事があっては成らねえ。泊れ、世話をしよう、荷なりと預って遣《や》ろうと、こう云うて下さいましたが、何、前後の様子で、私《てまえ》、尺《しゃく》を取りました寸法では、一時《いちじ》赫《かっ》として手を上げましたばかり。然《さ》して意趣遺恨《いしゅいこん》の有る覚えとてもございませず、……何また、この上に重ねて乱暴をしますようなれば、一旦はちと遠慮がございまして故《わざ》と控えましたようなものの、いざと成れば、何の貴女《あなた》、ただ打《ぶ》たれて居《お》りますものか。向脛《むこうずね》を掻払《かっぱら》って、ぎゃっと傾倒《のめ》らしてくれますわ。」と影弁慶《かげべんけい》が橋の上。固《もと》より好む天秤棒《てんびんぼう》、真中《まんなか》取って担《かつ》ぎし有様《ありさま》、他《よそ》の見る目も覚束無《おぼつかな》い。

附け景気《げいき》の広言さえ、清葉は真面目に憂慮《きづか》うらしく、

「でも、お年寄が、危《あぶな》いじゃありませんかね、喧嘩《けんか》はただ当座のものですよ。一晩明《ひとばん》かしてお帰りなさると可《よ》かったのにねえ。」

「はい、それに実は何でござります、……大分《だいぶ》年数も経ちました事ゆえ、一時半時《ひとときはんとき》では、誰方《どなた》もお心付《こころづき》の憂慮《きづかい》はござりませんが。……貴女には、何をお秘《かく》し申しましょう、私《てまえ》はその、はい、以前は矢張《やは》りこの土地に住《すま》いましたもので。」

「まあ、」

「ええ……悴《せがれ》が相場ごとに掛りまして分散《ぶんさん》、と申すほど初手《しょて》から然《さ》したる身上《しんしょう》でもござりませぬが、幽《かすか》には、御覚えがあろうも知れませぬ、……元数寄屋町《もとすきやちょう》の中程《なかほど》の、もし、へへへ、煎餅屋《せんべいや》の、はい、その時分からの爺《おやじ》でござりますよ。」

「あら、お店の前の袖垣《そでがき》に、朝顔の咲いた、撫子《なでしこ》の綺麗《きれい》だった、千草煎餅《ちぐさせんべい》の、知って居《い》ますとも――まあ、お見それ申して済まないことねえ。」

はずんだ声も夜《よ》とともに沈んで聞えて静《しずか》である。

「滅相《めっそう》な、何《なん》の貴女《あなた》。お忘れ下さるのが功徳《くどく》でございますよ、はい、でも私は粗《てまえ》とお見覚《みおぼ》え申して居《お》ります、たしか……瀧の家さんのお妹御《いもうとご》……」

「ええ、小女《ちいさ》い方《ほう》よ、お爺《じい》さん、こんなに成って……お可懐《なつかし》いのね。」

四十四

「御主婦《おかみ》さんは、」

「養母《おふくろ》ですか。息災《そくさい》ですよ。でも、めっきり弱りました。」

「私、陰《かげ》ながら承《うけたまわ》って存じて居ります。姉《ねえ》さんが、お亡くなりに成りましたそうで。あの方《かた》はお丈夫で。……貴女はお小さい時から悪戯《いたずら》もなさらず、何時《いつ》もお弱くっておいでなさりましたが、しかし、まあ、御機嫌《ごきげん》よう、御全盛《ごぜんせい》で。」

「否《いいえ》、全盛処《それどころ》ではござんせん。姉が達者で居てくれますと、養母も力に成るんですけど、私がこんなですからね。――何ですよ、何時も身体《からだ》が弱くって困りますの。」

「お見受け申しました処《ところ》でも、ちっと蒲柳《ほっそり》なさり過ぎますて。」

何やら、もの思わしげな清葉の容子《ようす》を、最《も》う一度凝《た》めて視《み》て、

「尤《もっと》も柳に雪折《ゆきおれ》なし、却《かえ》って御心配の無いものでございます。でございますが。」

爺さんは天秤《てんびん》を潜《くぐ》るが如《ごと》く、腰を極《き》めて、一息《ひといき》寄る。

「そのお弱い貴女《あなた》が、また……何で、今時分、こんな処に夜風は毒の、橋は冷えます。私《てまえ》なんぞ出過ぎましたようでございますが、お案じ申すのでございますよ。」

「難有《ありがと》う、……身投げじゃないの、お爺さん。」

「滅法界《めっぽうけえ》な、はッはッ。」

「でも、真個《ほんとう》は投げても可《い》いんです、今夜あたり。」と微笑《ほほえ》んだ、が、笑顔の気高いのが凄《すご》いように見える。

「滅相至極《めっそうしごく》も無い。」

「親身《しんみ》に心配して下さるのを私、串戯《じょうだん》を云《い》って済みません。真個身《まったく》でも投げそうに、それは見えましたでしょうとも。一人で、こんな処に茫乎《ぼんやり》して。

実はね、お爺さん、宵からお目に掛って居た客が、帰りがけにこの橋から放生会《ほうじょうえ》をなすった品《もの》があるんです。——昨日《きのう》はお雛様《ひなさま》のお節句だわね——その蛤《はまぐり》と栄螺《さざえ》ですって。」

「はい、成程《なるほど》。」

「殿方《とのがた》ばかりでなさるんでは、故《わざ》とらしくも聞えますが、その方は御姉《おあね》えさんの御遺言。

……まあね、……遺言と云《い》った訳《わけ》なんですとさ、私も姉が亡く成ったんです。

何ですか、可懐《なつかし》くって、身に染みて成らないのに、少々仔細《しさい》が有りましてね、最《も》うその方とも此切《これっきり》、お目に掛られないかも知れなく成ったの。七年以来《このかた》、夢にまで、真個《ほんとう》に夢を見て頂くまで、贔屓《ひいき》に……思って……下すった……のに。」

袖を落して悄《しお》る手に、鉄の欄干《らんかん》は痛々《いたいた》しい。

「私……最う御別離《おわかれ》をお見送り申し旁々《かたがた》、切《せ》めて、この橋まで一所《いっしょ》に来て、優しい事を二人《ふたり》でして、活《い》きものの喜ぶのを見たかったんですけれども、二人ばかりの朧夜《おぼろよ》は、軒続《のきつづ》きを歩行《ある》くのさえ謹《つつし》まねば成らないように、もう久しい間《あいだ》……私ねえ、躾《しつ》けられて居《い》るもんですから、情《なさけ》ないのよ。お爺さん。お恥かしいじゃありませんか。そのね、(二人で来る。)と云うのさえ、思出《おもいだ》さねば気が付かないまで、好《すき》な事、嬉しい事、床《ゆか》しい事も忘れて居て、お暇乞《いとまごい》をしたあとで、何だか頻《しきり》に物たりなくって、三絃《はこ》を前に、懐手《ふところで》で熟《じっ》と俯向《うつむ》いて居る中《うち》に、漸《や》っと考え出したほどなんですもの。

私許《わたしんとこ》でも、真似事《まねごと》の節句をします。その栄螺《さざえ》だの蛤《はまぐり》だのは、何《ど》うしたろうと、何年越《なんねんごし》かで、ふッと、それも思出すと、きっと何かと突包《つっくる》んで一所に食べたに違いない。菱餅《ひしもち》も焼くのを知って、それが草色でも、白でも、紅色《べにいろ》でも、色の選好《よりこの》みは忘れて居る、……ああ、何と云う空蟬《ぬけがら》の女に成ったろう、と胸が一杯に成ったんですよ。」

四十五

「お地蔵様の縁日だし、序《ついで》と云っては失礼だけれど、その方と御一所《ごいっしょ》に、お参詣《まいり》をしながら、貝を流しに来られたら、何《ど》んなに嬉しかったろうと思いますとね、……それなり内《うち》へ帰る気に成れなかったもんですから、後《あと》を慕《した》ったように見に来ました。お爺さん、その方は、随分《ずいぶん》、私に思切《おもいき》った、殿方《とのがた》の口からでは、嘸《さ》ぞ仰有《おっしゃ》りにくかろうと思う事さえ、打明けて下すったのに、私は女で、女の口から言って可《い》い、言わねばならない……今、ただ、お前さんに話をした、一所に此処《ここ》までお見送りがしたい、とそれだけさえ、口へは出せない身なんですもの。

大抵お察しなさいまし。……小児《こども》のような罪の無い、そしてそれより、酢《す》いも甘いもよう知って、浮世を悟ったお老人《としより》は仏様《ほとけさま》、何にも隠す事は無い。……私には、小児の親の旦那《だんな》があります。

何うせ女房《おかみ》さんや児《こ》があって、浮気をなさるくらいな人、妾《めかけ》てかけは他《ほか》にもある。珍らしくも無い私を、若い妓《こ》に見かえないで瀧の家一軒世帯《しょたい》の世話をしてくれますのは、棄《す》てる言分《いいぶん》が無いからです。落度《おちど》があれば其切《それッきり》、まことに頃日《このごろ》の様子では、内々《ないない》じゃ持《もて》扱《あつか》って、私の落度を捜《さが》して居るかも知れませんもの。大一座《おおいちざ》ででもあるなら知らず、差《さし》向《むか》いでは、串戯《じょうだん》も思切《おもいき》っては言えませんわ。

那様《そんな》に、だらしなく意気地《いくじ》なく、色恋《いろこい》も、情《なさけ》も首尾《しゅび》も忘れたような空洞《うつろ》に成ったも、燃立《もえた》つ心を冷し冷し、家《うち》を大事と思うばかり。その家だって私のじゃない。……

ねえ、お爺《じい》さん。」

と面《おもて》を背《そむ》けて、

「養母《おふくろ》へ義理たった一つばかりなのよ！……

亡く成った姉に、生命《いのち》がけの情人《いろ》が有って、火水《ひみず》の中でも添わねば成らない、けれど、借金のために身抜《みぬ》けが出来ず——以前盗人《どろぼう》が居直って、白刃《しらは》を胸へ突きつけた時、小夜着《こよぎ》を被《かぶ》せて私を庇《かば》って、びくともしなかった姉《ねえ》さんが、義理に堰《せ》かれて逢うことさえ出来ない辛《つら》さに、私を抱いてほろほろ泣く。

出生《うまれ》は私、東京でも、静岡で七つまで育ったから、田舎ものと言われようけれど……その姉さんを持ったお庇《かげ》に、意地も、張《はり》も、達引《たてひき》も、私は習って知って居《い》る。

その時に覚悟をして、可厭《いや》で可厭で成らなかった、旦那《だんな》の自由に成ったんです。またそうして、後々《あとあと》までも引受《ひきう》ければ、養母が承知をして、姉を手放してくれたんですもの。……

ちゃんと養母に約束した、その時の義理がありますから、自分じゃ、生命も随意《まま》には成りゃしない。

お爺さん、私ゃ芸者のかざかみにも置かれない……意気な人には御守殿《ごしゅでん》だ、……奥さんだ、お部屋だって言われます。」

はなじろみながら眉の昂《あが》った、清葉の声は凜《りん》とした。……途中でお孝の三人づれに行《ゆき》逢《あ》ったを爺《おやじ》は知るまい。が、言う清葉より聞く方が、ものをも言わず、鼻をすする。

「心に思う万分一《まんぶんいち》、その一言《いちごん》は云《い》わないでも、姉の身ぬけにこうこうと、今云った義理だけは、私はその人に言いたかった、言いたかったんです。」

と思わず縋《すが》って泣くように、声が迫って、

「ですけれど、他人は知らず、私たち、そうした人に、この事を打明けては、死んだ姉に恩を被《き》せる、と乗ってる蓮《はす》の台《うてな》が裂ける……姉は私に泣いてましょう、泣いてくれるのは嬉しいけれど、気の毒がられては、私は済まない。

坊主に成る、とまで真実に愚《ぐ》に返って、小児《こども》のように言った人に、……私は堪《こら》えて黙って居ました。……」

彩《いろ》ある雲《くも》

四十六

爺《じい》さんは、先刻《さっき》打撲《くらわ》された時怪飛《けしと》んだ、泥も払わない手拭《てぬぐい》で、目を拭くと、はッと染みるので、驚いて慌《あわただ》しいまで引擦《ひっこす》って、

「他所目《よそめ》には大所《おおどこ》の御新造《ごしんぞ》さんのように見えます、その貴女《あなた》が、……矢張《やっぱ》り苦界《くがい》、孰《いず》れ苦の娑婆《しゃば》でござります。それにつけましても孫が可愛《かわい》うございますので、はい。」

沈めて、静《しず》かに、

「お孫さん？……」

「ええ、女の子でござりまして。」

「まあ、私はちっとも知りません。」

「御尤《ごもっとも》でござりますとも。……まだ胎内《おなか》に居《お》ります内《うち》に、ただ今の場末へ引込みましてな。」

「では、私の静岡と同じだわね。それは、まあ、お楽《たのし》み。」

「否《いえ》、処《ところ》が何《ど》うして、処が何うして。」

と頭《かぶり》を掉《ふ》って、下《おろ》して有る天秤《てんびん》に掴《つかま》りながら、

「大苦《おおくるし》みなわけでござりまして、貴女方《あなたがた》と同一《おんなじ》と申すと口幅《くちはば》ったい、その数《かず》でもござりませんが、……稲葉家《いなばや》さんに、お世話に成って居りますので、はい。」

「まあ、お孝さんの許《とこ》に、……ちっとも私知らなかった。」

「はい、彼方《あちら》の姉《ねえ》さんも、あの御気象《ごきしょう》で、よく可愛がって下さいます、が、願えますものならば、貴女のお手許に、とその時も思った事でござります。否《いいえ》、不足を言うではござりません。芸者と一概に口では云《い》い条《じょう》、貴女は、それこそ歴乎《れっき》とした奥方様《おくがたさま》も同じ事。一人の旦那様《だんなさま》にちゃんと操《みさお》をお守りなされば、こりゃ天下一本筋《いっぽんすじ》の正しい道をお通りなさる、女の手本でござります。彼娘《あれ》にもな、あやからせとう存じますので。」

「飛んでもない、お孝さんこそ可《い》い姉さん。ああでなくては不可《いけ》ません。私は何も、曲《ゆが》んだり拗《す》ねたりして、こう云うのではないんです。お爺さん、色でも恋でも無い人に、立てる操は操でないのよ。……一人に買われる玩弄品《おもちゃ》です。大人の手に遊ばれる姉《あね》さま人形も同じ事。」

ふと言絶《ことばた》え、嘆息《ためいき》して、

「此処《ここ》で栄螺《さざえ》を放した方《かた》は、上の壇に栄螺が乗って、下に横にして供えられた左褄《ひだりづま》の人形を、私とは御存じないの。」

と、半《なか》ば乱れた独言《ひとりごと》、聞かせぬつもりの声が曇《くも》る。

「何も浮世でござりますよ。」

と分らぬながら身につまされて、爺さんはがっくりと蹲《しゃが》んで俯向《うつむ》き、もう一度目を引《ひっ》擦《こす》って、

「何の真似は出来ませいでも、切《せ》めて芸ごとで、勤《つと》まるように成れば可《い》いと存じますよ。貴女《あなた》なぞは何が何でも、其処《そこ》が強味《つよみ》でいらっしゃいます。憂《う》さも辛《つら》さも、糸に掛けて唄ってお了《しま》いなさりまし。芸ごとも貴女ぐらいにお成りなさると、人の楽《たのし》みより御自分のお気晴《きばら》しに成りまする。……中にも笛は御名誉で、お十二三の頃でございましたろうか、お二階でなさいますのが、私《てまえ》ども一町隣《いっちょうとなり》、横町《よこちょう》裏道寂《しん》と成って、高い山から谷《たに》底《そこ》に響くようでござりましたよ。」

「ピイピイ笛の麦藁《むぎわら》ですかえ、……あんな事を。」と、むら雲一重《ひとえ》、薄衣《うすぎぬ》の晴れたように、嬉しそうに打微笑《うちほほえ》む、月の眉の気高さよ。

「あの、時分の事を思いますと、夢のようでござります。この頃でも、御近所だと時々聞かれますのでござりましょうがな。」

「可い塩梅《あんばい》。」

とやや元気に、

「幸《しあわせ》と聞えやしませんよ。……でも笛だけは、もう何時《いつ》も、帯につけて居《い》ますけれども、箱部屋《はこべや》の隅《すみ》へ密《そっ》として置くばかり。七年にも八年にも望まれた事はありません。世間じゃ誰も知らないのに、お爺さん、ひょんな事を言出《いいだ》して、何だか胸があつく成った。笛が動いて胸先《むなさき》へ！……嬰児《あかんぼ》のように乳に響く！　何時でも口を結《ゆわ》えられて、袋に入って居るんだから。」

と命《いのち》を抱《いだ》く羽織《はおり》の下に、きっと手を掛けた女の心は、錦の綾《あや》に、緋総《ひぶさ》の紐《ひも》、身に引しめた朧《おぼろ》の顔に、彩《いろ》ある雲が、颯《さっ》と通る。

眉を照らして、打仰《うちあお》ぎ、

「……世に出て月が見たいんでしょう。……吹きはしませんよ。」

とすらりと抜いて、衝《つ》と欄干《らんかん》へ姿を斜《なな》めに、指白々《ゆびしらじら》と口に取る。

ああ、七年《ななとせ》の昔を今に、君が口紅《くちべに》流れしあたり。風も、貝寄《かいよ》せに、おくれ毛をはらはらと水が戦《そよ》ぐと、沈んだ栄螺《さざえ》の影も浮いて、青く澄むまで月が晴れた。と、西河岸橋《にしがしばし》、日本橋、呉服橋《ごふくばし》、鍛冶橋《かじばし》、数寄屋橋《すきやばし》、松の姿の常盤橋《ときわばし》、雲の上なる一《ひと》つ橋《ばし》、二十の橋は一斉《いっせい》に面影《おもかげ》を霞《かすみ》に映す。橋の名所の橋の上。九百九十九の電燈の、大路《おおじ》小路《こうじ》に残ったのが、星を散らして玉を飾って、その横笛を鏤《ちりば》むる。

清葉は欄干に上々《こうごう》しい。

甚平は手拭《てぬぐい》を鷲掴《わしづか》みで、思わず肩を聳《そびや》かした。

「吹奏《なさり》まし、吹奏まし。何の貴女《あなた》、誰《た》、誰《たれ》が咎《とが》めるもので。こんな時。……不忍《しのばず》の池あたりでお聞き遊ばすばかりでございます。」

「勿体《もったい》ないこと。……」

と笛を袖へ、またうつむいて悄《しお》れたのである。

河童《かっぱ》の時計の蒼《あお》い浪《なみ》、幽《かすか》な水音《みずおと》。どぶりと一つ、……一時《じ》であろう。

四十七

鴛《おし》鴦《どり》(47)

稲葉家のお孝は冷《つめた》く成った、有合《ありあ》わせの猪口《ちょこ》を呼吸《いき》つぎに呻《ぐい》、と一口《ひとくち》。……で、薄ら寒いか両袖を身震いして引合わせたが、肩が裂けるか、と振舞《ふるまい》は激しく、風采《とりなり》は華奢《きゃしゃ》に見えた。

が、すっきりと笑いながら、

「それじゃ、清葉さんばかり縹緻《きりょう》がよくって、貴方《あなた》は、だらしが無いんだわね。」

「先《ま》あ、そうなんだ。」と葛木は、打傾《うちかたむ》いて頰に手を置く。

「先あじゃ無いじゃありませんか。立派に断られたに違いない。」

「そりゃ違いない。」

「振られたのね。」

「ふられました。」

「ポーンと。」

「何もそうまで凹《へこ》ますには当るまい。」

「嬉しいねえ。」

小児《こども》らしいまで胸を揺《ゆす》った、が、何故《なぜ》か気が立って胸の騒ぐのを、そうして紛《まぎ》らしたようである。

葛木は、煙草の喫《のみ》さしを火鉢に棄《す》てた。

「それだがね……」

「まだ負惜《まけおし》み？」

「ただ話さ。」

と苦笑して、

「別れに献《さ》した盃《さかずき》を、清葉が、ちっと仰向《あおむ》くように、天井に目を閉《ふさ》いで飲んだ時、世間が最《も》う三分間、もの音を立てないで、死んで居《い》て欲しかった。私の胸が、この心が、何《ど》う成るかそれが試して見たかったが、ドシンばたん、と云《い》う足音。隣室《となり》の酔客《よっぱらい》が総出《そうだ》ちに成って、寝るんだ、座敷は、なんて喚《わめ》いて、留《と》める芸者と折重なって、此方《こっち》の襖《ふすま》へばたばたと当る。何を、と云ってね、その勢《いきおい》で、あー……開けるぞ、と思うと、清葉が、膝を支直《つきなお》して、少し反身《そりみ》で、ぴたりと圧《おさ》えて、(お客様です。)

そう、屹《きっ》として言ったんだよ。(誰だ。)と怒鳴《どな》ると、(清葉がお附き申して居《お》ります。)と手に触った撥《ばち》を握って、すっと立った——芸妓《げいしゃ》のひそめく声がして、がたがたと其処《そこ》らが鳴って静まったがね……私は何だか嬉しかったよ。」

「情人《いいひと》らしく扱われたような気がして? そんな負惜《まけおし》みをお言いなさんなよ。」軽く卓子台《ちゃぶだい》を掌《たなそこ》で当てて、

「卑怯《ひきょう》な、男のようでもない。」

「否《いや》、そんな意味じゃ決して無いんだ。恥を秘《かく》して貰ったようでさ。不出来《ふでかし》をして女に振られた、恋の奴《やっこ》の、醜体《だらしなさ》を人目から包んでくれた気がしたから。」

「人目が何うして、そんな事ぐらい芸者が貴下《あなた》、もしかそれが旦那《だんな》だったら、清葉さんは何うするだろう。……一寸《ちょいと》、此処《ここ》へ、もしか私の男が、出刃庖丁《でばぼうちょう》か抜身《ぬきみ》でも持って、蒼《あお》く成って飛込んだら、私が何うすると、貴下思ってるの? 否《いいえ》、吃驚《びっくり》する事は無い。

私だってそのくらいな覚悟はして居る。

大丈夫、そうすりゃ貴下《あなた》の上へ、屏風《びょうぶ》に倒れて背《うしろ》に成って、私が突かれる、斬られて上げるわ。何の、嫉妬《じんすけ》の刃物三昧《はものざんまい》、切尖《きっさき》が胸から背まで突通るもんですか。一人殺される内《うち》には貴下は助かる。両方遁《に》げるから危《あぶな》いんだわ。ねえ、一寸《ちょいと》、」

と、じりじりと膝で寄って来たが、目が覚めたように座を眴《みまわ》し、

「あら、何の話をしたんだろう、……ああ、そうそう。」

お孝は何気《なにげ》なく頷《うなず》いて、

「清葉さんがお庇《かば》い遊ばして――まことに、お豪《えら》い芸者衆でいらっしゃいます。」

「真個《まったく》、私は、しかし、」

「しかし何《ど》うしたのさ。」

「姉に、姉の袖で抱かれた気がした。」

「葛木さん。」

そのまま衝《つっ》と膝を掛ける、と驚いて背後《うしろ》へ手を支《つ》く、葛木の瘦せた背《せな》に、片袖当てて裳《もすそ》を投げて、

「そんなに姉さんが恋しいの。人形のお話は、私も聞いて泣いて居ました。真個《ほんとう》に貴下、そんなじゃ情婦《いろ》は出来ない。口説《くど》くのは下拙《へた》だし、お金子《かね》は無さそうだし、」

「謝罪《あやま》る。」

「口説《くど》かれるのも下拙《へた》だし、気は利かないし、跋《ばつ》は合わず、機会《きっかけ》は知らず、言う事は拙《まず》し、意気地《いくじ》は無し、」

「堪忍《かんにん》し給《たま》え。」

「から、だらしは無いけれど、ただ一つ感心なのは惚れる事。お前さん、惚れ方は巧《うま》いのね。」

「…………」

「情婦《いろ》が無くって、寂しくって、行方《ゆくえ》の知れない姉さんを尋ねるッてさ、坊主になんか成らないように、私が姉さんに成って上げましょう。」

「…………」

「御不足《ごふそく》？　清葉さんでなくっては。」

「那《そ》……那様事《そんなこと》は。……ああ、息が塞《ふさが》るよ。」

「死んでお了《しま》いよ。こんな男は国土《くに》の費《ついえ》だ。」

「酷《ひど》い。」

と云《い》う時、とんと突飛《つきと》ばして、すっくり立つ、と手足を残して燃ゆるように見えた。

パチンと電燈を消したのである。

力の籠った、情《なさけ》の声。

「一寸《ちょいと》、(サの字。)が見えなくって？　サの字よ、私、葛木さん。」

「お孝さん。」

と僅《わずか》に言う。

「暗い中でも、姉さんに見えませんか、姉さんにしてくれませんか。自惚《うぬぼ》れてて？　一寸自惚れだ、と思いますか。清葉さんでなくっては——不可《いけな》いの、不可いの。」

「真暗《まっくら》だ。私は、真暗だ。……」

「まだ、まだまだあんな事を。清葉さんでなくっちゃ、不可いの、不可いかい。」

「顔が見たい、お孝さん。」

「贅沢《ぜいたく》だよう。」

と婀娜《あだ》な声。暗中《やみ》に留南奇《とめき》がはっと立つ。衣摺《きぬずれ》の音するすると、霎時《しばらく》して、隔《へだ》ての襖《ふすま》に密《そ》と手を掛けた、ひらめく稲妻《いなずま》、輝く白金《プラチナ》、きらりと指環《ゆびわ》の小蛇《こへび》を射る。

「真個《ほんとう》の、貴方《あなた》の姉さんは私は知らない。清葉さんなら恐れはしない。芸で行けなきゃ、容色《きりょう》で、……容色で行けなけりゃ芸事《げいごと》で、皆不可《みないけ》なけりゃ、気で負けないわ。生命《いのち》で勝つ。葛木さん、見て頂戴《ちょうだい》。」

とすらりと開ける、と翠《みどり》の草に花の影《かげ》を敷いて、霞《かすみ》に鴛鴦《おし》の翼《つばさ》が漾《ただよ》う。

「ああ、お千世は？」

と葛木が言った。それは影も見えなんだ。

「枕を持って、下階《した》の女房《おかみさん》の中へ寝に行きました、……一度でも芸者と遊んで、そのくらいな事が分らない。——さあ、ちゃんとして見て頂戴《ちょうだい》、サの字が見えない？　姉さんに肖《に》ない？……ええ、焦《じれ》ったい。」

と襖《ふすま》に縋《すが》って、暗い方へ退《さが》る男と、明《あか》る《る》く浮いた枕を見交《みか》わす。

「姉さんで可愛《かわい》がられるのに不足なら、妹にまけて可愛がられて上げましょう。従姉《いと》妹《こ》に成ってなかよくしましょう。許嫁《いいなずけ》でも、夫婦でも、情婦《いろ》でも、私、まけるわ、サの字だから。鬼にでも、魔にでも、蛇体《じゃたい》にでも、何にでも成って見せてよ、芸人《げいにん》ですもの。」

と裳《もすそ》を揺《ゆ》って拗《す》ねたように云《い》いながら、ふと、床《とこ》の間《ま》の桜を見た時、酔った肩はぐたりとしながら、キリリと腰帯《こしおび》が、端正《しゃん》と緊《しま》る。

「何の、姉妹《きょうだい》に成るくらい、皮肉な踊《おどり》よりやさしい筈《はず》だ。」

掻巻《かいまき》の裾《すそ》を渚《なぎさ》の如《ごと》く、電燈に爪足《つまあし》白く、流れて通って、花活《はないけ》のその桜の一枝《ひとえだ》、舞《まい》の構えに手に取ると、ひらりと直って、袖にうけつつ、一呼吸《ひといき》籠《こ》めた心の響《ひびき》、花ゆらゆらと胸へ取る。姉の記念《かたみ》に豈劣《やわおと》るべき花柳《はなやぎ》の名取《なとり》の上手《じょうず》が、思《おもい》のさす手を開きしぞや。

その枝ながら、袖を敷いた、花の霞を裳《もすそ》に包んで、夢の色濃き萌黄《もえぎ》の水に、鴛鴦《おし》の翼《つばさ》に肩を浮かせて、向《むこ》うむきに潰島田《つぶしまだ》。玉《たま》の緒《お》揺《ゆら》ぐ手柄《てがら》の色。

「葛木さん。」

「………。」

「人形が寂しい事よ。」

生理学教室《せいりがくきょうしつ》

四十八

お孝は黒繻子《くろじゅす》の襟《えり》、雪の膚《はだ》、冷たそうな寝衣《ねまき》の装《なり》で、裾を曳《ひ》いて、階子段《はしごだん》をするすると下りると、其処《そこ》に店前《みせさき》の三和土《たたき》に矗乎《すっく》と立った巡査に、一寸《ちょっと》目礼をして、長火鉢《ながひばち》の横手の扉《ひらき》を、すっと縁側へ出て行く。

其処が中庭に成る、錦木《にしきぎ》の影の浅い濡縁《ぬれえん》で、合歓《ねむ》の花をほんのりと、一輪立膝《たてひざ》の口に含んだのは、五月初《はじめ》の遅い日に、じだらくに使う房楊枝《ふさようじ》である。

その背後《うしろ》に、座敷が見えて、花は庭よりも其処に咲いて、眉の緑《みどり》の年増《としま》も交《まじ》る。

唯《と》、下地子《したじっこ》らしい十二三なのが、金盥《かなだらい》を置いて引返して来て、長火鉢《ながひばち》の傍《わき》の腰窓《こしまど》をカタンと閉めたので、お孝の姿は見えなく成った。

とばかりで、三和土《たたき》に立った警官は、お孝が降りて来た階子段《はしごだん》を斜《ななめ》に睨《にら》んで、髯《ひげ》を捻《ひね》る事専《もっぱら》なり。で、少時《しばらく》家中《うちじゅう》が寂然《ひっそり》する。

一体、不断《ふだん》は千本格子《せんぼんごうし》を境《さかい》にして、やけな奥女中《おくじょちゅう》の花見ぐらい陽気な処《ところ》へ、巡査と見ると騒動《さわぎ》が豪《えら》い。謹《つつし》むのでは無い笑うので、キャッキャックツクツ、各自《てんでん》が彼方此方《あっちこっち》、中には奥へ駆込《かけこ》んで転がるまで、胡蝶《ちょうちょう》と鸚鵡《おうむ》が笑う怪物屋敷《ばけものやしき》の奇観を呈する。

事の起因《おこり》を按《あん》ずるに、去年秋雨《あきさめ》の降《ふり》くらす、奥の座敷に、女ばかり総勢九人、しかも二組《ふたくみ》に成って御法度《ごはっと》の花骨牌《はながるた》。軒の玉水《たまみず》しとしとと鳴る時、格子戸がらり。

「御免《ごめん》。」と掛けた声が可恐《おそろし》く厳《いかつ》い蛮音《ばんおん》。薩摩訛《さつまなまり》に、あれえ、と云《い》うと、飛上《とびあが》るやら、くるくる舞うやら、平胡《ぺたん》と坐って動けぬやら。

座敷では袂《たもと》へ忍ばす金縁《きんぶち》の度装《どもの》の硝子《がらす》を光々《こうこう》さした、千鳥《ちどり》と云う、……女学生あがりで稲葉家第一の口上言《こうじょういい》が、廂髪《ひさしがみ》の阿古屋《あこや》と云う覚悟をして度胸を据えて腰を据えて、最《もう》一つ近視眼《ちかめ》を据えて、框《かまち》へ出て、はッと悪く落着いた切口上《きりこうじょう》。

「別にそのでございます。相変《あいかわ》りました事はございませんです。」と、戸籍係に立《たて》ごかしの三《み》ツ指《ゆび》を極《き》めたと思え。

「羅宇《らう》が出来たけえ、……持って来たですッ。」

「何だね、羅宇屋さん、裏へお廻《まわ》り。」と、婆やが水口《みずぐち》の障子で怒鳴《どな》ると、白磨《しろみがき》竹を突《つ》着《つ》けられた千鳥の前は、拷問の割竹《わりだけ》で、胸を抉《えぐ》られた体《てい》にぐなりとした。

鍋焼饂飩《なべやきうどん》は江戸児《えどっこ》で無い、多くは信州の山男と聞く。……鹿児島の猛者《もさ》が羅宇の嵌替《すげかえ》は無い図でない。しかも着て居《い》たのが巡査の古服《ふるふく》、――家鳴震動大笑《やなりしんどうおおわらい》以来、戸籍検《しら》べ、とさえ言えば、食いかけた箸《はし》を持って刎廻《はねまわ》る埒《らち》の無さ。当区域受持《うけもち》の警官も、稲葉家では、（笑う。）と極めて、その気で髯を捻るのであったが。

今日《けさ》のは大《おお》きに勝手が違った。

「姉《ねえ》さんは内《うち》じゃろうで。」

「はあ、あの……」

「是非《ぜひ》、直接に逢いたいんじゃ……取次《とりつぎ》を頼むです。」

小女《こおんな》が一度、右の千鳥女史と囁《ささや》き合って、やがて巡査の顔を見い見い、二階に寝て居たのを起した始末。笑い掛けたのは半途《はんと》で圧《おさ》え、噴出《ふきだ》したのは嚥込《のみこ》んで、いやに静かな事仍《よっ》て如件《くだんのごとし》。

幽《かすか》な咳《しわぶき》してお孝が出た。輪曲《わが》ねて突込《つきこ》んだ婀娜《あだ》な伊達巻《だてまき》の端ばかり、袖を辷《すべ》って着流しの腰も見えないほどしなやかなものである。

「失礼をいたしました。」

「は、あんた覚えて居《お》らるるかね。」

唐突《だしぬけ》に言うのがそれで、お孝は一寸《ちょっと》分り兼《か》ねつつ、黄楊《つげ》の横櫛《よこぐし》を圧《おさ》えたのである。

四十九

巡査は掌《てのひら》を向うへ扱《しご》いて、手袋を外《はず》して、片手に絞《しぼ》って、更《あらた》めて会釈する。

「一寸分りますまい、じゃろうがね、……先達《せんだっ》て、三月四日の午後十二時の頃に逢うたのですが。」

「ああ、一石橋《いちこくばし》の、あの時の。」

お孝は軽く傾いて居《い》たのが屹《きっ》と見直す。

「多日《しばらく》でした、いや、その節は失敬《しっけい》じゃった。」

「否《いいえ》、私こそ失礼を。」

「むむ、聊《いささ》かその失礼で無いこともなかったですね、ひゃッ、ひゃッ。」と壁に響くが如《ごと》き力ある笑声《わらいごえ》、笑うのに力が有って、敢《あえ》て底意《そこい》は無さそうである。

お孝は顔を洗ったばかりの、縁起棚《えんぎだな》より前《さき》へする挨拶《あいさつ》とて、いつになく、もじもじして、

「ついね、お白酒《しろざけ》の持越《もちこ》しで、酔って居たものですから、ほほほ。」

と莟《つぼみ》ぐらいな内端《うちわ》な声。

「お茶をよ、誰か。」

「そう云《い》う心配をされては困る。……官服の手前もある。お宅などで余《あま》り世話に成っては不可《いか》んのです。……雖然《けれども》、一寸此処《ちょっとここ》を拝借します。」

「さあ何《ど》うぞ、……貴官《あなた》お上《あが》り遊ばしては。」

「此処で結構です。」

小女《こおんな》が心得て手早く座蒲団《ざぶとん》と煙草盆《たばこぼん》。

「御免《ごめん》下さい。」と外套《がいとう》を抱えたまま、ガチリと佩剣《はいけん》の腰を捌《さば》いて、框《かまち》の板に背後《うしろ》むきに、かしッと長靴の腰を掛ける、と帽子を脱いで仰向《あおむ》けにストンと置いて、

「何《なに》は、一寸一寸《ちょいちょい》来らるるかね。」と髯《ひげ》を捻《ひね》る。

「誰方《どなた》……でございますか。」

「何は、大学の国手《せんせい》は？」

「薩張《さっぱり》……」と目が働いて、頬が緊《しま》る、お孝は注意深い色である。

「全然《まるで》お見えに成らんですかね。」

「否《いいえ》、時《とき》……偶《たま》。」と、膝で二つばかり掌《てのひら》を軽く合せる。

「今度お逢いでしたら、貴方《あんた》から、私《わし》に、託《ことづけ》を一つ頼まれて下さらんじゃろうかね。」

「はあ、お目に懸《かか》りました節は。――ですが、何時《いつ》またお見えに成りますか。」と瞻《みま》らるる目を外《そら》して言う。

「別に急ぐと云《い》う件では無いです。――今名刺を上げます。で、私が職務としてでは無い。一個《いっこ》人《じん》として、私一人《いちにん》として、じゃね、……非常に先達《せんだっ》ては失敬《しっけい》した、詫《わび》をします、と貴方から能《よ》う言うて貰いたいのじゃ。実はそれを頼みとうて、今日は私用のみで出向いて来たです。……いやいや一石橋《いちこくばし》の事のみではないです。

実は、今週の金曜日、一昨日《いっさくじつ》でした。私は非番だもんで、医科大学へ葛木さんを訪問したです。可《え》えですか。……と云うのはじゃね、先夜《せんや》、彼《あ》の場合、貴方が不意に出て来られて、私が疑問の的《まと》とした、不審を実際に示して、証明をされたもんで、それ以上追究は出来《でき》兼《かね》る都合で手を放した。

尤《もっと》も孰《いずれ》にせい、私が思うたほどの事件《こと》で無い、とだけは了解したのじゃけれども、医学士などは、出《で》たら目《め》じゃろう。また、あの年配で、それが今日《こんにち》堂々たる最高の学府に氏名を列する一員であらるるものがじゃね、……学問上、蛙《かえる》の腸や、モルモットの骨を新聞紙に包んで棄てるならば、幾分《いくぶん》かいわれはある。それも必ずしもあるべき事実とは思わんのじゃがね。

栄螺《さざえ》と蛤《はまぐり》、姉の志《こころざし》と云うて、雛《ひな》にそなえたを汐《しお》に流す、――そんな事が。私は断じて信ぜんのじゃ。」

と今もなお且《か》つ信じないように、渋《しぶ》に朱《しゅ》を加えた赤い顔で――信ぜんのじゃ！――

五十

巡査は其処《そこ》に注《つ》いで出した茶を、喫《の》まず、じろりと見たばかり。

「事態、私も怪訝《かいが》に堪えんもんで、早急《さっきゅう》とは無しに、本郷方面へ、同僚の筋《すじ》を手繰《たぐ》って捜《さぐ》りを入れると、葛木晋三と云う医学士は如何《いか》にもあるじゃね、そしてです。それは医科に勤めて居《お》らるるが、内科、外科、乃至《ないし》婦人科、何でも無いのじゃ。大学内のその、生理学教室に居って研究をされつつある……」

と真顔《まがお》にお孝に打傾《うちかたむ》いて、左の手の自脈《じみゃく》を取りつつ、

「まるでこの方《ほう》には関係ない。純粋のその学者じゃとある。で、なお怪《あやし》いですわい。その晩の挙動なり、……あの余《あま》り……貴方《あんた》の前じゃけれどもが、風采の上らん、痩《や》せた、薄髯《うすひげ》のある、背《せ》の屈《かが》んだ、こう、突くとひょろひょろっとしそうな、人に口を利くにおどおどする、初心らしい、易《やす》っぽい、容子《ようす》と云うのがじゃね、人品備《じんぴんそな》わらんですじゃろうが、何《ど》うですかね、……きゃッ、きゃッ、きゃッ。」

空咳《からせ》きに咳入《せきい》る如《ごと》く、肩を揺《ゆす》って高笑いをする。

「さあ、」と云《い》ったが、ほほほ、とばかり、この際困ったと云う片頬笑《かたほほえ》みをして、一寸《ちょっと》指先で畳をこすり状《さま》に、背後《うしろ》を向いて、も一度ほほほ、と莞爾《にっこり》すると、腰窓《こしまど》を覗《のぞ》いて居《い》た、島田《しまだ》と銀杏返《いちょうがえし》が、ふっと消える。

巡査は、乃《すなわ》ち髯《ひげ》を捻《ひね》って、

「怪しいものではあるまい。後暗《うしろぐら》い事は、それは無いのじゃろう。がです……あの晩の人間は名を騙《かた》った者に相違無い、と何《ど》うしても疑われて成らんもんで。好奇心にも駆らるるですわ。非常に思切《おもいき》って、医科大学に刺《し》を通じて面会を求めたです。そりゃ、貴方《あんた》、通常服で、そして小倉《こくら》じゃが袴《はかま》を着けて出向いたけえな。

何うか思うたが、取次いだ小使《こづかい》どんが、やや暫時《しばらく》あって引返して、お目に掛《かか》ろう言わるる、通れ、とあって、廊下伝い方角を教《おそ》わって、そしてそれから歩行《ある》き出したがね、――私《わし》は先年この岐阜県下ですわ、飛驒《ひだ》のある山家《やまが》辺僻《へんぴ》に勤務した事があって、深い谷陰《かげ》、高い崖《がけ》に煙草の密造《みつぞう》をする奴を検《しら》べに行ったのじゃね。その節、路《みち》も無い処《ところ》を、所謂《いわゆる》、木の根巌角《いわかど》です哩《わい》。時々藤蔓《ふじづる》にぶら下《さが》って、激流の空を綱渡《つなわたり》などしたが、いや、見当の着かぬ心細い事は、――門外漢が学校のその奥へ行く廊下伝いは、奥山を歩行く所《どころ》では無かったです。

日も西山《せいざん》に没して、前途《ぜんと》なお遥《はるか》なりと云う、遠い向うの峠見《とうげみ》たような処に、大《おおき》な扉《ドア》の戸を、細《ほそ》う開けて、背《うしろ》にして、すっくりと立って、此方《こっち》を出迎《でむか》えて居《お》られた。峰の一本の松と云う姿に見えたのが、何と驚いたねえ、あの晩の少《わか》い紳士じゃ、国手《せんせい》じゃったで。ぴたりと留《と》まって、思わず、挙手《きょしゅ》の礼を施《ほどこ》したですよ。常服《ふだんぎ》では可笑《おかし》いのじゃが。すぐにこれへ、と言われて、大な扉《ドア》を入ると、ズシンと閉ったと思われい。稲妻《いなずま》のように、目を射られたのは、室《へや》一杯に並んだ書架《しょか》に、ぎっしりと並んだ、独逸語《ドイツご》じゃろうね、原書の背皮《せがわ》の金文字《きんもじ》ですわ。

暮方《くれがた》の空に、これが何《ど》うですか。紺地《こんじ》に金泥《こんでい》の如く、尊《とうと》い処へ、も一つの室には名も知れない器械が、浄玻璃《じょうはり》の鏡のように、まるで何です、人間の骨髄を透《とお》して、臓腑《ぞうふ》を射《い》照《て》らすかと思う、晃晃《こうこう》たる光を放つ。

私《わし》は、よろよろと成ったで。あの晩、国手が、私のために、よろよろと成られた如くじゃ。何と、俗に云う餅屋《もちや》は餅屋じゃ、職務は尊《たっと》い。」

と沈着に、腕を拱《こまぬ》く。

五十一

「その器械と、書架の有ると、国手両室を占領して居らるる様子じゃねえ――傍《かたわら》には寝台《ねだい》も有ったですよ。柱の電鈴《よびりん》を圧《お》さるると、小使《こづかい》どんが紅茶を持って来るのじゃった……

私《わし》は卓子《テイブル》の向《むか》いに、椅子を勧められて真四角《まっしかく》に掛けたのじゃが、硝子窓《がらすまど》から筑波山の夕日が射して、その生理学教室を燦《ぱっ》と輝かした中に、国手《せんせい》の少《わか》い姿が、神々《こうごう》しいまでに見えた。

一応《いちおう》話を聞いたです。私もね、出来得《できう》る限り、行政官の一員たるその威厳を保ってからに。しかし、決して警官として訊問をするではありません。既に一石橋《いちこくばし》当夜の紳士と、生理学教室に於ける国手とが同一人《どういつにん》である事を確めた上は、些少《さしょう》たりとも犯罪に対して何等《なんら》その疑いは無いのでありますが、お話の如《ごと》き事が事実有り得るものか何《ど》うか、後学の為《た》め、一種人情に対する警官の経験の為に、云《い》うて、その室《しつ》で飾ると云われた、雛《ひな》を見せて貰うたです。

国手、一個の書架《しょだな》の抽斗《ひきだし》、それには小説、伝奇の類が大分帙《だいぶちつ》を揃《そろ》えて置かれた――中から、金唐革《きんからかわ》の手箱を、二個出して、それを開けると無造作に、莞爾々々《にこにこ》しながら卓子《テイブル》の上に並べられた。一銭雛《いちもんびな》じゃね、土人形《つちにんぎょう》五個なのです。が、白い手飾《カフス》の、あの綺麗な手で扱われると、数千の操糸《あやつりいと》を掛けたより、もっと微妙な、繊細な、人間のこの、あらゆる神経が、右の、厳粛な、緻密《ちみつ》な、雄大な、神聖な器械の種々《しゅじゅ》から、清い、涼《すずし》い、芬《ぷん》と薬の香《か》のする室《へや》の空間《あきま》を顫動《せんどう》させつつ伝《つたわ》って、雛の全身に颯《さっ》と流込《ながれこ》むように、その一《いっ》個々《こいっこ》が活《い》きて見える……

就中《なかんずく》、丈《たけ》、約七寸許《ばかり》の美しい女の、袖には桜の枝をのせて、一寸《ちょっと》うつむいた、慄然《ぞっと》するような、京人形。……髪は、」

と言い掛けて、お孝の姿を更《あらた》めて視《み》て、

「貴方《あんた》、貴方のその髪と同一に髪を結《ゆ》うた人形じゃがね。」

お孝は俯向《うつむ》いて、しゃんと手を支《つ》く。

「それは何と云う髪の結びかたですかね。」

「潰《つぶし》……」

「はあ？……何ですかね、覚えて置くで失礼します。」と、手帳を出す。

お孝の上げた顔は、颯と瞼《まぶた》が染《そま》ったのである。

「あの、潰島田《つぶししまだ》でございます、お人形さんの方は結構でしょうけれども、これはまことにその潰《つぶ》しの利きませんお恥《はずか》しいんですよ。」

「否《いいえ》、潰しなんかきかんで可《え》えです。貴方は既に葛木さんの。」

隅《すみ》の階子段《はしごだん》を視《み》て空《そら》ざまに髯《ひげ》を扱《しご》いた。見よ、下《した》なる壁に、あの羆《ひぐま》の毛皮、大《おおい》なる筒《つつ》袖《そで》の、抱着《だきつ》いた如《ごと》く膠着《べたり》として掛《かか》りたるを――

巡査は心付いた目をお孝に返して、

「貴方《あんた》、大抵の事は、此処《ここ》で饒舌《しゃべ》って可《え》えですか。ある種の談話は憚《はばか》らんでも構わんですかい。」

「えええ、」

と懐《ふところ》を広く、一膝《ひとひざ》出ながら、

「ちっとも……お気に入りましたら、私《わたし》をすぐ、お口説《くど》きなすっても構いませんの。」

「きゃッきゃッきゃッ。葛木さんの奥さん。何《ど》ないしてかい？……」

「まあ、そんな事こそ、先方《さき》さまが御迷惑です。」

「否《いや》、しかし、その積りで出向《でむ》いて来たで。」

「羽織を。寒い。……そして私にも煙草をおくれな。」

五十二

美《び》　挙《きょ》

「さあ……何の話じゃったかね、其処《そこ》で。」

「貴方《あなた》、その潰島田《つぶししまだ》に結《ゆ》ったお人形さんですわ。」

「さよう、……就中《なかんずく》、それが、葛木さんの目と一所《いっしょ》にぱちぱちと瞬《またた》きするじゃね、――声を曇《くも》らして、姉と云《い》う御婦人の事も言われた――

私《わし》は別世間《べっせけん》を見たです。異《こと》なった宇宙を見たです。新しい世の中を発見して寧《むし》ろ驚異の念に打たれた。……吃驚《びっくり》したんじゃね、何の事は無い。

嘗《かつ》て、その岐阜県の僻土《へきど》、辺鄙《へんぴ》に居《い》た頃じゃったね。三国峠《みくにとうげ》を越す時です。只今《ただいま》、狼《おおかみ》に食われたと云う女の検察をしたがね、……薄暮《うすぐれ》です。日帰りに山家《やまが》から麓《ふもと》の里へ通う機織《はたおり》の女工が七人づれ、可《え》えですか。……峠を最《も》う一息《ひといき》で越そうと云う時、下駄の端緒《はなお》が切れて、一足後《ひとあしおく》れた女が一人《ひとり》キャッと云う。先へ立った連《つれ》の六人が、ひょいと見ると、手にも足にも十四五疋《ひき》の、狼で蔽被《おおいかぶ》さった。――身体《からだ》はまるで蜂の巣です哩《わ》。私は反対の方から上《のぼ》りかかったんでね。峠から駆下《かけお》りて来た郵便脚夫《きゃくふ》が一人、（旦那《だんな》、女が狼に食われて居《お》ります。）と云い棄てて、すたすた行《ゆ》きおる。――あとで、その顔を覚えとったで、（何故《なぜ》通りかかって助けんかい。）……叱った処《ところ》で、在郷軍人でも無し仕方が無い。そう云う事も現在見た。

また、山の中に、山猫と云うのが居る、形は嘗て見せん。見たものは無いと云うです。ただ深更《しんこう》に及んでその啼声《なきごえ》じゃね、これを聞くと百獣《ひゃくじゅう》悉《ことごと》く声を潜《ひそ》む。鳥が塒《ねぐら》で騒ぐ。

昔の狒々《ひひ》じゃと云《い》う。非常に淫猥《いんわい》な獣《けもの》じゃそうでね、下宿した百姓の娘などは、その声を聞くと震えるです哩《わい》、――現在私《わし》も、それは知っとる。

炭焼の奴が、女を焼いて食った事件もある。

そう云う事は知っとるが、趣味と情愛の見聞が少かったためじゃろうか、医学士が生理学教室で、雛《ひな》を祭る、と云うは信じなかった。――吹く風はなこその関《せき》と思へども(48)ですわ。」

と嘆息《ためいき》して、髯《ひげ》に掛けた指を忘れた。

「鎧《よろい》の袖に桜のちらちらとかかると云う趣《おもむき》も、私のその了簡《りょうけん》では嘘にせねば成らんのじゃっけえ。

恥入《はじい》るです――一個人《いっこじん》としてじゃが。」

巡査は、ずるりと靴をずらして、佩剣《はいけん》の鞘手《つか》に居直ったのである。

「で、国手《せんせい》に大《おおい》に謝《しゃ》そうと思う処《ところ》へ、五六人、学生とは覚えない、年配の、堂々たる同僚らしいのが一斉に入ってござったで、機《おり》を考えて、それなりに帰ったです。

この意をじゃね、願わくは貴方《あんた》から国手にお伝えのほどを偏《ひとえ》に希望します。私は職務上の過失であらば責《せめ》を負うです。それは別問題として、――私は、貴方から御挨拶《ごあいさつ》を願うのが、尤《もっと》もその道を得たものと信ずるのじゃ。

就《つい》てはです。私《わし》は没分暁漢《わからずや》の一巡査であるが、生理学教室に雛を祭ることに於《おい》て、一《いち》石橋《こくばし》の朧月一片《おぼろづきいっぺん》の情趣を会得《えとく》した甲斐《かい》に、緋縅《ひおどし》の鎧の袖に山桜《やまざくら》の意気の羨《うらやま》しさに堪《た》えんで。

十年勤務の間《あいだ》、唯一《ゆいいつ》の美挙として、貴方《あんた》に差上げたいものがある。

……奥さん。」

「…………」

「言うても構いませんな、奥さん。」

「嬉しいんですよ。」

と声が迫って、涙が美しく輝いた。

「一生に一度ですわ。」

「葛木の奥さん、……学位年齢姓名と並べて、(同じく妻《さい》。)と認《したた》めた手帳の一枚です、お受取り下さい。」

出すのを取って、熟《じっ》と俯向《うつむ》く、……潰島田《つぶししまだ》の、水浅黄《みずあさぎ》の手柄《てがら》のはらはらと揺《ゆす》るるを視《み》ながら、冷めた茶碗を不器用な手つきで、取って陰気に一口《ひとくち》、かぶりと呑むと、ガチリと立って挙手した切《きり》、ただの巡査に成って格子《こうし》を出た。

この巡査が、本郷を訪問した時の光景は、彼がここに物語った通りであった。それさえ、神境《しんきょう》に白き菊に水ある如《ごと》き言うべからざる科学の威厳と情緒《じょうしょ》の幽玄に打たれたのに――やがて仔細《しさい》有って、この日の午後、赤熊《あかぐま》の毛皮をそのまま、爪《つめ》を磨《と》ぎ、牙《きば》を噛《か》んで、喘《あえ》ぐ猛獣の如くに成って、生理学教室へ、日本橋から本郷を一飛《ひとと》びに躍り込んだ……海産商会の五十嵐伝吾《いがらしでんご》は、それはまた思いの外意気地《ほかいくじ》の無いものであった。――

大学の廊下を人立《じんりつ》して、のさのさと推寄《おしよ》せた伝吾が、小使《こづかい》に導かれて、生理学教室の扉《ドア》に臨《のぞ》んだ時、呀《や》、恋の敵《かたき》の葛木は、籐《とう》の肱《ひじ》つき椅子に柔《やわらか》く腕を投げて、仰向《あおむ》けに長く成って、寝ながら巻莨《まきたばこ》を喫《の》んで居《い》た。……が、客来る、と無造作に身を起して、カタリと大床《おおゆか》に靴を据えた。その音さえ、谺《こだま》するまで、高い天井、大空に科学の神あって彼を守護する如くであるのに、搗《かて》て加えた学友が、五人の数《かず》、彼を取巻いて、恰《あたか》も迷宮の奇《くし》き灰色の柱の如く、すくすくと居合わせたのが、希有《けう》な侵入者を見ると、一斉に伝吾に瞳を向けた。知らずや、その中に一人《ひとり》外科の俊才で、渾名《あだな》を梟《ふくろう》と云《い》う……顔が似たのではない。いかもの食《ぐい》の大腕白《おおわんぱく》、嘗《かね》て御殿山《ごてんやま》(49)の梟を生捕《いけど》って、雑巾《ぞうきん》に包《くる》んで、暖炉《だんろ》にくべて丸蒸《まるむし》を試《こころ》みてから名が響く、猫を刻んでおしゃます鍋、モルモットの附焼《つけやき》、聊《いささ》か苦《にが》いのは、試験用の蛙《かわず》の油揚《あぶらあげ》だと云う、古今の豪傑、千場彦七《せんばひこしち》君が真黒《まっくろ》な服を着けて、高い鼻に、度の強いぎらぎらと輝く眼《まなこ》で、ござんなれ、好下品《おさかな》、羆《ひぐま》の皮をじろりと視《み》て、頭《あたま》から塩を附けたそうにニヤリと笑った。――この威《い》にや恐《おそ》れけむ。

伝吾は扉《ドア》の敷居口に、へたへたと腰を抜くと、羆の筒袖《つつそで》の前脚《まえあし》めいた奴を、もさりと支《つ》いて、土下座して、

「途惑《とまどい》をいたしまして。」

とばかり、口も利き得ず、すごすごと逡巡《しりごみ》して帰ったのである。

仔細は云うまでもない。……大概《たいがい》様子でも知れよう。前夜から、稲葉家へ泊り込んだのが、その二階を去らず、お孝に愛想《あいそ》づかしをされて突出《つきだ》されたのであった。

却説《さて》……巡査が格子戸《こうしど》を出ると、やがて××署在勤笠原信八郎《かさはらしんぱちろう》とある名刺にのせた、（同妻《おなじくつま》。）を熟《じっ》と視て居た、稲葉家のお孝は、片手の長煙管《ながぎせる》をばたりと落して、すっと立つと、頂《いただ》いて、長火鉢《ながひばち》の向う正面なる、朝燈明《あさとうみょう》の清く輝く、縁起《えんぎ》棚《だな》の端《はし》に上《のぼ》せた、が、黙って伏拝《ふしおが》んで、座蒲団《ざぶとん》に居直った時、眉を上げつつ流眄《ながしめ》に、壁なる羆の毛皮を見た。

「千世《ちい》ちゃんは？」

煙草盆《たばこぼん》を引きながら少女《ちび》が、

「お稽古ですの。」

「春子《はるこ》さん、夏次《なつじ》さん、千鳥さん、萩代《はぎよ》さん、居なさるかい。皆一寸《みなちょいと》来ておくれと、そうお言い。……私、話したい事がある。」

怨霊比羅《おんりょうびら》

五十三

――「露地《ろじ》の細路《ほそみち》、駒下駄《こまげた》で。」――

カタカタと鳴る吾妻下駄《あずまげた》、お竹蔵向《たけぐらむこう》の露地を、突袖《つきそで》して我家《わがや》へ帰る、お孝の褄《つま》は、幻《まぼろし》の夜《よ》が深かった。

「姉《ねえ》さん、姉さん。」

と呼ぶ、可愛《かわい》い声。

一時《ひとしきり》、芸者の数が有余《ありあま》ったため、隣家《となり》の平屋《ひらや》を出城《でじろ》にして、桔梗《ききょう》、刈萱《かるかや》、女郎花《おみなえし》、垣《かき》の結目《ゆいめ》も玉章《たまずさ》で、乱杙逆茂木《らんぐいさかもぎ》取廻《とりまわ》し、本城《ほんじょう》の欄《てすり》の青簾《あおすだれ》は、枝葉《えだは》の繁る二階を見せたが、近頃いわれあって世帯《しょたい》を詰めて、稲荷様《いなりさま》向うの一軒につづめたので、隣家は恰《あたか》も空屋《あきや》である。

其処《そこ》まで戻ると、我家の格子戸《こうしど》前の木戸を細めに開けて、差覗《さしのぞ》く島田《しまだ》を見た。

「千世《ちい》ちゃんかい。」

お孝は、ずっと来て、年上の女の落着いた声を沈めて、

「何《ど》うおしなの、お前さん最《も》う寝て居《い》たんじゃないのかい。」

「ええ、寝て居たんですけれど、私、国手《せんせい》がお帰んなさるのを、姉さんが送って出て、この木戸で、何だか話していらっしゃるのが寂しく聞えて、知って居たんですよ。カタカタと足音がして出ておいでなさいますから、あの、じゃ露地口《ろじぐち》までお送りなすったんだ、そう思って居ましたけれど、それにしては余《あん》り遅いんですもの。

何時《いつ》までも、お帰んなさいませんし、それだし、あの、一度お寝《よ》ったんですから、姉さんは寝衣《ねまき》でしょうのに、何うなすったか知《し》ら。……私、心配で……此処《ここ》まで起きて来て、あの、通《とおり》へ出て見ようと思ったんですけれど、可恐《こわ》いでしょう。……それですから、あの、此処につかまって震えて居ましたの。」

「何《なん》だねえ、そんな弱虫が、それじゃ、来てくれたって何にも成りゃしないじゃないか。」

と口では笑いながら、嬉しい目で。その癖《くせ》もの案じの眉が顰《ひそ》む。……軒の柳に靄《もや》の有る、瓦斯《がす》ほの暗き五月闇《さつきやみ》。浅黄《あさぎ》の襟《えり》に頬白《ほほしろ》う、……また雨催《あめもよい》の五位鷺《ごいさぎ》が啼くのに、内《うち》へも入《はい》らず、お孝は佇《たたず》む。

「何うかしたの、姉さん。」

「否《いいえ》、何うも為《し》やしないがね、私ね、何うしようかと思って居るんだよ。千世《ちい》ちゃん、一寸此処《ちょっとここ》へ来て御覧《ごらん》。」

「はあ。」と、お千世は何の気なし、木戸を内《うち》へギイと引く。

「静《しず》かによ、誰《たれ》か目を覚《さま》すと面倒だから。」

「あい……何、姉さん。」

「一寸、木戸のこの柱に、こんなものが貼って有るだろう。」

お千世は、薄気味悪《うすきみわる》そうに、お孝の袂《たもと》に摑《つか》まりながら、直《す》ぐ目の前なを、爪立《つまだ》って覗《のぞ》くように、唯見《と》ると、比羅紙《びらがみ》の、凡《およ》そ二枚凧《だこ》ぐらいな大きさの真中《まんなか》にぼつりぼつりと筆太《ふでぶと》に、南無阿弥陀仏《なむあみだぶつ》、と書いたのが、じめじめとして、宛然《さながら》、水から這上《はいあが》った流灌頂《ながれかんちょう》の如《ごと》く、朦朧《もうろう》として陰気に見える。

「可厭《いや》、姉さん、何？　一寸《ちょいと》。」

お千世は息を切って震え声。

「性《しょう》が知れてるからちっとも気味の悪いことは無いんだよ。お聞き、前刻《さっき》、国手《せんせい》が来なさりがけに、露地口《ろじぐち》を入ろうとして、偶《ふっ》と、そら、其処《そこ》の松家《まつや》さんの羽目板《はめいた》を見なさるとね、この紙が、丁度《ちょうど》、入口の取着《とっつ》きの処《ところ》に貼りつけて有ったとさ。

巻煙草《まきたばこ》を買うのだっけ、とその拍子に気が付いて、表《おもて》の小母《おば》さんの許《とこ》へ行ったんだそうだけれど、最《も》う寝て居《い》たんだって。

今夜は、来《き》ようが遅かったわねえ。」

五十四

「国手《せんせい》はね、それから仲通《なかどおり》まで買いに行ったんだとさ。……そしてねえ、一本喫《ふ》かしながら入って来ると、見たばかりで、最う忘れて居たくらいだったのが、またふっと気が付いて、ああ、此処《ここ》に有ったっけと、お思いの、それがお前、前の処には無くってさ、同じ羽目板だけれども、足数七八《あしかずななや》つ、二間《けん》ばかり奥へ入った処に、仇白《あだじろ》く成って字が見える、……紙が歩行《ある》いた勘定《かんじょう》だわねえ。」

「姉さん。」

「可恐《こわ》くは無いんだってばさ、この娘《こ》は。」

とお千世の肩を抱込《だきこ》んで、

「何かお禁厭《まじない》でもあるかいッて、国手がね、内《うち》で私にお話しなの。……何でしょう、月日《つきひ》も、堂寺《どうてら》も記《か》いて無ければ、お開帳の広告でもなかろうし、別に、そんなお禁厭が有るッてことも聞きません。変ですね、……そう云《い》って居たんだがね。

お帰りなさるのを、框《かまち》まで見送った時、私何だか気に成ってね、行って見ましょうよッて、下駄《げた》を突掛《つッか》けて出ようとすると、(お止《よ》し、密《そっ》と那様《あんな》ものを貼って置いて、それを見たものに、肺病か何か当の病人から譲渡《ゆずりわた》して、荷を下《おろ》そうなんのって、よくあることった。……お前は女だから神経を起すと不可《いけな》い、私は工面《くめん》の悪い藪《やぶ》のかわりにゃ、大地震《おおじしん》の前兆だって細露地《ほそろじ》を抜けるのは気に成らないから。)

串戯半分《じょうだんはんぶん》そう言って、国手《せんせい》は平気なんだけれどもね。もしか禁厭《まじない》なら何《ど》うしよう、(貴方《あなた》は担《かつ》がないでも、荷を見せて可《い》いもんですかってさ、……災難なら切《せめ》て半分、私が背負《しょ》いましょうよ。)とばたすた急いで格子《こうし》をついて出ると、お前何《な》んだろう……

そら此処《ここ》へ来て居《い》るのさ。

羽目《はめ》を伝わって、木戸へおいでなすったんだわ。私も慄然《ぞっ》と総毛《そうけ》だった。はてな、字が殖《ふ》えて妙な事が書いてある。前刻《さっき》見たのは念仏ばかりで、こんなものは無かったって、御覧《ごらん》。」

と云《い》う、南無阿弥陀仏《なむあみだぶつ》の両傍《りょうわき》に、あいあい傘の楽書《らくがき》のように、(となえろとなえろとなえろ、)と蛞蝓《なめくじ》の如《ご》くのたくり廻る。

「国手がね、(何《なん》だ、浄土か真宗にも、救世軍が出来たんじゃないか、)って笑ったけれどね、……私はドキリとしたんだよ。仮名の形《かたち》を一目《ひとめ》見ると分った。お念仏を(唱《とな》えろ唱えろ。)――覚悟をしろ――ッて謎《なぞ》じゃ無いか。こりゃ、お前、赤熊《あかぐま》の為業《しわざ》だあね、あの、鰊野郎《にしんやろう》の。」

「まあ、熊兄《くまにい》さん。」

「止《よ》しておくれ。」

はたはたと袖を払《はた》いて、

「身ぶるいがする。いつか巡査《おまわり》さんの来なすった朝、覚悟が有って長棹《ながざお》に掛けてから門傍《かどばた》へも寄せつけない。それを怨《うら》んで、未練も有って、穴から出たり入ったり、此処等《ここいら》つけ廻して居るに違いない。何《なん》の男のようでも無い。のッそりの蝦夷《アイヌ》なんか、私は何とも思わない。悪く形でも顕《あらわ》して見たが可《い》い。象牙《ぞうげ》の撥《ばち》があるものを、払き殺しても事は済む。――国手《せんせい》の身のまわりをつけ廻されるんだと、ね、千世《ちい》ちゃんや、姉さんは本当に案じられる。

角《かど》の紀田屋《きだや》まで送って行って、車をそう云って帰して来たがね、獣《けだもの》は駆けるのが疾《はや》いやね、車にも乗れば乗るだろう。――泊めたかったが、お肯《き》きでなし、……」

とお孝は独言《ひとりごと》のように云って、

「途中で、またそうでも無い、新聞にお名前の出るような事なんぞ無ければ可いが、」

と気を揉《も》む頰《ほほ》の後毛《おくれげ》は、寝みだれてなお美しい、柳の糸より優しいのである。

「姉さん。」

お千世が顔を覗《のぞ》いて、

「縁起棚《えんぎだな》へお燈明《とうみょう》をあげて、そしてお祈《いのり》をしましょうよ。私も拝みますわ。」

「嬉しい娘《こ》だね。」

と頬摺《ほおずり》したが、襟《えり》を合せて凛《りん》として、

「お待ち、私、考えた。……お稲荷様《いなりさま》へお百度《ひゃくど》を上げよう。」

とて見返る祠《ほこら》は、瓦斯燈《がすとう》の靄《もや》を曳《ひ》いて、空地《あきち》に蓮《はす》の花の紅《あか》いが如《ごと》く、池があるかと浮いて見える。

「数取《かずと》りにはね。」

と云《い》うより早く、ぴりぴりと比羅紙《びらがみ》を引剝《ひきは》がす……

「これを裂いて紙捻《こより》にしようよ、——人を呪《のろ》わば穴二《あなふた》つさ。見たが可《い》い。」

気の立ったお孝は、褄《つま》を引上《ひきあ》ぐるより前《さき》に、雨霽《あめあがり》の露地《ろじ》へ、ぴたと脱いだ、雪の素足《すあし》。意気地《いきじ》も張《はり》も葉がくれの闇に、男を思うあわれさよ。鶴を折る手と、中指《なかゆび》に、白金《プラチナ》の白蛇《はくだ》輝く手と、合せた膝に、三筋五筋観世捻《みすじいつすじかんぜより》、柳の糸に、もつれ纏《もつ》るる、鼓《つづみ》の緒《お》にも染めてまし。

あわれ、係《かか》る時は、あすの逢瀬《おうせ》を楽《たのし》みに、帰途《かえり》を案ずるも心ゆかし、寐《ね》られぬ夜半《よわ》の待人掛《まちびとか》ける、小さな犬も拵《こしら》え交《ま》ぜて、お千世に背《せな》打たれて微笑《ほほえ》みもしたが。

柳の葉の散る頃は、――続いて冬枯《ふゆがれ》の二日月《ふつかづき》、鬢櫛《びんぐし》の折れたる時は――

一口《ひとふり》か一挺《いっちょう》か

五十五

――「露地の細路《ほそみち》駒下駄《こまげた》で。」――

男が口の裡《うち》で、フト唄《うた》って、

「不可《いか》んぞ、これは心細い。」と、苦笑《にがわら》いをしながら立直って、素直《まっすぐ》に杖《ステッキ》を支《つ》くと、そのまま渡り掛けたのは一石橋《いちこくばし》。月はないが、秋あかるく、銀河の青い夜の事。それは葛木晋三である。

露地に吾妻下駄《あずまげた》カタカタの婀娜《あだ》な女と因縁《いんねん》のある、唄の意味も心細いが、お孝が投遣《なげや》りに唄うのは、勝気《かちき》と胆勇《たんゆう》を示すものと云って可《い》い。その口癖がつい乗った男の方は、虚気《うつけ》と惑溺《わくでき》を顕《あらわ》すものと、心付いた苦笑《にがわらい》も、大道《だいどう》さなか橋の上。思出《おもいだ》し笑《わらい》と大差《たいさ》は無いので、これは国手我身《せんせいわがみ》ながら(心細い。)に相違ない。

その虚《きょ》に憑入《つけい》る、魔はこんな時に魅《さ》す、とある。

今、橋の上を欄干《らんかん》に添って、日本銀行の方へ半ば渡り掛けると、橋詰《はしづめ》の、あの一石餅《いちこくもち》の、早《は》や門《かど》を鎖《とざ》した軒下《のきした》に、大《おおき》な立《たち》ん坊《ぼう》の迷児《まいご》の如《ごと》く蹲《うずくま》って居《い》た男がむらむらと立つと、ざわざわと毛の音を立てて、鼻息を前《さき》にハッハッ獣《けだもの》の呼吸《いき》づかい。葛木の背後《うしろ》に迫って、のそっと前《まえ》へ廻ると、両手を掉《ふ》った不器用な、意気地《いくじ》の無い叩頭《おじぎ》をして、がくりと腰を折って、

「国手《せんせい》、お願い！」

と喘《あえ》いで云《い》う。

はっと一歩《ひとあし》あとに退《の》いて、立停《たちどま》って、見透《みすか》して、

「何《なん》だ、何ですか。」

彼《かれ》の影の黒く大《だい》なるに対して、葛木の手のカウスは白く、杖《ステッキ》は細かった。

「直訴《じきそ》であります、国手。」

「直訴とは……？」

「直訴とは、……直訴とは、切《せっ》、切羽《せっぱ》詰《つま》ったですで、生命《いのち》がけで、歎願《たんがん》をするですで。貴方《あんた》を将軍家だ思うて、橋から青竹《あおだけ》を差出します。俺《おれ》は佐《さ》倉宗五《くらそうご》(50)ですのだで、ええ。この願《ねがい》を聞届《ききとど》け遣《つか》わされりゃ、殺されても、俺、磔《はりつけ》に成っても可《え》えのですだで。国手。」

「何《なん》です。……唐突《だしぬけ》に、と云うんだけれども、私はお前さんを知って居ます。また、

お前さんも知らないとは言わせますまい。そしてお頼みと云うのは何です。」

「国手《せんせい》、御診察が願いてえだな。」

と、粗雑《ぞんざい》に太く云った。が、口覚《くちおぼ》えに練習した、腹案の口上が中途で切れて、思わず地声《じごえ》を出したらしい。……で、頭を下げて赤熊《あかぐま》は橋の上に蹲る。

四五分では、話の梟《けり》は着《つか》ないと覚《さと》ったろう。葛木は巻煙草を点《つ》けた。燃えさしの燐寸《マッチ》を卜棄《す》てようとして水に翳《かざ》すと、ちらちらと流れる水面《すいめん》の、他《よそ》の点燈《ともしび》に色を分けて、雛《ひな》の松明《たいまつ》の如く、軸白《じくしろ》く桃色《ももいろ》に、輝いた時、彼は其処《そこ》に、姉を思った。潰島田《つぶししまだ》の人形を思った、栄螺《さざえ》と蛤《はまぐり》を思った、吸口《すいくち》の紅《べに》を思って、火を投げるに忍びなくって、——橋に棄てた。

これと斉《ひと》しく、どろんとしつつも血走った眼《まなこ》を、白眼《しろめ》勝《がち》に仰向《あおむ》いて、赤熊の筒袖《つつそで》の皮《かわ》擦《ず》れ、毛の落ち、処々《ところどころ》、大《おお》なる斑《まだら》をなした蝦蟇《がま》の如きものの、ぎろぎろと睨《にら》むを見たのである。

が同時にまた、思出《おもいで》の多い此処《ここ》の頼母《たのも》しさを感じて、葛木は背後《うしろ》に活路を求めるのを忘れつつ、橋の欄干に、ひた、とその背《せな》を凭《もた》せた。

五十六

葛木は従容《しょうよう》として云《い》った。

「お前さん、診察が頼みたい？……そうすりゃ死んでも可《い》い。そんな解《わか》らない謎《なぞ》見たいな事を言わないで、判然《はっきり》と、石か、瓦《かわら》か、当って砕《くだ》けたら可いじゃないか。私も診察なら病院へ来給《きたま》えなどと廻りくどいことは言わないから。」

「実際、願いたい次第でして。就《つい》てはで、御覧《ごらん》の通り、着のみ着のまま云ううちにも、擦切《すりき》れた獣《けもの》の皮一枚だ、国手《せんせい》。雨露凌《あめつゆしの》ぐ軒はまだしも、堂社《どうやしろ》の縁《えん》の下《した》、石材《いし》や、材木と一所《いっしょ》にのたって居《い》る宿《やど》なし同然な身の上だで、御挨拶《ごあいさつ》も手続《てつづき》も何も出来ねえですで、其処《そこ》で以《もっ》て直訴《じきそ》だでね、生命《いのち》がけで願《ねげ》えてえだな。」

「本当の診察なら、私は不可《いけな》い。まるで脈を一つ採《と》ったことの無い、自分の風邪をひいたのには葛根湯《かっこんとう》を飲んで、それで治る医者なんだ。此方《こっち》も謎のようなことを云うんじゃない。事実だよ。診察は、から駄目なんだよ。」

「決《け》してそれは脈を取って貰うには当《あた》らんです。で、ただ国手の口一つだなあ。」

「口一つかね。」

「そうですわ。」

「何《ど》うするんですか。」

「四の五の無いで、ただ一言《ごん》、（お孝に切れる。）云うて下《くだ》さりゃ可《い》いですのだい。」

「大方《おおかた》そんな事だろうと思ったよ、……この診察は当ったな。」

葛木は莞爾《にっこり》しながら、

「折角《せっかく》だ、が、君、頼まれないよ。」

「何で頼まれん、何で。ありゃ俺の生命《いのち》ですが。」

「私の生命かも分らんのだ。」

「俺の女房《にょうぼ》だ事、知らんのかい。」

「私は芸者だと思って居るがね。」

「何でも可《え》い。」

とドス声で忙込《せきこ》みながら、

「素張《すっぱり》切れてくれ、頼むだでな。」

「女に言え、女に、……先方《さき》で切れればそれまでよ。人に掛合《かけあ》われて、自分の情婦《いろ》を、退《の》くも引くもあるものか。」

「……自分の情婦。……ええ堪《たま》らん、俺の前でお孝の事を。うう、筋が引釣《ひっつ》る、身体《からだ》が震える。

生命《いのち》とも、女房《にょうぼ》とも思う女を引奪《ひったく》られた恋の敵《かたき》に、俺の口から切れてくれ頼むと云《い》うは、これ、よくよくの事だと思わんですだか。

女に云うて肯《き》く程《ほど》なら、遠くから影を見ても、上衣《うわっぱり》の熊の毛まで矗々《すくすく》立つお前《ま》んに、誰《た》、誰《たれ》が頼む、考えんかい。」

「私も同じことを言いたいな。女が肯かないほどのものを、男が掛合《かけあ》われて引退《ひきさが》る奴がありそうな事だと思うのかい。」

「俺を人間だと思うか、国手《せんせい》。」

赤熊はすっくと立った。

「悪魔だ、鬼だ、狂人《きちがい》だ、虎だ、狼《おおかみ》だ。……為《ため》にならんぞ！」

「ああ、その上にまた熊でも可《い》いよ。」

「汝《うぬっ》！」

葛木は欄干《らんかん》に杖《ステッキ》を倒して、柔《やわらか》に手を払《はた》いた。

「刃物《はもの》を持ってるか。」

「むむ、持たんことがあるもんだか。」

「二口《ふたふり》あるか、二挺《にちょう》持ってるか。」

「何《ど》うするだい。」

「一口《ひとふり》渡せ、一挺《いっちょう》貸せ。——持たんのか。一本しかない刃物なら、暗撃《やみうち》にしろ。離れて狙え。遠くから打て。前に廻って、名告《なの》掛《り》けて、生命《いのち》の与奪《やりとり》をすると云うに、敵《かたき》の得《え》ものを用意しない奴があるものか、はははは、馬鹿だな。」

艸冠《くさかんむり》

五十七

「ああ、言わっしゃる。」

赤熊は身構《みがまえ》、口吻《くちぶり》、さて、急に七《なな》つ八《やっ》つ年を取ったように老実《じみ》に力なく言うのであった。

「今《いま》言わしゃったは度胸で無いで。胆玉《きもだま》で無いですだ。学問の力だ。国手《せんせい》の見識ですわい。

詑入《あやま》りますで、はい。

固《もと》より将軍様に直訴《じきそ》する云うたほどですで、はじめから国手の身体《からだ》に向《むか》うて手を挙ぎようとは思わんのですれど、ものは発奮《はずみ》だで、赫《かっ》としたでな。そりゃ刃物《はもの》措《お》け、棒切《ぼうきれ》一本持たいでも、北海道釧路《くしろ》の荒土《あれつち》を捏《こ》ねた腕だで、この拳一《こぶしひと》つでな、頭《どたま》ア胴《どう》へ滅込《めりこ》まそうと、……ひょいと抱上《だきあ》げて、ドブンと川に溺《は》める事の造作ないも知ったれども、そりゃ、あれを見ぬ前だ。

あれよ、……あの、大学校の大教室《でっけえへや》に、椅子で煙草を喫《の》んでござった、人間離れのした神々《こうごう》しい豪《えら》い処《ところ》を見ぬ前だで——あれを見た目にゃ、こんなその、土龍《むぐら》見たように成って了《しも》うた俺が手で、危《あぶな》いことするは余り可惜《あったら》ものだ思う気が、ふいと起って何《ど》うにも出来ねえのですのだで。

それともに、喃《な》、国手《せんせい》、お前《ま》んの生命《いのち》を掻払《かっぱら》いさえすりゃ、お孝との捩《より》が戻って、早い話が旧々通《もともとどお》り言うことを肯《き》いて、女が自由に成る見込《みこみ》さえあればですだ、それこそ、お前んが国手でも、神でも、仏でも、容赦する気は微塵《みじん》も無いだ。

無いだ。が、お前んに逢って、機嫌の悪い事でもあった日には、家中《うちじゅう》に八《や》ツ当《あた》りで、十《と》言《ことい》云うことに、一口《ひとくち》も口を利《き》かぬ。愚《ぐ》に返った苦労女《くろうと》を何うするだね。お前んの身に異常がありゃ、女も一所《いっしょ》に死ぬですだろうで、……そうなれば何う成るですだい。

国手、俺は、あの女は生命より大事ですで、死のうにも死に切れん。生きとるにも生きとられん。

国手、顔を見られないくらいなら、姿だけも見るが可《え》えし、姿さえ見られんなら声ばかりも聞くが増《まし》だし、その声さえも聞かれないなら、跫音《あしおと》でも聞いて居《い》たい。その跫音にすらすらと衣服《きもの》の触《さわ》る音でもしようなら、魂《たましい》に綱をつけて、ずるずる引摺《ひきず》り引廻《ひんまわ》されて、胸を引掻《ひっか》いて、のた打廻《うちまわ》るだ。

お前《ま》ん、誰《たれ》も知るまいし、また知らせるようにもせんですだが、俺はお前ん、二階から突出《つきだ》されて、お孝の内《うち》に出入りが出来なく成ってからは、天に階子《はしご》掛けるように逆《のぼ》せ上《あが》って、極道《ごくどう》、滅茶苦茶《めっちゃくちゃ》、死物狂《しにものぐる》いで、潰《つぶ》れかけた商会は煙《けむ》にする、それが為《た》めに嬶々《かかあ》は死ぬ。」

「女房《かみさん》が——死んだ。」と、学士は鋭く口早《くちばや》に言返《いいかえ》す。

「二歳《ふたつ》に成った小児《こども》は棄てる。」

「…………」

「木賃泊《きちんどま》りの天井裏に、昼は内に潜《もぐ》って、夜《よ》に成ると、雨でも、風でも、稲葉屋の周囲《ぐるり》を、胡乱《うろ》つき廻って、稲荷《いなり》さんの空地《あきち》に蹲《しゃが》んでも居りゃ、突当《つきあた》りの黒塀《くろべい》に附着《くっつ》いて立明《たちあか》す……そうして声を聞く、もの音を考えるですだい。

過日来《いつかじゅう》から、隣の家が空《あ》いたですで、この頃では、大概《たいがい》毎晩、あの空屋《あきや》で寝て居るですだ。」

「空屋でかい。」

と、驚いて云《い》う。

「国手《せんせい》、お前《ま》んはまた毎晩のように、蛇《へび》が蟠《とぐろ》を巻いて居《お》る上で、お孝といちゃついてござる勘定《かんじょう》だ。

が、俺の方は、おつけ晴《ば》れて、許して縁の下へ入れて置いて貰う方が、隠忍《かくれしの》んで隣の空屋《あきや》に潜《もぐ》るよりかも希望《のぞみ》ですだ。」

襟《えり》の辺《あたり》を引掻《ひっか》くと、爪を銜《くわ》える子供のように、含羞《はにか》む体《てい》に、ニヤリとした、が、そのまま、何を噛《か》むか、むしゃむしゃと口舐《くちなめ》ずる。

五十八

「まだ慾《よく》の言えば、お前んとお孝と対向《さしむかい》で、一猪口《ひとちょこ》飲《や》る処《ところ》をですだ、敷居の外《そと》からでも可《え》い、見て居《い》たいものですだ。

お孝を俳優《やくしゃ》で、舞台だ思えば、何として居られても、顔を見て声を聞く方が、木戸に立って考えとるより増《まし》だからな。」

俯向《うつむ》いて半ば泣き、

「嫉《ねた》み猜《そね》みは、まだこうまで惚れない内《うち》だと考えるで。初手《しょて》はね、お前ん、喧嘩《けんか》した事も、威《おど》した事もあるですだい。

現に国手《せんせい》、お前《ま》んの大学病院の何とか教室へ俺が推掛《おしか》けて、偉い人たちに吃驚《びっくり》して遁《に》げて返った、あの朝ですだ。忘れんですがい。――稲葉家の格子《こうし》へ巡査が来て、お孝にお前んの身の上話《はな》いて、――何が嬉しい、……俺は二階で聞いて胆魂《きもたま》が煮《にえ》くり返るに、きゃっきゃっきゃっきゃっと笑うて、情事《いろごと》の免許状ようなものを渡《わた》いて帰った。お孝が、直《す》ぐに内中《うちじゅう》の芸者を茶の室《ま》へ集めて、ですだ喃《な》、国手。

(私は今日からおかみさん、そう思って附合《つきあ》っておくれ。そのかわり、私もその気で附合うから、借金なんか、まけて欲しい人には直ぐに目の前で帳消しに棒を引きますよ。)――だ、お前ん。

その勢《いきおい》で二階へ帰って来ると、まだ顔も洗わんで居《お》る俺を捉《とら》まえて、さあ、突然《いきなり》帰っておくれですだ。……芸者なら旦那《だんな》が有ろうが、何が来て居ようが構わない。それが可《い》厭《や》ならお止《よ》しだけれど、極《きま》った人が出来た上は、片時《かたとき》も、寝衣《ねまき》で胡坐《あぐら》かいた獣《けだもの》なんぞ、備前焼《びぜんやき》の置物だって身のまわり六尺四方は愚《おろか》なこと、一つ内《うち》へは置けないから、即座《いま》帰れ。……云うて生真面目《きまじめ》ですがい。

俺、はじめは笑ったです。が、怒ったですだ。愚痴《ぐち》言うた。……頼みもしたですのだ。

耳にも入《い》れいで、(汚《け》らわ《が》しい、こんな物を。)お前ん、お孝が蒲団《ふとん》を取って向うへ刎《は》ねると、その時ですわい。予《かね》て国手《せんせい》の事を俺嗅《か》ぎつけて知っとったで、お孝を威《おど》しつけてくりょうとな、前の夜《よ》さり、懐中《ふところ》に秘《かく》いて居《お》ったですれども、顔を見ると、だらけて、はや、腑《ふ》が抜けて、そのまんま、蒲団《ふとん》の下へ突込《つっこ》んで置いた、白鞘《しらさや》の短刀《たんとう》が転がって出たですが。

お孝が見たでな。天道時節此処《てんどうじせっここ》だ思うて、（阿魔《あま》覚悟があるぞ！）睨《にら》んだですだ。ばたばたとお孝が立つで、占《し》めた、遁《に》げる、恐れたぞ。俺が勝った、と乗掛《のりかか》って、階子段《はしごだん》の下口《おりくち》で捉《とら》まえたは可《よ》かったですれど、何《ど》うですかい。

お孝は遁げたで無いですが。……あの階子は取外《とりはず》しが出来るだでね、お孝が自分でドンと突いて、向うの壁へ階子をば突《つッ》ぱずしたもんですだ。（短刀をお抜き、さあ、お殺し、殺しように註文がある。切っちゃ不可《いけな》い、十の字を二つ両方へ艸冠《くさかんむり》とやらに曰《いわく》をかいて。）とお前《ま》ん、……葛木と云《い》う字に、突いて殺せ。（名まで辛抱は出来まいが、一字や二字は堪《こら》えて見せよう。さあ早く。）と洞爺湖《とうやこ》の雪よか真白《まっしろ》な肌を脱いで、背筋《せすじ》のつるつると朝日で溶《と》けて、露の滴《た》りそうな生々《なまなま》とした奴を、水浅黄《みずあさぎ》ちらめかいて、柔《やわ》りと背向《うしろむ》きに突着《つきつ》けたですだで。

豊艶《ふっくら》と覗《のぞ》いた乳首《ちちくび》が白い蛇《へび》の首に見えて、むらむらと鱗《うろこ》も透《す》く、あの指の、あの白金《プラチナ》が、そのまま活《い》きて出たらしいで、俺はこの手足も、胴も、じなじなと巻緊《まきし》められると、五臓六腑《ごぞうろっぷ》が蒸上《むれあが》って、肝《きも》まで溶融《とろ》けて、蕩々《とろとろ》に膏《あぶらぎ》切った身体《からだ》な、——気の消えそうな薫《かおり》の佳《い》い、湿《しめ》った暖《あたたか》い霞《かすみ》に、虚空遥《こくうはるか》に揺上《ゆりあ》げられて、天の果《はて》に、蛇の目玉《めだま》の黒金剛石《くろダイヤ》のような真黒《まっくろ》な星が見えた、と思うと、自然《ひとりで》に、のさんと、二階から茶の間へ素直《まっすぐ》、棒立《ぼうだ》ちに落ちたで、はあ。」

と五十嵐伝吾は腹を揺《ゆす》って、肩を揉《も》んで、溜息《ためいき》して言う。

河岸《かし》の浦島《うらしま》

五十九

「その足で、お前《ま》ん、大学に押掛《おしか》けてからは、御存じの通りだで。さあ、後《あと》の、俺が身体何《ど》う成るだね。天人《てんにん》に雲の上から投落《なげおと》されたも、お前ん、勿体《もったい》ないだが、乙姫様《おとひめさま》に海の底から突出されたも同一《おんなじ》ですだ。

また始めに、お孝が俺のものに成った時は、知ったほどの誰も彼も、不断《ふだん》云う、赤熊だことの、膃肭臍《おっとせい》だことの、渾名《あだな》を止《や》めて、浦島《うらしま》だ、浦島だ、言うたもんで。俺も日本橋に龍宮《りゅうぐう》が在る、と思うたですが。その筈《はず》ですだね。鯨《くじら》に乗って泳ぎ込む程《ほど》の不思議で無《の》うて、熊がお孝と対座《さしむかい》に、稲葉家の長火鉢《ながひばち》の前に胡坐《あぐら》組めますまい。

見得《みえ》は言わねえですぞ。国手《せんせい》の前だ。

死んだ媽《かかあ》は家附《いえつ》きで、俺は北海道へ出稼《でかせぎ》中、堅気《かたぎ》に見込みを付けられて、中《ちゅう》ぐらいな身代へ養子に入った身の上だがね。日の丸の旗を立って大船《おおぶね》一艘《ぱい》、海産物積んで、乗出《のりだ》いて、一花《ひとはな》咲かせる目的《もくろみ》でな、小舟町《こぶねちょう》へ商会を開いた当座、比羅代《びらがわ》りの附合《つきあい》で、客を呼ぶわ、呼ばれもしたので、一座に河岸《かし》の人が多かったでな。土地の芸者も顔が揃《そろ》うた。二三度、その中に、国手、お前《ま》んも因果は遁《のが》れぬ、御存じですだ、瀧の家の清葉とな、別嬪《べっぴん》が居《い》たでねえですか。」

葛木は吃《きっ》と見る。

「容色《きりょう》は固《もと》より、中年増《ちゅうどしま》でも生娘《きむすめ》のような、あの、優しい処《ところ》へ俺目を着けた。一睨《ひとにらみ》、床《とこ》の間《ま》から睨《にら》んだら、否応《いやおう》はあるまい哩《わい》。ああ、ここが俺膃肭臍《おっとせい》の悲しさだ。金に成る男のぬくとみにや、誰《たれ》でも帯を解く、と奥州《おうしゅう》、雄鹿島《おがしま》の海女《あま》も、日本橋の芸者も同じ女だと、北海道釧路国の学問だでな。

——吃驚《びっくり》したですだ、お前ん……ただ居《お》りゃ袖も擦合《すりあ》うけれども、手を出すと、富士の山の天辺《てっぺん》あたりまで、スーと雲で退《の》かれたで、あっと云《い》うと俺、尻餅《しりもち》を搗《つ》いたですが。

（御守殿《ごしゅでん》め、男を振るなんて生意気な、可《よし》、清葉さんが嫌った人なら、私が情人《いろ》にして遣《や》ろう。……）

これだで国手《せんせい》。それこそ悪く傍《そば》へよると、撥《ばち》で打《ぶ》たれるぞ、と友達の衆に用心されたそのお孝が、俺の手を曳《ひ》いて抱込《だきこ》んだでな。いや、お孝と来ては、対手《あいて》の清葉を驚かすためには、裸体《はだか》で本当の羆《ひぐま》にも乗兼《のりかね》ねえですが。――後で聞くと、清葉を口説《くど》いて振られたと云うために、お孝の関係をつけたのが、一人二人《ひとりふたり》でねえと云うだで喃《な》。」

葛木は聴いて、

「私も御多分には漏れんのだぜ。」と、静《しずか》に衣兜《かくし》に手を入れる。

赤熊は星が痛そうに、額《ひたい》を確《しか》と両手で蔽《おお》い、

「処《ところ》が、そうで無い。調子が違うた。……誰もそのかわり、お孝の口から、（可厭《いや》に成ったら、それッ切《きり》、御免《ごめん》なんだよ、可《い》いかい。）と初手《しょて》に念を推《お》されて居《お》るで、突出《つきだ》されて謂《い》う理窟《りくつ》は無いだね。

そりゃ、随分俺が身だけでは金も使った。けれどもな、鰊《にしん》や数《かず》の子《こ》の一庫二庫《ひとくらふたくら》、あれだけの女に掛けては、吹矢《ふきや》で孔雀《くじゃく》だ。富籤《とみくじ》だ。マニラの富が当らんとって、何国《どこ》へも尻の持って行《ゆ》きようは無《ね》えのですもの。

が、人情は理窟で無いで。

女房も生命《いのち》も、その生命から二番目の一人の小児《こども》を棄《す》ててまでも……」

「一寸《ちょっと》……」

葛木は急に遮《さえぎ》りつつ、

「ただ聞いては居《い》られない、……お互《たがい》に人の児《こ》だよ。お前、小児を捨了《すてちま》ったと云《い》うのは？　構《かま》いつけない、打棄《うっちゃ》ってあると云う意味なのかい。」

「そうでねえです。」

「人に遣《や》ったと云う事かね。」

「違う。」と、ぶっきらぼうに言う。

「棄子《すてご》をしたか。」

と小さな声。

頭《こうべ》を釘《くぎ》

六十

赤熊は、準弱《まじまじ》として、頽然《ぐったり》と俯向《うつむ》いたが、太《いた》く恥じたらしく毛皮の袖を引捜《ひきさが》すと、何か探り当てた体《てい》で、むしゃりと噛《か》む。

葛木は眉を顰《ひそ》めて、

「一寸、小児《こども》も小児だし、……前刻《さっき》から、気に成るが、兎《と》に角《かく》、色事《いろごと》の達引中《たてひきちゅう》だ、なあ、まあ。……それに、那様事《そんなこと》をしてくれては不可《いけな》いじゃないか。見て居られない、……何を食うんだ。」

「はあ、これかね。」

と、食った後《あと》の指を撮《つま》んで、けろりとした顔を上げて、気《け》も無い様子で、

「虱《しらみ》だと思ったかね、へへ、違うですが。大丈夫だで、国手《せんせい》。脂《あぶら》の抜きようが足りんだった処《ところ》へ、寝るにも起きるにも脱がねえもんで、こりゃ、雨な、埃《ほこり》な、日向《ひなた》な、汗な、膏《あぶら》で熊の皮に湧《わ》いた蛆《うじ》だよ。」

「え。」

「虫ですがい。豪《えら》く精分《せいぶん》の強い、補剤《おぎない》に成る奴で、喃《なあ》。」

伝吾は厚《あつ》ぼったい口を垂離《だらり》と開けつつ、

「これが有るで、俺、この頃では、一日二日《いちにちふつか》怠《なま》けて飯食わねえ事あるですけれども、身体《からだ》が弱らん。却《かえ》って、ほかほか温《あたたか》だね。取っちゃ食い、取っちゃ食いするだ。が、あとからあとから湧くですの哩《わい》。二十間《けん》の毛皮を縫包《ぬいぐる》みにして居《お》るで、形のある中《うち》は虫が湧

くですだ。」

葛木は面《かお》を背《そむ》けて、はっと吐こうとした唾《つば》を、清葉の口紅《くちべに》と、雛《ひな》の思出《おもいで》、控《ひか》えて手巾《ハンケチ》を口に当てた。

——やがて、お孝が狂気に成ったも、一つはこの虫が因《もと》である——

六十一

「貴下《あなた》、何をして居《お》らるるかね。」

靴を忍んで唐突《だしぬけ》に、ずかずかと寄って声を沈めたのは巡査であった。

「一寸談話《ちょっとはなし》を。」

葛木は爾時《そのとき》まで、虫に背けた面を向ける。と、星に照らして、

「や、国手《せんせい》ですか。」

「おお貴官《あなた》で。」

「この橋は妙な橋ですな。」

と莞爾《にっこり》しながら、角燈《かくとう》を衝《つ》と向ける。其処《そこ》に背後《うしろ》むきに蹲《しゃが》んだ奴。

「此方《こちら》は、」

「旧友です。ふと此処《ここ》で出会ったんです。」

「お話しなさい……失礼しました。」

「ああ、貴官《あなた》、いつぞやは——一度、更《あらた》めてお目に掛りたいと思って居《い》ます。」

「難有《ありがと》う。機会《おり》を待ちます。」

と銀河を仰《あお》ぎ、佩剣《はいけん》の秋蕭殺《あきしょうさつ》として、鵲《かささぎ》の如《ごと》く黒く行《ゆ》く。橋冷《ひや》やかに、水が白い。

「夜《よ》が更《ふ》ける……おい、そして、そして小児《こども》は。」

「国手《せんせい》、臟腑《ぞうふ》から餌《え》を吐くまで何事《なにごと》も打《ぶち》まけたで、小児を棄《す》てた処《ところ》を言うですれど、これだけは内分《ないぶん》に願いたいでね、極《ごく》ねえ。……巡査にでも知れると成らんですだ。」

「余り、巡査に遠慮する風《ふう》でもあるまいじゃないか。」

「そうでねえです。河岸《かし》の腸拾《わたひろ》いや、立《たち》ん坊《ぼう》は大事《だいじ》無《な》いですれど、棄子《すてご》が分ると引っぱられるでね、獄《ごく》へ入れられる。それも可《え》えですが、ただ、そう成ると、縁の下からも、お孝の声が聞かれんですだよ。」

葛木は思わず吐息《といき》した。

「無論《むろん》言いはせん。」

「なら話すだがね、小児を棄てたのは、清葉の門《かど》だで。」

「何、清葉の。じゃ、あの瀧の家で拾って、可愛《かわい》がってると云《い》う小児は、お前のかい。」

「小児《こども》は幸福《しあわせ》ですだ。」

「むむ、幸福だ。」

と引入れられて、気を取られた調子が高く、

「清葉が、頬摺《ほおず》りしたり、額《ひたい》を吸ったり、……抱いて寝るそうだ。お前、女房は美しかったか、綺麗《きれい》な児《こ》だって。ああ、幸福な児だ。可羨《うらやま》しいほど幸福《こうふく》だ。」

摺《ず》って出るように水を覗《のぞ》く、と風が冷《ひや》やかに面《かお》を打つ。欄干《らんかん》に確《しか》と両手を掛けた、が、熟《じっ》と黙って、やがて静《しず》かに立直《たちなお》った時、酔覚《えいざめ》の顔は蒼白《あおじろ》い。

「私は馬鹿だよ。……もし私を、仮にお前の境遇に置いたとすると、そのくらいな智《ち》慧《え》も分別も決して無いのだ。お前は私より知識がある、果断がある、……飯《めし》のかわりに、羆《ひぐま》の毛の虫を食っても、それほど智慧があり、果断もあれば、話は分ろう。

大分《だいぶ》遅い、……今度の巡査はこのままには通らんぞ。さあ、早い処《ところ》を言え。

お前の要求は肯入《ききい》れられない、二人《ふたり》は断じて縁を切らない……」

半《なか》ば聞いて赤熊はまた頽《ぐ》然《たり》と《ど》した。

「そう言ったら、お前は何うする、私を殺すか。」

「………」

「お孝を殺すか。」

「ええ、あれが殺せますほどならですだ、お前《ま》んに、手向《てむか》いするだい。殺したい、殺したい、殺して死にたい思うても、傍《そば》へ行《ゆ》きゃ、ぼっと佳《い》い香《におい》のするばかりで、筋《すじ》も骨も萎々《なえなえ》と、身体《からだ》がはや、湿《しめ》った粘《のり》のように成りますだで。」

「チョッ、確乎《しっかり》しないのか。お孝に手出しが出来なかったら、切《せ》めて私を殺す、私を狙う計画を立ててくれ。勇気を起せ、張合《はりあい》を附《つ》けろ。私が頼む。そして私にお前の言分《いいぶん》を刎《は》ねつけさせてくれないか。私も頼む、その様子じゃ靄《もや》を引摑《ひきつか》んで突返《つきかえ》すようで、断るに断り切れない。……こんな弱った事は無いのだ。

おい、男がものを言掛《いいか》けるには、若《も》しそれが肯入《ききい》れなかったら何《ど》うする、と覚悟を極《き》めてかかるのが法だ。……恥を知れ、恥を知れ。気を判然《はっきり》して出直して、切物《きれもの》か、刃物《はもの》の歯ごたえのあるようにして、私に断然《きっぱり》、（女と切れない。）と言わしてくれ。」

葛木が焦《じ》れて気色《きしょく》ともに激しく成るほど、はあはあと呼吸を内に引いて、大息《おおいき》で喘《あえ》いだが、獣《けもの》の背《せ》の、波打《なみう》つ体《てい》に、くなくなと成ると、とんと橋の上へ、真俯向《まうつむ》けに突伏《つっぷ》して了《しま》う。

「お願いですだ、拝むですだい。……邪魔《じゃま》だらば、縁《えん》の下《した》へ突込《つっこ》まりょうで。柱へうしろ手に縛られて居《い》ながらでも、お孝の顔を見て居たいで、便所の掃除でも何でもするだ。活動写真で見たですが、西洋は羨《うらや》しい。女の足を舐《な》めるだあもの。犬に成っても大事ねえだで、香《におい》が嗅《か》ぎたい、顔が見たいで、この通り拝むだ、国手《せんせい》。恥も、外聞も、お孝があっての上ですだよ。」

わっと云《い》うと、声を上げて、ひくひく後《あと》を引いて泣く。

葛木は踵《くびす》を刻《きざ》んで、

「聞け、聞け。だが何にも言うことが出来ない。……では、お前、私がきれれば、お孝は確《たしか》にお前に戻るか、その、お前に、お孝が戻ると思うのかよ。」

「そりゃ、そりゃ戻っても戻らいでも、国手があるより増《まし》だでね、声だけ聞くでも姿だけ見るでも、国手と二人《ふたり》の時と、お孝一人の時とでは、俺が心持が何《ど》う違うか考えずとも分るだでね。拝むですだよ。何も言わんで。……こ、こ、この橋板《はしいた》に摺付《こすりつ》けて血を出《だ》いて願いたいども、額《ひたい》の厚ぼったい事だけが、我が身で分る外《ほか》何にも分らん。血の出ないのが口惜《くやし》いですだ。」と頭を釘に、線路の露の鉄を敲《たた》く。

学士はフイと居《い》なく成った。銀河のあたり、星が流るる。

露《つゆ》　霜《じも》

六十二

はッと声に出して、思わず歎息《ためいき》をすると、浸《にじ》む涙を、両の腕。……面《おもて》を犇《ひし》と蔽《おお》うて居た。

この辻車《つじぐるま》が、西河岸《にしがし》へヌッと出たと思うと、俥《くるま》の上で――もう夜半《よなか》二時過《すぎ》。

「ああ。」

葛木は慌《あわただ》しく声を掛けた。

「一寸《ちょっと》待て、車夫《くるまや》。」

「へいへい。」

「忘れものをして来た、帰ってくれないか。」

「ただ今、乗《め》した処《ところ》へ。」

「ああ。」

夜延仕《よなし》でも、達者な車夫《しゃふ》で、一《いち》もん字《じ》にその引返す時は、葛木は伏せた面を挙げて、肩を聳《そびや》かす如《ごと》く痩せた腕を組みながら、切《しきり》に飛ぶ星を仰いだ。が、夜露に、痛いほど濡れたかして、顔の色が真蒼《まっさお》であった。

「可《よ》し、此処《ここ》で——此処で——此処で——」

と焦《あせ》って、圧《おさ》えて云《い》い云い、早《はや》や飛下《とびお》りそうにしつつも駆戻《かけもど》る発奮《はずみ》にずかずかと引摺《ひきず》られるように町の角《かど》を曲《まが》って、漸《やっ》と下立《おりた》った処《ところ》は、最《も》う火の番を過ぎて、お竹蔵《たけぐら》の前であった。

直《す》ぐに稲葉家の露地《ろじ》を、ものに襲われた体《てい》に、慌《あわただ》しく、その癖《くせ》、靴を浮かして、跫音《あしおと》を密《ひそ》めて、したしたと入ると、門《かど》へ行った身を飜《かえ》して、柳を透《す》かしながら、声を忍んで、二階を呼んだ。

「お孝さん、……」

寂然《ひっそり》として居《い》たが、重ねて呼ぶのに気を兼ねる間《ま》も無く、雨戸《あまど》が一枚、すっと開《あ》いて、下から映《さ》す蒼《あお》い瓦斯《がす》を、逆に細流《せせらぎ》を浴びた如《ごと》く濡萎《ぬれしお》れた姿で、水際《みずぎわ》を立てて、其処《そこ》へお孝が、露の垂《た》りそうに艶麗《あでやか》に顕《あらわ》れた。

が、それは浴びるばかりの涙なのである。

唯《と》、見る時、葛木も面《かお》にはらはらと柳の雫《しずく》が、押えあえず散乱《ちりみだ》るる。

今宵《こよい》は三度目である。宵に来て、例《いつ》の如く河岸《かし》まで送られて十二時過《すぎ》に帰った時は、夢にもこうとは知らなかった。——一石橋《いちこくばし》で赤熊に逢って、浮世を思捨《おもいす》てるばかり、覚悟して取って返した時は、もう世間も此処も寐静《ねしず》まって居た上に、お孝は疲れた、そし

て酔っても居た。……途中送る折も、送る女が、送らるる男の肩に、なよなよと顔を持たせて、

「邪慳《じゃけん》だね、帰るなんて。」

ぐっすり寐込《ねこ》んだに相違ない。ええ、決心は鈍《にぶ》ろうとも、ままよ、この次に、と一度引返そうとして、ただ、口ずさみのひとりでに、思わず、

「お孝……」

と呼ぶと、

「あい。」と声の下で返事して、階子《はしご》を下りるのがトントンと引摺《ひきず》るばかり。日本の真中《まんなか》に、一人《ひとり》、この女が、と葛木は胸が切《せま》ったのであったが。

暖《あたたか》い閨《ねや》も、石の如く、砥《と》の如く、冷たく堅く代るまで、身を冷《ひや》して涙で別れて……三《み》たび取って返したのがこの時である。

お孝は、乱書《みだれがき》の仮名《かな》に靡《なび》く秋風の夜更《よふ》けの柳にのみ、ものを言わせて、瞳も頬も玉《たま》を洗ったように、よろよろとただ俯向《うつむ》いて見た。

「済まないがね、――人形を忘れたから。」

「はい。」

と清《きよ》く潔《いさぎよ》い返事とともに、すっと入ると、向直《むきなお》って出た。乳の下を裂いたか、とハッ

と思う、鮮血《なまち》を滴《したた》らすばかり胸に据えたは、宵《よい》に着て寝た、緋《ひ》の長襦袢《ながじゅばん》に、葛木が姉の記念《かたみ》の、あの人形を包んだのである。

ト片手ついたが、欄干《てすり》に、雪の輝く美しい白い蛇の絡《から》んだ俤《おもかげ》。

「お怪我《けが》の無いよう……御機嫌《ごきげん》よう。」

とはらりと落すと、袖で受けたが、さらりと音《おと》して、縮緬《ちりめん》の緋のしぼは、鱗《うろこ》が鳴るか、と地に辷《すべ》って、潰島田《つぶししまだ》の人形は二片《ふたひらみ》三片《ひら》花を散《ちら》して、枝も折れず、柳の葉末《はずえ》に手に留《とま》んぬ。

「清葉さん、――然《さ》ようなら。」

カタリと一幅《ひとはば》、黒雲《くろくも》の鎖《とざ》したような雨戸《あまど》が閉《しま》って、……

――露地《ろじ》の細路《ほそみち》、駒下駄《こまげた》で――

と心悲《うらかな》しい、が冴《さ》えた声。鈴を振る如《ごと》く、白銀《しろがね》の、あの光、あけの明星か、星に響く。

葛木は五体《ごたい》が窘《すく》んだ。

稲荷《いなり》堂《どう》の、背裏《うしろ》から、もぞもぞと這出《はいだ》して、落ちた長襦袢に掛《かか》って、両手に摑《つか》んだ、葛木を仰ぎ見て、夥多《あまた》たび押頂《おしいただ》いたのは赤熊である。

車夫の提灯《ちょうちん》が露地口を、薄黄色《うすきいろ》に覗《のぞ》くに引かれて、葛木はつかつかと出て、飜然《ひらり》と乗ると、梶《かじ》を上《あげ》る。背《せ》に重量《おもし》が掛って、前へ突伏《つっぷ》すが如く、胸に抱《だ》いた人形の顔を熟《じっ》と視《み》た。

彗《ほうき》星《ぼし》

六十三

その翌年《あくるとし》の春である。日本橋三丁目の通《とおり》の角《かど》で、電車の印《いん》を結んで、小児演技《こどもしばい》の忠臣義士を煙《けむ》に巻いて、姿を消した旅僧《たびそう》が、胸に掛けた箱の中には、同じ島田の人形が入って居《い》たのである。

生理学教室三昧《さんまい》の学士も、一年ばかりお孝に馴染《なじ》んで、その仕込みで、一寸大高源吾《ちょっとおおたかげんご》ぐらいは玩《もてあそ》ぶことが出来たのである。

却説《さて》、葛木法師《ほうし》の旅僧は遠くも行《ゆ》かず、何処《どこ》で電車を下りて迂廻《まわりみち》したか、多時《しばらく》すると西河岸《にしがし》へ、船から上《あが》った如く飄然《ひょうぜん》として顕《あらわ》れて、延命地蔵尊《えんめいじぞうそん》の御堂《みどう》に詣《もう》でて礼拝《らいはい》して、飲酒家《さけのみ》の伯父《おじ》さんに叱られたような形で、あの賓頭盧《びんずる》の前に立って、葉山繁山《はやましげやま》、繁きが中に、分けのぼる峰の、月と花。清葉とお孝の名を記《しる》にした納手拭《おさめてぬぐい》の、一つは白く、一つは青く、春風《はるかぜ》ながら秋の野に葛《くず》の裏葉《うらは》の飜《ひるがえ》る、寂《さび》しき色に出《い》でて戦《そよ》ぐを見つつ、去るに忍びぬ風情《ふぜい》であった。

茶を振舞《ふるま》った世話人の問《とい》に答えて、法体《ほったい》は去年の大晦日《おおみそか》からだ、と洒落《しゃれ》で無く真顔《まがお》で云《い》うよう、

「いや、夜遁《よに》げ同然な俄発心《にわかほっしん》。心よりか形《かたち》だけを代えました青道心《あおどうしん》でございます。面《めん》目《ぼく》の無い男ですから笠《かさ》は御免《ごめん》を蒙《こうむ》ります。……何処《どこ》と申して行《ゆ》く処《ところ》に当《あて》は無いので、法衣《ころも》を着て草鞋《わらじ》を穿《は》くと、直《す》ぐに両国から江戸を離れて、安房上総《あわかずさ》を諸所経歴《しょしょへめぐ》りました。……今日《こんにち》は、薬研堀《やげんぼり》を通って此方《こっち》へ。――今度は日本橋を振出《ふりだ》しに、徒歩《かち》で東海道に向いますつもり。――以来は知らず、何処へ参っても、このあたりぐらい、名所古蹟《こせき》はございませんな。」

と云って、ほろりとして、手を挙げて茶盆《ちゃぼん》を頂いて出て行く。

人足繁《ひとあししげ》き夕暮《ゆうぐれ》の河岸《かし》を、影のように、すたすたと抜けて、それからなぞえに橋に成る、向《むか》って取附《とっつき》の袂《たもと》の、一石餅《いちこくもち》とある浅黄染《あさぎぞめ》の暖簾《のれん》を潜《くぐ》って、土間《どま》の縁台の薄暗い処で、折《お》敷装《しきもり》の赤飯《せきはん》を一盆《ひとぼん》だけ。

その癖《くせ》、新しい銀貨で釣銭《つりせん》を取って一石橋《いちこくばし》へ出た。もう日が暮れたのである。

半《なか》ば渡った処、御城《おしろ》に向いた、欄干《らんかん》に、松を遠く、船を近く彳《たたず》んで、凭掛《もたれかか》ったが、熟《じっ》として頬杖《ほおづえ》を支《つ》いて、人の往来《ゆきき》も世を隔《へだ》てた如《ごと》く、我を忘れた体《てい》であった。

「然《さ》ようなら。」

と一言《ひとこと》掛けて、発奮《はず》むばかりに身を翻《ひるがえ》すと、其処《そこ》へ、ズンと来た電車が一輛《だい》。目前《めさき》へカラカラと打《ぶ》つかりそうなのに、あとじさりに圧《お》され、圧され、煽《あお》られ気味に蹌踉《よろよろ》々と成った途端である。

「火事だ、火事だ。」

把手《ハンドル》を控えて、反身《そりみ》に成った車掌が言った。その帽《ぼう》の、庇《ひさし》も顔も真赤《まっか》である。黒い水の、箱を溢《あふ》るるばかり、乗客《じょうかく》は総立ちに硝子《がらす》に犇《ひし》めく。驚いて法師が、笠《かさ》に手を掛け、振返ると、亀甲形《きっこうがた》に空を劃《くぎ》った都会《みやこ》を装《よそお》う、鎧《よろい》の如き屋根を貫いて、檜物町《ひものちょう》の空に燹《ぱっ》と立つ、偉大なる彗星《ほうきぼし》の如き火の柱が上《あが》って、倒《さかしま》に迸《ほとばし》る。

「瀧の家だい。」

その見当とも言わず、……殆《ほとん》ど直覚的に、清葉の家を、耳の傍《はた》で叫んで、――前刻《さっき》から橋の際《きわ》に腰を板に附いて蹲《しゃが》んで居《い》た、土方体《どかたてい》の大男《おおおとこ》の、電車も橋も掻退《かきの》けるが如く、両手を振って駆出《かけだ》したのがある。

旅僧《たびそう》は、その声を、聞いたようだ、と思ったろう。しかしその時、羆《ひぐま》の皮は着て居なかった。

これは、清葉とお千世が、この日、稲葉家へ入ろうとして、その露地《ろじ》から出て、二人《ふたり》を見て逃げるのを知った、のッそり頰被《ほおかぶり》をした昼の影法師《かげぼうし》と同じ風体《ふうてい》の男である。

綺麗《きれい》な花《はな》

六十四

「危《あぶね》えッ！」

危え、と蔵《くら》の屋根から、結束《けっそく》した消防夫《しごとし》が一人《にん》、棟《むね》はずれに乗出《のりだ》すようにして、四番《よばん》組《ぐみ》(51)の纏《まとい》を片手に絶叫する。

その下に、前《まえ》と後《うしろ》を、おなじ消防夫に遮《さえぎ》られつつ、口紅《くちべに》の色も白きまで顔色《かおいろ》をかえながら、かかげた片褄《かたづま》、跣足《はだし》のまま、宙へ乗って、前へ出ようと身をあせるのは清葉であった。

「放して、放して。」

この土蔵《どぞう》一つ、細い横町《よこちょう》の表《おもて》から引込《ひきこ》んだ処《ところ》に、不思議なばかり、白磨《しろみがき》の千本格子《せんぼんごうし》がぴたりと閉《しま》って、寐静《ねしずま》ったように音もしないで、ただ軒《のき》に掛けた瀧の家の磨硝子《すりがらす》の燈《ともしび》ばかり、瓦斯《がす》の音が轟々《ごうごう》と、物凄《ものすご》い音を立てた。

「蔵は大丈夫だ。姉《ねえ》さん、危い。」とまた屋根から呼ばわる。

取巻く、人数《にんず》が、

「退《の》いた、退《ど》いた、退《ど》いた。」と叫ぶ。

薄藤色《うすふじいろ》の出《で》の衣服《きもの》の、肩を揉んで身をあせる、火《ひ》の粉《こ》は紅梅《こうばい》の如《ごと》く衣紋《えもん》を切って散るのである。

「蔵じゃない、蔵の事なんかじゃないんだよ。」

「簞笥《たんす》は出したい。出来るだけ出した。」

「内《うち》の人たち。」と、清葉は最《も》う声が涸《か》れる。

「乳母《ばあや》は、湯に入って居《い》た処だ、裸体《はだか》で遁《に》げた。」

「娘さんも小婢《こおんな》も遁がした。下女《おさん》どんは一所《いっしょ》に手伝った。」

「何しろ火が疾《はや》い。しかも火元《ひもと》が裏家《うらや》の二階だ。」

と口々にがやがや言う。

「その二階におっかさんが。」

「何、阿母《おふくろ》が。」

「坊やが、坊やが。放して、放して。」

と云《い》うと、思わず圧《おさ》えたのが手を放す。

「了《しま》った。」と屋根で喚《わめ》く。

二人《ふたり》ばかりドンと出て格子戸《こうしど》に立ったのは、飛込《とびこ》もうとしたのでは無い。血迷うばかりの、清葉を遮《さえぎ》って、突戻《つきもど》すためであった。

清葉は、向うから突戻されてよろよろと、退《しさ》ると、喞筒《ポンプ》の護謨管《ごむかん》に裳《もすそ》を取られてばったり膝を、その消えそうな雪の頸《うなじ》へ、火《ひ》の粉《こ》がばらばらとかかるので、一人《ひとり》が水びたしの半纏《はんてん》を脱いで掛けた。

この折から、此処《ここ》の横町《よこちょう》を河岸《かし》へ出る、角《かど》の電信柱の根《ね》を攀《よ》じて、其処《そこ》に積んだ材木の上へ、すっくと立って顕《あらわ》れた、旅僧《たびそう》の檜木笠《ひのきがさ》は、両側の屋根より高く、小山の如《ごと》き松明《たいまつ》の炎《ほのお》に照《てら》されたが、群集の肩を踏まないでは、水管《すいかん》の通った他《ほか》に、一足《ひとあし》も踏込《ふみこ》む隙《すき》間《ま》は無かったのである。

「筒先《つつさき》ウ向けろ。」

「手向《たむけ》の水だい。」

其処に絶望の声を放つと、二条《ふたすじ》ばかり、筒先を格子に向けた。

どどッと鳴る音と共に、軒《のき》の瓦斯《がす》は、人魂《ひとだま》の如く屋根へ飛ぶ。格子が前へどんと倒れる。地獄の口の開《あ》いた中から、水と炎の渦巻《うずまき》を浴びて、黒煙《くろけむり》を空脛《からすね》に踏んで火の粉を泳いで、背《せ》には清葉の継《まま》しい母を、胸には捨てた（坊や。）の我児《わがこ》を、大肌脱《おおはだぬぎ》の胴中《どうなか》へ、お孝が……葛木に人形を包んで投げたを拾って持った、緋《ひ》の長襦袢《ながじゅばん》を縄《なわ》からげにぐい、と結んで、

「おう！」

とばかり呻《うな》って出たのは赤熊である。

「助かった。」

錦《にしき》の帯《おび》は煙を払って、龍の如く素直《まっすぐ》に立つ。母はその手に抱寄《だきよ》せられた。

「坊や。」

と清葉が手を伸した時、炎の流《ながれ》は格子戸の倒れた穴を、堰《せき》を切った堤《つつみ》の如く、九《ここの》ツの頭《かしら》を立てて漲《みなぎ》り流るる。

「まあ、綺麗《きれい》に花が咲いた事。」

一町《ひとまち》、中《なか》を置いた稲葉家の二階の欄《てすり》に、お孝は、段鹿子《だんかのこ》の麻《あさ》の葉《は》の、膝もしどけなく頬杖《ほおづえ》して、宵暗《よいやみ》の顔ほの白《しろ》う、柳涼《やなぎすず》しく、この火の手を視《なが》めて居《い》た。……

振向《ふりむ》く処《ところ》を

六十五

「この勢《いきおい》だ、この勢だ。」

人雪頽《なだれ》打つ中を、まるで夢中で、

「人一人《ひとり》助けただい。この勢なら殺せるだい。お孝、畜生。」

眼《まなこ》は火の如《ごと》く血走りながら、厚い唇は泥の如く緊《しまり》なく緩《ゆる》んで、ニタニタと笑い乍《なが》ら、足許《あしもと》ふらふらと虚空《こくう》を睨《にら》んで、夜具包《やぐづつ》み背負《しょ》って、ト転《ころ》倒がる女を踏跨《ふんまた》ぎ、硝子戸《がらすど》を立てて飛ぶ男を突飛《つきと》ばして、ばたばたと破って通る。

「この勢だい、殺せるだい。」

火の盛《さかん》なる頃なれば、大膚脱《おおはだぬ》ぎを誰一人《たれひとり》目に留《とめ》る者も無く、のさのさと蟇《がま》の歩行《あゆ》みに一町隣りの元大工町《もとだいくちょう》へ、ずッと入ると、火の番小屋が、あっけに取られた体《てい》に口を開けてポカンとして、散敷《ちりし》いた桜の路を、人の影は流るるよう。……半鐘《はんしょう》の響《ひびき》、太鼓《たいこ》の音、ぱっぱっと燃ゆる音、べらべらと煙の響、もの音ばかり凄《すさま》じく、両側の家はただ、黒い墓の如く、寂しいまでにひそまり返って、ただ処々《ところどころ》、廂《ひさし》に真赤《まっか》な影は、其処《そこ》へ火を呼ぶか、と凄《すご》いのである。

洪《ごう》と鳴って新しい火の手が上《あが》ると、魔が知らすような激しい人声《ひとごえ》。わッと喚《わめ》いてこの町も危《あやう》く成ったが、片側の二階からドシドシ投出《なげだ》す、衣類、調度。あの屋根から、誰《たれ》が投げて、何《ど》のがら、ト諸君はお竹蔵《たけぐら》と云《い》うのを御存じの筈《はず》と思う。蛇《へび》の如く空に躍《おど》って、丁《ちょう》ど其処《そこ》へ来た、赤くたに交《まじ》ったか、二尺ばかりの蠟鞘《ろざや》が一口《ひとふり》。蛇の如く空に躍って、丁ど其処へ来た、赤熊の額《ひたい》を尾でたたいて、ハタと落ちた。

発奮《はずみ》で打ったか。前刻《さっき》瀧の家の二階で受けた怪我の、気の勢《いきお》いで留《と》まって居《い》たか。この時、額から垂々《たらたら》と血が流れたが、それには構わないで、殆《ほと》ど本能的に、胸へ抱いた年弱《としよわ》の三歳《みっつ》の子を両手で抱えた。

が、慌《あわだ》しく刀を拾うと、何を思う隙《ま》も無さそうに、ギラリと冷《ひや》かに抜いて、鞘《さや》を棄《す》てて提《ひっさ》げたのである。

そのまま襲入《おそいい》った、向うの露地口《ろじぐち》には、八九人人立《ひとだち》したが、真中《まんなか》をずッと通るのに、誰も咎《とが》めたものが無い。

柳に片手を、柄下《つかさが》りに、抜刀《ぬきみ》を刃尖上《はさきあが》りに背《せ》に隠して、腰をずいと伸《の》して、木戸口《きどぐち》から格子《こうし》を透《す》かすと、丁ど梯子段《はしごだん》を錦絵《にしきえ》の抜出《ぬけだ》したように下《お》りて、今、長火鉢《ながひばち》の処《ところ》に背後《うしろ》向《む》きに、すっと立った、段染《だんぞめ》の麻《あさ》の葉鹿《はか》の子《こ》の長襦袢《ながじゅばん》ばかりの姿がある。

がらりと開けると、ずかずかと入るが否《いな》や、

「畜生！」

振向《ふりむ》く処《ところ》を一刀《ひとかたな》、向うづきに、グサと突いたが脇腹《わきばら》で、アッと殆《ほとん》ど無意識に手で疵《きず》を抑えざまに、弱腰《よわごし》を横に落す処を、引《ひき》なぐりに最《も》う一刀《ひとたち》、肩さきをかッと当てた、が、それは引《ひき》かき疵《きず》に過ぎなかった。刃物《はもの》の鍛《きたえ》は生鉄《なまくら》で、刃《は》は一度で、中《なか》じゃくれに曲《まが》ったのである。

「姉《ねえ》さん、――」

虫が知らしたか、もう一度、

「お爺《じい》さん。」と呼ぶと斉《ひと》しく、立って逃げもあえず、真白《まっしろ》な腕《かいな》をあわれ、嬰児《あかんぼ》のように虚空《こくう》に投げて、身を悶《もだ》えたのは、お千世ではないか。

赤熊は今日《きょう》も附狙《つけねら》って、清葉が下に着た段鹿子《だんかのこ》を目的《めあて》に刃《やいば》を当てた。

このお千世の着て居《い》たのは、しかしそれでは無く、……清葉が自分のを持《もた》して寄越《よこ》したのであることを、此処《ここ》で言いたい。

「一寸《ちょっと》、お茶を頂《いただ》きに。」

清葉の眉の上ったのを見て、茶の缶をたたく叔母《おば》なるものは、香煎《にばな》でもてなすことも出来ないで、陰気な茶の間が白《しら》けたのであったが。

あわせかがみ

六十六

「これは、入らっしゃいまし。」

其処《そこ》へ、お千世に介抱されつつ、二階から下りて来たお孝が、儀式正しく、ぴたりと手を支《つ》いて挨拶《あいさつ》をした。肩の位《くらい》に、大客《たいきゃく》を恐れない品格が備わって、取乱《とりみだ》した人とは思われなかった、が、清葉も改めて会釈《えしゃく》をする時、それは誰《たれ》にするのやら分らないことを悟った。

「入らっしゃいまし。」

今度は澄まして在《あ》らぬ方《かた》の、店を向いて手を支いたのである。

「お孝さん、分りますか。」

清葉は声を曇《くも》らしながら、二階で弄《もてあそ》んで欄干越《てすりごし》、柳がくれに落したのを、袖で受けて膝に持った、銀地《ぎんじ》の舞扇《まいおうぎ》を開《ひら》いて立って、長火鉢《ながひばち》の向う正面に、縁起棚《えんぎだな》の前にきらりと翳《かざ》すと、お孝が、肩を落して、仰向《あおむ》いて見つつ。

「お月様《つきさま》でしょう。——大事のお月様雲めがかくす。——とても隠すなら金屏風《きんびょうぶ》で、」と唄うかと思えば、

「おお、寒い、おお寒い、もう寝ようよ。」と身ぶるいをする。

お千世が、その膝を抱くように附添《つきそ》って、はだけて、乳《ち》のすくお孝の襟《えり》を、搔合《かきあわ》せ、搔合せするのを見て、清葉は座にと着きあえず、扇子《おうぎ》で顔を隠して泣いた。

背後《うしろ》へ廻《まわ》って、肩を抱いて、

「お大事になさいよ、静《しずか》にお寝《やす》みなさいまし、お孝さん、一寸《ちょいと》お千世さんを借りますよ。——お座敷にして。」

と顧《かえり》みて、あとは阿婆《おばあ》に云《い》った。

「から、意気地《いくじ》も、だらしも有りませんやね、我《わが》ままの罰《ばち》だ、業《ごう》だ。」

と時々刻《きざ》んで呟《つぶや》いた阿婆が、お座敷と聞くと笑傾《えみかたむ》け、

「そらよ、お千世や、天から降ったような口が掛《かか》った。さあ、着換《きか》えて、」

直《す》ぐに連れて出ると心得《こころえ》た阿婆が、他には無い、お孝の乱心《みだれごころ》にゆかしがって着て居《い》た、その段鹿子《だんかのこ》を脱がせようと、お千世が遮《さえぎ》る手を払って、いきなりお孝の帯に手を掛けて、かなぐり取ろうと為《し》たのである。

「叔母《おば》さん、まあ、」

とお千世はおろおろ。……

「失礼をいたします。」と、何の事やらまた慇懃《いんぎん》に、お孝が、清葉に手を支《つ》いたのは涙ならずや。

「これが可厭《いや》なら、よく稼《かせ》いで、可《い》い旦那《だんな》を取ってな、貴女方《あなたがた》を、」

と、清葉を頤《あご》、

「見習って幾枚《いくまい》でも拵《こしら》えろ、其処《そこ》を退《ど》かぬかい。」と突退《つきの》ける。

「お待ちなさいまし。」

凛《りん》と留めて、

「切火《きりび》を打って、座敷へ出ます、芸者の衣物《きもの》を着せるには作法があるんです。……お素人方《しろうとがた》には分りません、手が違うと怪我をします。貴方《あなた》、お控《ひか》えなさいまし。——千世《ちい》ちゃん、今(箱《はこ》さん。)を寄越《よこ》すから、着換えないでいらっしゃいよ。姉さんを気をつけて。お孝さん、」

何も知らず横を向いたお孝に、端正《ちゃん》と手を支いて、

「然《さ》ようなら。——二人《ふたり》で、一度あわせものをしましょうね。」

と目を手巾《ハンケチ》で押えて帰った。……

襦袢《じゅばん》は故《わざ》と、膚馴《はだな》れたけれど、同一《おなじ》その段鹿子を、別に一組《ひとくみ》、縞物《しまもの》だったが対《つい》に揃《そろ》え

て、それは小女《こおんな》が定紋《じょうもん》の藤《ふじ》の葉《は》の風呂敷《ふろしき》で届けて来た。箱屋《はこや》が来て、薄《うす》べりに、紅裏香《べにうらにお》う、衣紋《えもん》を揃《そろ》えて、長襦袢《ながじゅばん》で立った、お千世のうしろへ、と構えた時が、摺半鐘《すりばん》で。

「木の臭《におい》がしますぜ、近い。」

と云《い》うと、箱三《はこさん》の喜平《きへい》はひょいと一飛《ひととび》。阿婆《おばあ》も続いて駆出《かけだ》した。

お千世の斬られた時、衣物《きもの》は其処《そこ》にそのままである。

振袖《ふりそで》

六十七

「違った、お千世だい。」

と、矢張《やっぱ》りニタニタと笑いながら、目を据えて階子段《はしごだん》を見上げた時。……ああ、一足《ひとあし》遅《おそい》矣。

お千世の祖父《じい》の甚平が台所口《だいどころぐち》から草鞋穿《わらじばき》の土足《どそく》である。――これが玄関口から入ったら、或《あるい》はこうは無かったろう。――爺《じい》さんは、当夜《とうや》植木《うえき》店《だな》のお薬師《やくし》様《さま》の縁日《えんにち》に出た序《ついで》に、孫が好きだ、と草餅《くさもち》の風呂《ふろ》敷包《しきづつみ》を首に背負《しょ》って、病中ながら予《かね》て抱主《かかえぬし》のお孝が好《す》いた、雛芥子《ひなげし》の早咲《はやざき》、念入《ねんいり》に土鉢《どばち》ながら育てたのを丁寧《ていねい》に両手に抱いて、来て、途中頭《あたま》の上の火事に慌《あわ》てながら、驚破《すわ》や見舞《みまい》、と駆込んで、台所口へ廻ったのが、赤熊と一足違い。泥鉢《どろばち》は一堪《ひとたま》りも無く踏潰《ふみつぶ》された。恰《あたか》も甚平の魂《たましい》の如《ごと》くに挫《くじ》けて、真紅《しんく》の雛芥子は処女の血の如く、めらめらと颯《さっ》と散る。

熊は山へ帰る体《てい》に、のさのさと格子《こうし》を出た。

ト、敵《あいて》を追って捕《とら》えよう擬勢《ぎせい》も無く、お千世を抱いて、爺さんの腰を抜いた、その時、山鳥《やまどり》の翼《つばさ》を弓に番《つが》えて射る如く、颯《さっ》と裳《もすそ》を曳《ひ》いて、お孝が矢のように二階を下りると思うと、

「熊の蛆《うじ》め、畜生。」と追縋《おいすが》って衝《つ》と露地《ろじ》を出た。

が、矢玉《やだま》と馳違《はせちが》い折《おり》かさなる、人混雑《ひとごみ》の町へ出る、と何しに来たか忘れたらしく、ここに降《ふり》かかる雨の如き火《ひ》の粉《こ》の中。袖でうけつつ、手で招《まね》きつつ、

「花が散るよ、散るよ。」

と蹴出《けだ》しの浅黄《あさぎ》を蹈《ふみ》くぐみ、その紅《くれない》を捌《さば》きながら、ずるずると着衣《きもの》を曳《ひ》いて、

「おお、冷《つめた》い、おお、冷い。……雪やこんこ、霰《あられ》やこんこ。……おお綺麗《きれい》だ。花が散るよ、花が散るよ。」

仲通《なかどおり》の小紅屋《こべにや》の小僧《こぞう》は、張子《はりこ》の木兎《みみずく》の如《ごと》く、目を光らして一《ひと》すくみに成った。

火の影ならず、血だらけの抜刀《ばっとう》を提《ひっさ》げた、半裸体《はんらたい》の大漢《おおおのこ》が、途惑《とまどい》した幟《のぼり》の絵に似て、店頭《みせさき》へすっくと立つと、会釈《えしゃく》も無く、持った白刃《しらは》を取直《とりなお》して、切尖《きっさき》で、ずぶりと其処《そこ》にあった林檎《りんご》を突刺《つきさ》し、敵将の首を挙《あ》げたる如く、ずい、と掲げて、風車《かざぐるま》でも廻す気か、肌につけた小児《しょうに》の上で、くるりくるりとかざして見せたが、

「あはは。」と笑うと、ドシンと縁台《えんだい》へ腰を掛ける、と風に落ちて来る燃えさしが人よりも多い火の下の店頭で、澄まして林檎の皮を剝《む》きはじめた。

小僧は土間《どま》の隅《すみ》に宛然《さながら》のからくり。お世辞《せじ》ものの女房が居《い》たらば何と云《い》おう。それは見えぬ。

「坊主、咽喉《のど》が乾いたろうで、水のかわりに、好《すき》なものを遣《や》るぞ。おお、女房《おっか》に肖如《そっくり》だい。」

ニヤニヤとまた笑ったが、胡瓜《きゅうり》の化《ば》けたらしい曲《まが》った刀《かたな》が、剝きづらかったか、あわれ血迷って、足で白刃を、土間へ圧当《おしあ》て蹈延《ふみの》ばして、反《そり》を直《なお》して、瞳に照らして、持直す。目の前へ、すっと来て立ったのはお孝である。

「刀をお貸し。」

黙って袖口を、なぞえに出した手に、はっと、女神《めがみ》の命《めい》に従《したが》う状《さま》に、赤熊は黙ってそ

の刀を渡した。

「おお、嬉しい、剃刀《かみそり》一挺《ちょう》持たせなかった。」

と、手遊物《おもちゃ》のように二《ふた》つ三《み》つ、睫《まつげ》を放して、ひらひらと振った。

眦《まなじり》を返す、と乱るる黒髪《くろかみ》。

「覚悟をおし。」と、澄まして一言《ひとこと》。

何か言いそうにした口の、ただまたニヤニヤと成って、大《おおき》な涎《よだれ》の滴々《だらだら》と垂《た》るる中へ、素直《まっすぐ》にずきんと刺した。が、歯にカッと辷《すべ》って、脣《くちびる》を決明果《あけび》の如く裂きながら、咽喉へはずれる、その真中《まんなか》、我《われ》と我《わ》が手に赤熊が両手に握って、

「ううう、うう！……抉《えぐ》れ、抉れ、抉れ。」

懐中《ふところ》をころがる小児《こども》より前《まえ》に、小僧はべたべたと土間を這《は》う。

「了《しま》った。」

手を圧《おさ》えたのは旅僧《たびそう》である。葛木は、人に揉《も》まれて、脱《ぬ》け落ちた笠《かさ》のかわりに、法衣《ころも》の片袖《かたそで》頭巾《ずきん》めいて面《おもて》を包んだ。

「お孝さん。」

「先生。」

と、忘れたように柄《つか》を離すと、刀は落ちて、赤熊は真仰向《まあおむ》けに、腹を露骨《あらわ》に、のっと

反《かえ》る。

お孝の彼を抉《えぐ》った手は、ここにただ天地《てんち》一《ひと》つ、白き蛇《くちなわ》の如《ごと》く美しく、葛木の腕に絡《まつわ》って、潸々《さめざめ》と泣く。

葛木はなお縋《すが》る袖をお孝に預けたまま、跪《つまず》いて悶絶《もんぜつ》した小児《こども》を抱いた。

駆着《かけつ》けた警官の中に笠原信八郎氏が有った。

「葛木……更《あらた》めてお目にかかります。……見苦しくなく支度《したく》をさせます。この女の内《うち》までお見免《みのが》しが願いたい。」

「諸君。」

信八郎氏は言下《げんか》に云《い》った。

「私《わたくし》が責《せめ》を負います。」

警官は二隊に分れた。

お孝は法衣《ころも》の葛木に手を曳《ひ》かれて、静々《しずしず》と火事場を通った。裂けた袂《たもと》も、宛然振袖《さながらふりそで》を着た如くであった。

火の番の曲り角《かど》で、坊やに憧《あこが》れて来た清葉に逢った。

「ああ、お地蔵様《じぞうさま》。」

夢かとばかり、旅僧《たびそう》の手から、坊やを抱取《だきと》った清葉は、一度、継母《けいぼ》とともに立退《たちの》いて出直したので、凜々《りり》しく腰帯《こしおび》で端折《はしょ》って居《い》た。

お孝は、離さじ、とただ黙って葛木に縋る。

「や、此処《ここ》にも一人《ひとり》。」

警官は驚いた。露地《ろじ》の出口の溝《どぶ》の中、さして深くも無い中に、横倒れに陥《はま》って死んで居たのは茶缶婆《ちゃかんばばあ》で、胸に突疵《つききず》がある。偖《さて》は赤熊が片附けた。

これが為《ため》に、護送の警官の足が留《とま》って、お孝は旅僧と二人《ふたり》、可懐《なつか》しそうに、葉が差覗《さしのぞ》く柳の下の我家《もと》に帰る。

清葉の途中で立停《たちどま》ったのを見て、お孝が判然《はっきり》した声で云った。

「姉《ねえ》さん、遺言《ゆいごん》を聞いて下さい。」

「はい。」

と答えた。二人は柳の軒燈《けんとう》に、清葉はその時、羽目《はめ》について暗《くら》く立った。

「お孝さん、蔵《くら》も今しがた落ちました。」

と云って、実際目ぬりが届かないで、助《たすか》ったつもりの蔵、中には能衣装《のういしょう》まであると伝えた。が開《ひら》いたのであった。

坊やを胸に、すっと出て、

「身に代えまして、清葉が、貴女《あなた》に成りかわって。」

その時三人が皆泣いた。

「お千世さんは、」

「ああ、お千世。」

余りの事に呆果《あきれは》てて、三人は茫然《ぼうぜん》とした。中にも旅僧《たびそう》は何をトッチたか、膝で這廻《はいまわ》って、雛芥子《ひなげし》の散った花片《はなびら》の、煽《あおり》で動くのを、美しい魂《たましい》を散らすまいとか、胸の箱へ、拾い込み拾い込みしたのである。

信八郎氏が先《ま》ず一人《ひとり》で入って来た。

お孝は胸に抱《いだ》いて仰向《あおむ》けに接吻《キッス》して居《い》た、自分のよりは色のまだ濡々《ぬれぬれ》と紅《くれない》な、お千世の唇《くちびる》を放して、

「お湯を頂《いただ》きましても可《よ》うござんすか、旦那《だんな》。」

と信八郎氏に手をついて言う。

渠《かれ》は挙手《きょしゅ》の礼を返して、

「御随意《ごずいい》に、盃《さかずき》をなすって可《い》い。」

茶棚《ちゃだな》に背後向《うしろむ》きに成った肩を拊《う》つばかり、ハタと其処《そこ》へ、縁起棚《えんぎだな》から輝いて落ちたのは、清葉が、前《さき》に翳《かざ》したまま其処にさし置いた舞扇《まいおうぎ》で。

ふとここに心付《こころづ》いたらしく、立って頂いて、同じ縁起棚から取った小さな紙包み、

（同妻《おなじくつま》。）の手巾《ハンケチ》の端《はし》を、湯呑《ゆのみ》に落して素湯《さゆ》を注《つ》いだ、が、何《な》にも言わず、かぶりと飲むと、茶碗酒《ちゃわんざけ》が得意の意気や、吻《ほっ》と小さな息をした。その中に黒子《ほくろ》を抜いた時の硝酸《しょうさん》が入って居た。

「姉さん、遺言《ゆいごん》を聞いて下さいな。」

「生命《いのち》に掛けます、お孝さん。」

その時、舞扇を開いた面《おもて》は、銀《しろがね》よりも白《しろ》ずんだ。

お千世は玉《たま》の緒《お》(52)を繋《つな》ぎとめた。

葛木が、生理学教室に帰ったのは言うまでもない。留学して当時独逸《ドイツ》にあり。

瀧の家は、建つれば建てられた家を、故《わざ》と稲葉家のあとに引移《ひきうつ》った。一家の美人十三人。

清葉が盃《さかずき》を挙《あ》げて唄う、あれ聞け横笛《よこぶえ》を。

——露地《ろじ》の細路《ほそみち》駒下駄《こまげた》で——

附録　原作者の見た「日本橋」

△先ず、全体としての御感想から承りたいと思いますが——

そう言っちゃなんですが、思ったより大変よく出来ていました。

△原作では、お千世が飴を買っているところから始まって居《お》りましたね？

さよう。あれは私《わたし》があれを書く前に、雛妓《おしゃく》から一本《いっぽん》になり立てと見える妓《こ》が、午《ひる》さがりのぽーっと暖い陽《ひ》の中で、飴を買ってるところを見て、その風情《ふぜい》がひどくよかったんで、そこから思いついて書き出したんです。悪戯《いたずら》な子供らが集まって、お千世をいじめるところが、実に書きにくくて、あすこで大変手間《てま》どったのを覚えています。写真になったのを見ますと、あすこへ坊さんが来て子供達をなだめるところが、何《ど》うもまずい。あの辺《あた》りは字幕に本文《ほんぶん》の文句を入れて下さったら、あの葛木と云《い》う人物の人格と境遇そう云ったものが出たと思うんです。

△あの辺りは原作では、大分冗談めかしたやりとりがありましたな。その他、総体と

しての脚色は、如何《いかが》でした？

よく出来たと思いました。これは、脚色のことではないんだが、私は映画と云うものを久しく見なかったので、今度あれを見まして、どうも大変進歩したのに驚きました。しかし、ただ映画ってものに物足りない気がしたのは、色と音ですな。例《たと》えば、林檎《りんご》の件《くだ》りで使う林檎、あの色が真っ黒に見える、焼いた林檎のようです。あれは、もっと白い方がよかった。また、音が無いってことは、あたりまえのこって、音を求める方が無理なんだが、女がトントンと階段を昇る、そのトントンと云う音、それを足どりとか、何かでトントンと昇る感じを出したかったと思いました。

それと、映画ってものは、時間の距離をあらわすことが中々むずかしいと思いました。ピョイッピョイッと出るんだから、その間《かん》何年位《くらい》時《とき》が流れたと云うようなことを出すのは、中々むずかしい。こんな時に、「この間《かん》何年相立《あいた》ち申し候」と字幕を入れるのがなんだったら、ただ白い、何も書いてないその字幕を入れたら何《ど》うか、そして音楽でも聞かせたら――と、素人考《しろうとかんが》え、こんなことを思いましたが、何んなものですかね。

女優は皆《みな》よくやっていましたね、梅村《うめむら》(53)が羆熊《ひぐま》につきまとわれるところなんか、何うも見てて気の毒のようだった。

△羆熊の妖怪味と云ったようなものは、多少出て居りましたね？

ええ、出ていました。

△梅村蓉子《ようこ》は、狂《くる》いになってからの方が出来がいいように思いましたが――狂いになってからの方が、出来もいいし、大変気が入《はい》って来ましてね。

△狂人《きちがい》の表現もすらすらと行って居りましたね？

無理がなくてよかったと思います。

△原作者として、之《これ》は困るなと、思われたようなことはありませんでしたろうか。

左様《そう》ですな――ま、こんなことは見る人にゃ関《かま》いますまいけれど、あの寄《よ》せ鍋を二人《ふたり》が並んで食べているところは可笑《おか》しかった。並んで頬《ほっ》ぺたをおっつけ乍《なが》ら鍋をつついちゃどうも困ります、やはり差《さ》し向《むか》いでなくてはね。葛木があすこで煙草《たばこ》を引ったくるようなことをしますがあれもいけない。総別、葛木は出来が悪い。医者、それも脈をとるんじゃなくて生理学者と云うんですから、ああ二枚目一方では困ります。坊さんになってからは大《たい》そうよくなった、あの意気《いき》で行ったら、と思いました。それと、俎板《まないた》に載《の》せる人形、あれが賑《にぎ》やか過ぎる。もっと、之は淋《さび》しい人形でなくちゃいけませんでした。

△セットは如何でした？

道具は私は感心しました。昔の日本映画は大道具も小道具も、随分貧弱でしたが、今度のは総じて大変よかった。小さなことだが、お孝が病気で寝ているところで、掛け蒲団が掻巻《かいまき》でなかった――袖が無い、あれは上方《かみがた》の旅籠屋《はたごや》なんかではそうだから、その式で行ったんでしょうが、長襦袢《ながじゅばん》の直したんでも何でもいいから、袖があった方がいい、袖の無い掛蒲団では、色気がなくていけません。

△町並などのセットも、わりによく出来て居りましたね？

ようござんしたね。景色《けいしき》は大変よく出ていてあの辺《あたり》の気分が出ていましたよ。

△お孝が罷熊を庇《かば》う心理、写真では、あの気持が一寸《ちょっと》出ていないように思いましたが――

全体あの心理はむずかしいんで、お孝って女が、清葉に対する意地、我武者羅《がむしゃら》な意地から来ているんだから――。それと、何《ど》うも脚色した方《かた》なんかが思い違いをしてるんじゃないかと思うのは、罷熊が兎角《とかく》清葉の旦那だったように見えることであれはもう全然関係がなかったんですからな、そこが判然《はんぜん》しないと困ります。

△お孝の家に入り浸っている三枚目風の男、あれはちと軽過ぎはしませんでしたろうか。

いいえ、あれはいいと思いました。よく出ていますよ、ああ云う人物が。

△何か、之《これ》はいいとお気に入ったところがありましたか。

ええ、之は本文《ほんもん》にも関係しないところで、素敵に嬉《うれ》しいとこがあるんだ。それはね、あの料理屋だか待合《まちあい》だかへ、葛木お孝お千世三人連れで行って、葛木が寝てるのを起して帰ろうと云うところで、梅村が女中に祝儀をやる、その祝儀の出しっぷりがまことにいい、その恰好《かっこう》のよさってものは、全く本ものの芸者にも見たことがない。わざとらしくもなく、何の苦もなく、ひょいと出す。あすこらは梅村って人が、江戸《えど》っ児《こ》だからこそです。

△ははあ、之は面白いお話ですな。

それと、影法師《かげぼうし》で運んだ件《くだ》りも、之は映画なりゃこその思い付き、いい趣向だと思いました。本文にないことだが、あのお千世がお孝を銭湯へ連れて行く処《ところ》あすこは情合《じょうあい》があって、よく出来ましたね。

△酒井(54)は如何でした？

よくしていると思いました。ただ髪の具合なんかが、少し出《で》っ張《ぱ》り過ぎていたとこなんかあったけれど——

△夏川(55)は如何でしょう？

之もよくしています。この人の顔では眉毛《まゆげ》が気になった。あれでは眉がひそんでいる。八をよせるって云いますが、あれでは初めっから八です。

△羅宇屋《らうや》を巡査と間違えるところなど、随分笑わせて居りますね。

あれは私が聞いた話で、近眼《ちかめ》の芸者がほんとに間違えたんだそうですよ。

△橋の袂《たもと》で、お雛様の蛤《はまぐり》を河へ投げ込むあの辺りは、いい出来だと思いますが。

ただあすこでお孝が、蛤を新聞紙に包んで来るのは何《ど》うしたもんでしょうか、本文ではお皿へ載《の》せて来るんですがね。

△罷熊もよく演《や》って居りますね。(56)

全く気の毒な役で、よくあすこまで懸命《けんめい》にやれたと思いました。

語　注

吉田昌志

七頁(1) **篠蟹**　「ささ」は、わずか、小さいの意で、小さい蟹。鏡花作「さゝ蟹」(明治三十年)に「蟹はひたと走れり。走りて土間に下りたる、大いなる蜘蛛と見えたりけり」とあるごとく、形状が似ていることから蜘蛛をいう場合もある。笹の束をかざしてまとわりつく悪童をたとえる。

八頁(2) **不見手様**　「不見手」は「不見転」で、見ずして転ぶの意。客を選ばず誰とでも情交する芸妓の蔑称。

一〇頁(3) **六代目**　六代目尾上菊五郎(一八八五—一九四九)。市村座に拠って中村吉右衛門(初代)と一座を組み「菊吉時代」を招来した。大正三年当時、数え三十歳。

一二頁(4) **大高**　次頁の大高源吾に同じ。

一二頁(5) **千崎弥五郎**　歌舞伎「仮名手本忠臣蔵」の登場人物。赤穂四十七士の神崎与五郎則休《のりやす》(一六六六—一七〇三)をモデルとする。討入り前の五、六、七段目、討入り後の十一段目で重要な役割を果たす。

一三頁(6) **大高源吾は橋の上**　赤穂浪士の一人、藩主の中小姓・大高源吾忠雄《ただたか》(一六七二—一七〇三)は、煤払の竹売りに身をやつし、吉良邸周辺を探っていたところ、討入りの前日、両国橋の上で俳友宝井其角に遇ってしまうが、討入りの大事を明かせぬまま別れる。両人の橋上の出会いは、浪曲師桃中軒雲右衛門、吉田奈良丸らの口演によって世上に広く流布した。「仮名手本忠臣蔵」では、大鷲文吾として登場する。後の「二十九」(九四頁)に「浪花節の大高源吾」とある。

一四頁(7) **伴内阿魔** 「伴内」は「仮名手本忠臣蔵」に登場する高師直の家来鷺坂伴内のこと。敵《かたき》の邸を探る大高源吾気取りの小童が、狂ったお孝に仕える若い妓(お千世)を高師直と伴内の関係になぞらえて「阿魔」と罵る。

一五頁(8) **へまむし** 文字遊びの一つ。「へまむしょ入道」とも。片カナの「へ」を頭と眉、「マ」を目に、「ム」を口と下顎、「ヨ」を耳にして、草書の「入道」を身体に当てた戯《ざ》れ書き。

一七頁(9) **赤鞘の安兵衛** 赤穂浪士の一人、堀部安兵衛武庸《たけつね》(一六七〇―一七〇三)。「義士銘々伝」中の人気者として講談、浪曲に多く語られた。「高田馬場の仇討」では、朱鞘の関の孫六を小脇に馬場へ駆け付ける。

一七頁(10) **味噌摺坊主** もとは寺院で炊事等の下働きをする僧だが、下級の僧を罵っていう語となった。

一九頁(11) **銀貨入** 小銭を入れる財布。

二三頁(12) **檜物町** 現中央区八重洲一丁目・日本橋三丁目。西は外濠に面し、東の通四丁目へ抜ける街路の両側町。徳川家康江戸入城の際に従った、遠州浜松の檜物大工棟梁星野又右衛門がこの地を拝領したのにちなむという。数寄屋町《ちょう》とともに日本橋花街を形成した。二四二頁地図参照。

二三頁(13) **俳優があいびきを掛けたように** 「あいびき」は、本来、鬢の内側の左右に付けて生え際にゆるみが出ぬよう、後頭部で強く結わえる紐のことだが、お千世のしぐさと合わないので、ここでは鬘をかぶる前に髪を押さえる鉢巻様の「羽二重」布のこととして用いたか。

三五頁(14) **蒟蒻島で油揚の手曳をして居た**　「蒟蒻島」は、隅田川河口の日本橋川と亀島川に挟まれた埋立地の俗称。明暦の大火まで大刹霊巌寺があったので霊岸島ともいう。内房からの便船があり、「油揚の手曳」とは、「都会にはキツネやオオカミのような悪い奴がいる。かれらはウの目タカの目で獲物をねらっている。霊岸島に上陸したばかりの純真な少年少女たち、そういうかれらに目をつけて、キツネの手先となりキツネどもに、「あれこそ格好のあぶらげですよ」と「手引き」をしていた女、それがお孝の叔母だった」(岡保生『文学の旅へ』新典社、平成十年十一月)との解がある。

三六頁(15) **蛸顱巻**　丸坊主の頭に鉢巻をするさま。

三七頁(16) **五位鷺飛んで星移り**　年月の移り変りをいう。鏡花作「註文帳」(明治三十四年四月)に「物移り星移りの」(九)ともある。

三八頁(17) **お竹蔵**　通常「御竹蔵」は両国橋以北の大川端(本所横網町)にあった「本所御蔵」の俗称。広い野原だったが陸軍省用地となり、被服廠ができたところ(芥川龍之介「本所両国」昭和二年五月)。日本橋界隈にこの俚俗称の場所があったか確認できない。

三八頁(18) **仲之町**　吉原遊廓の本通りの名。仲之町芸妓がいた。廓内の男女ともに芸者の本流ゆえ、仲之町芸者以外を町芸者と呼んでいた。

三九頁(19) **台の鮨のくされ縁**　遊廓では、仕出しの鮨を台に載せて運んだ。その鮨の腐ったのに

「くされ縁」をかけた言いかた。

四一頁(20) **蜀山兀として阿房宮**　杜牧「阿房宮賦」の「蜀山兀、阿房出」に拠る語。秦の始皇帝が蜀の山の兀《は》げ上がるほどの材木を使って造営した大宮殿阿房宮の出現を、寂れた若菜家から稲葉家が景気良く開業したことにたとえる。

四一頁(21) **箱屋**　芸妓のお供をして三味線箱を提げることから、芸者に付添って世話をする男衆のこと。

四二頁(22) **露地の細路……駒下駄で……**　「鏡花の愛唱する地唄「ぐち」の一節を使ったものである」(田中励儀「鏡花作品代表選20」『劇場文化』12、平成二十年五月)。詞章は「ぐちじゃなけれど、これまあ聞かしゃんせ、たまに逢う夜の楽しみは、逢うも嬉しさ別れの辛さ、ええなんの烏が意地悪な。お前の袖とわしが袖、合わせて歌の四つの袖、路地の細道駒下駄の、胸おどろかす明けの鐘。お前のことが苦になって、二階住居の恋やまい」。

四三頁(23) **お俠**　若い娘の陽気で活発な様子。前の「洗髪」、後の「婀娜」とともに、江戸前の女の姿・気質をいったもの。

五〇頁(24) **潰島田**　「此の髪は主として年増芸妓《げいしゃ》に結われ」「島田髷の前髷と後髷の中間辺《あた》りが低く凹《くぼ》んだ格好の髷である」(『結髪講義要領』大阪美髪女学校、大正十一年一月)。「松の内で無いと見られなかった」とあるが、後の「二十三」「三十三」「四十七」にも出る。

五三頁(25) **三味線の長刀、扇子の小太刀**　三味線、扇子ともに芸妓にとって大切な、武器にも等しいもの。お孝の清葉への対抗を、武士の立合いに見立てる。

三四頁(26)　**字は玄徳め**　「玄徳」は「三国志」の英雄劉備の字。前の文「雪の中を草鞋穿いて、蓑着て揖譲《おじぎ》する」は、劉備が諸葛孔明を三顧の礼を以て迎えた故事をふまえる。お孝が「従容として名を得る」清葉を「貸本の講談」調で罵った言いかた。

三四頁(27)　**梁山泊の扈三娘**　「梁山泊」は「水滸伝」で宋江ら志士が集まった場所。「扈三娘」はそのうち唯一人の女性として活躍する。「貸本の講談」の縁で、譬えが「三国志」から「水滸伝」に及ぶ。

三四頁(28)　**あの妓は、(そんけん)さ**　「そんけん」は「三国志」呉の国の初代皇帝孫権のこと。蜀の劉備と組み、曹操の南下を赤壁の戦で阻んだ人物だが、劉備には劣るとみて、「損」な存在としゃれていう。「二十八」にもお孝を「一人立停った孫権」とする。

三八頁(29)　**一石橋**　外濠から東下する日本橋川の最初に架る橋。もと橋の南北に後藤氏の家があり、五斗と五斗を合せて呼んだとも、この橋のたもとで一貫文を玄米一石と引換に徴収したのに因むとも、諸説がある。この橋上から川に架る八つの橋すべてが見えるので八見橋とも呼ばれた。

三八頁(30)　**延命地蔵尊**　西河岸町の通りの中ほどにある日限地蔵尊を安置した堂。本尊は行基作、天海持仏と伝えられ、享保三年に建設。毎月四の日を縁日とした。昭和十三年三月「日本橋」上演に際し、花柳章太郎により小村雪岱筆の板絵「お千世の図」が奉納された。現称は日本橋西河岸地蔵寺教会。

三九頁(31)　**小姓梅之助に…青柳か**　若い男女の縁日に参る姿を、「修紫田舎源氏《にせむらさきいなかげんじ》」など草双紙(合巻)中の情景に重ね合せて幻視した表現。

七四頁(32) **赤電車**　深夜、最終便の電車。行先掲示を赤く照明して走行した。

七四頁(33) **留楠木**　香木をたいて髪や衣服に香をこもらせること。鏡花作品では他に「留南木」(「三味線堀」)、「留南奇」(「妖術」「浮舟」)、「奇楠木」(「星の歌舞伎」)などの用字もある。

八三頁(34) **かねやす**　「兼康」は江戸期以来の小間物屋(近年まで営業)。「本郷もかねやすまでは江戸のうち」というごとく、江戸市中の境界であった。「本郷も」とは、兼康の支店が芝にあって、江戸払いの罪人を追放する「別れ橋」が芝と本郷にあり、その双方に兼康の店があったことに因る、という(池田弥三郎『日本橋私記』東京美術、昭和四十七年三月)。

八七頁(35) **腕車**　人力車。明治以降、人力車の登場によって「俥」の国字も作られた。坪内逍遥「当世書生気質」に「吉住ばかり腕車《じんりき》でかえす」の振りがなもある。

八八頁(36) **横槊賦詩**　蘇軾「赤壁賦」の一節「釃㆑酒臨㆑江、横㆑槊賦㆑詩」(酒を釃《した》んで江に臨み、槊《ほこ》を横たえて詩を賦す)」。「三国志」で、赤壁の戦を前にした魏の曹操が、月明のもと長江で、槊を横たえ、武装のまま詩句(楽府)を吟唱したことをさす。「三国志演義」(第四十八回)にも出る。

九一頁(37) **曹操**　「三国志」で、赤壁の戦において、劉備・孫権の連合軍に敗れた曹操を、清葉にかなわぬお孝の見立てとする。

九五頁(38) **定九郎**　「仮名手本忠臣蔵」の登場人物。塩冶判官の家老斧九太夫の息子で、浪人から盗賊に落ちぶれ、山崎街道でお軽の父余市兵衛を殺害後、早野勘平の鉄砲に撃たれる。初代中村仲蔵が黒小袖の浪人姿を案出し、大評判を取った。前々行の「凄味な仲蔵」は、これをふまえた表現。鏡花に「定九郎」(大正十年一月)の作もある。

一〇一頁(39) **長者星**　夕方、西天に一番最初に輝やく金星。宵の明星。

一〇六頁(40) **サの字千鳥**　恋文の封じ目に「五大力菩薩」としたためる俗習があり、その際「五大力ササ」と、菩薩の二字を冠だけで略記したことから、「愛を祈念するサの字が愛の使者と変じて飛ぶ幻覚が、サの字千鳥、ということになる」(朝田祥次郎『注解考説泉鏡花日本橋』明治書院、昭和四十九年九月)とする解釈がある。

一二〇頁(41) **タングステン**　真空発熱電球のフィラメントに用いられる光沢ある灰色の金属。ここでは、電球そのものをいう。

一二三頁(42) **梅ケ枝の手水鉢**　明治十年代に流行した「梅ケ枝の、手水鉢、たたいてお金が出るならば、もしやお金が出た時は、そのときゃ身請を、そうれ頼む」の歌詞をもつ「たのむ節」のこと。仮名垣魯文の作と伝えられるが、多くの替え唄もまた流行した。「楠の正成が」云々は、その替え唄の一つと思われるが未詳。

一二八頁(43) **翠帳紅閨**　緑のとばりを垂れ、紅色に飾った寝室。下に「枕」と続く場合が多い。

一二九頁(44) **村田屋**　檜物町十一・十二番地にあった料理屋「蔵多屋」がモデル。春陽堂に近いため、鏡花をはじめとする『新小説』編輯局員(後藤宙外、鰭崎英朋ら)の馴染の店だった。

一三三頁(45) **御守殿**　徳川将軍の息女で高位の大名に嫁した者の敬称、またそれに仕えた女中のことだが、転じて気品の高い女を呼ぶ名になった。「渾名を令夫人などと呼ばるる」(二十七)清葉をいう。

一三三頁(46) **築地、本郷、駿河台**　築地には聖路加病院、本郷には帝国大学病院、駿河台には明治三十年代以降に多くの病院が設立された。いずれも医院の本場である。

一四八頁(47) **鴛鴦**　鴛は雄、鴦は雌のおしどり。夫婦仲のむつまじいこと、また「鴛鴦《おし》の衾」で男女の共寝する寝床をいう。

一六八頁(48) **吹く風はなこその関と思へども**　正しくは「吹く風をなこその関と思へども道も狭《せ》に散る山桜かな」。「千載集」春下に収める源義家の歌。古来、武士の詠んだ優雅な歌として知られるが、ここでは、武骨な者が風流に目ざめた例として引く。

一七〇頁(49) **御殿山**　東京大学(本郷キャンパス)構内の三四郎池に臨んだ小丘の俗称。現在は当地に山上会館が建つ。

一八〇頁(50) **佐倉宗五**　「佐倉宗五」こと実名木内惣五郎は、下総国印旛郡公津村の名主。近世義民の代表として知られる。佐倉藩主堀田氏の重税にあえぐ農民のため、将軍に直訴し処刑されたという。実録もの「堀田騒動記」、講談もの「佐倉義民伝」、歌舞伎の演目等で世に流布した。

二〇八頁(51) **四番組**　江戸時代は、町火消の消防組織として、いろは四十七の小組を、一番組から十番組に分けていた。明治以降の日本橋区で、纏印をもつのは二、三、七、八、九の五つの組で、四番組は無かった(『日本橋区史』大正五年九月)。

二三五頁(52) **玉の緒**　「魂の緒」の意から、命。「細い、弱い、切れそうであるという感じが伴って、はかなさを表現することが多い」(『角川古語大辞典』)。

二三八頁(53) **梅村**　梅村蓉子(一九〇三―一九四四)。東京生れ。本名鈴木花子。舞台で活躍後、大正十一年松竹蒲田撮影所に入り、日活に転じてトップスターとなったが、溝口健二監督「団十郎三代」の撮影中に急死した。

二三頁(54)　**酒井**　酒井米子(一八九八―一九五八)。東京生れ。本名よね子。最初新劇の舞台に立ったが、日活向島撮影所現代劇部に請われて映画女優となり、とりわけ時代劇に妖艶な魅力を発揮した。

二三頁(55)　**夏川**　夏川静江(一九〇九―一九九九)。東京生れ。父は新劇俳優の佐々木積。弟夏川大二郎も俳優。昭和二年日活入社、看板女優として活躍、作曲家飯田信夫と結婚して芸能界を退いたがカムバックし、戦後は映画ばかりでなくテレビでも好演した。

二三頁(56)　**羆熊もよく演って居りますね**　羆熊五十嵐伝吾の役は、高木永二(一八九六―一九四三)がつとめた。

＊語注に際しては、朝田祥次郎『注解考説泉鏡花日本橋』(明治書院、昭和四十九年九月)に導かれたところが大きく、記して謝意を表したい。

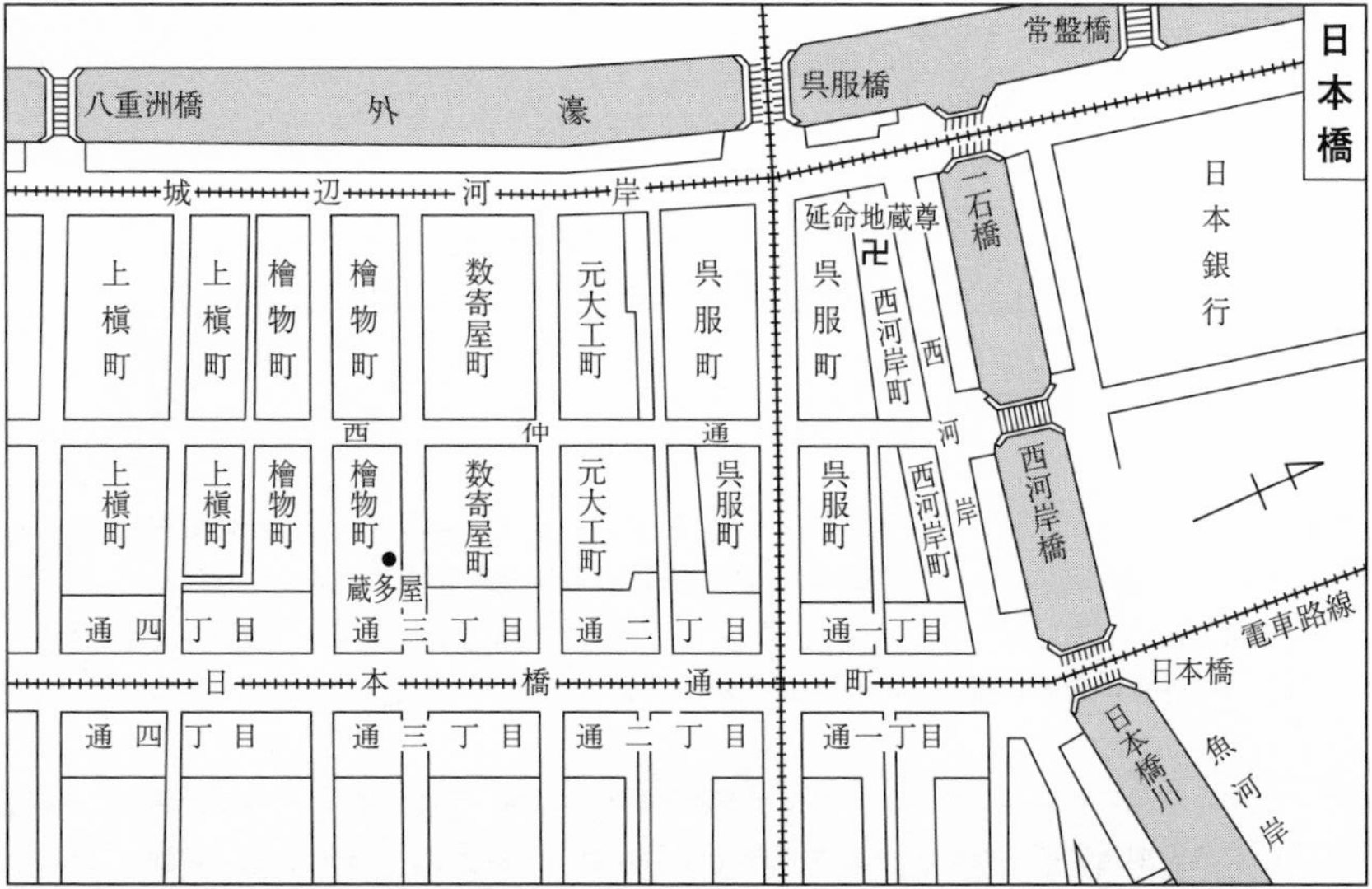
日本橋
八重洲橋
外濠
呉服橋
常盤橋
城辺河岸
一石橋
日本銀行
延命地蔵尊
上槇町
檜物町
数寄屋町
元大工町
呉服町
西河岸町
西仲通
西河岸
西河岸橋
蔵多屋
通四丁目
通三丁目
通二丁目
通一丁目
日本橋通町
日本橋
電車路線
日本橋川
魚河岸

解説　一

佐藤春夫

「日本橋」は作者鏡花が既に初老をすぎて人も芸術も円熟した年輩の作である。自然主義全盛中、四年越逗子《ずし》の雌伏から起ち上って、大正三年の九月知友堀尾成章の千草館から上梓した。蓋《けだ》し鬱屈の気を伸べんとして書き下した新作である。その傑作を枚挙して第一に指を屈するものではなくとも第一級の長編五種を云わんとすれば必ず逸すべからざるものであろう。発表の翌年春上演せられて大衆に喜び親しまれた。大正六年五月別に「戯曲日本橋」の著もあるのは作者が会心の素材であったのを証するとともに小説日本橋はまだ心ゆくばかりに表現し得なかった節があったのでもあろうか。今はまだ戯曲と併せ読んで考えるには及ばない。

個人的なことを云うのを許されるならば、筆者は夙《つと》にこの作を愛する一人で、先年、岩波版の全集発売の機に(であったと覚える)人々とともに鏡花の芸術を普及の意味でその諸作を取材した歌曲舞踊などを作った時も、この作を択《えら》び取って主人公葛木晋三をうたい蕪詞《ぶし》を連ねて曰く――

仮の世を夢まぼろしとすみごろも　揚羽なるらむなかなかに花に縁《ゆかり》の糸絶えで門の
青柳めじるしに露路の細みちひそやかにまた舞ひもどる檜物町、ほむら吐き牡丹く
づるるたまゆらや南無三宝。

「日本橋」は教坊日本橋の美的地誌であると同時に鏡花の恋愛論乃至《ないし》は愛情一般に就《つい》てのお談義と見るべきではなかろうか。

この篇を一貫する主題は愛情である。教坊の妓女と客との間の恋愛を経として、姉の弟に対する愛、弟の姉に対する愛慕、また妹の姉に対する敬慕、祖父の孫娘に対する情愛、妓の養母に対するもの、さては妓女等の朋輩に対するもの種々、その争友に対する敬愛、また後輩の先輩に対する、先輩の後輩に対するもの或《あるい》は隣人愛など、愛の種種相を描き出す間に土地の名妓清葉とその争友お孝との対立ともう一つ葛木晋三に対しては羆《ひぐま》の筒袖男、五十嵐伝吾を以てしている。

抑《そもそ》もこの五十嵐伝吾という人物は何も作者の物好きや伊達《だて》で、玉敷の都大路、それも名だたるこの花柳の地を洒落に横行闊歩しているのではなく、実は葛木晋三の飽くまで純情に古風な精神的の愛に対照する肉慾的な云わば自然主義好みの愛の象徴なのである。

（象徴として極めて幼稚に観念的な寓意を託した美学上は高級象徴の名を与えられながら実は最も幼稚な寓意にしか過ぎないとは云え）それがお孝と葛木との意気投合した精神的な愛の家の床下にもぐり住んでいるに到っては更に寓意は深められた。蓋し精神的な両性愛の奥底にもその潜在を現している。こういう意味ではこの作は一種の観念小説でもある。

その頃、自然主義者流が好んで色情を描き肉慾に非《あら》ずば真実の愛でないような唯物的な考え方が一代を風靡したのに対して、古風な人、鏡花は彼の信ずる愛情というものの在り方に就て、ひそかに作品に托して頑強に抗議したのが、この「日本橋」一篇の作意である。だから五十嵐伝吾こそ鏡花が鏡花世界で、彼の流儀に様式化して見せた自然主義者（もしくはその主張の）鳥羽絵《カリカチュア》なのである。この一事に思い及ばなかったならば、この赤熊の皮を着た男が甚《はなは》だ重要な役割を持ってこの篇に出て来た理由も、その活躍も、その饒舌の真意も、またその作者から受けているみじめな三枚目扱いも一切が理解されず、ただ目ざわりなものがまかり出てこの美しい物語の調和を破っているとしか見えまい。つまりこの作品がわからずじまいになるのである。

この赤熊の皮を着た男にはそう云う寓意があったばかりではなく、またこれ無くては万事あまりに在り来りな教坊風物のなかに、一人のこの半獣的人物が棲息しているということの不調和の調和——調和を破っている美が僕には一脈の清新な趣を感じさせる。大学の生理学教室の出るのなどもほぼ同じような意味の趣である。また巡査笠原信八郎は狂言廻しで三枚目を兼ねたものではあるが、同じ三枚目でも赤熊男とは全くちがった好意的な取扱いを受けて一種の低徊趣味を与えているのも僕には好もしい。

愛の談義を主としたとは云いながら、お孝の家にまつわる怪異談、因縁ばなしや清葉の笛に対する熱情の名人気質の片鱗など、この篇にも鏡花世界の万華鏡の模様は全く影をひそめたのではなく、それが過不足なく取入れられた用意がよい。

鏡花はその常套手法たる人情本や草双紙の様式の襲用によりながら、また自然主義に対抗する観念小説でありながらどこまでも鏡花流に終始した別個の近代小説をもくろんでいるのがこの篇の特色であろう。

「日本橋」の主要人物には或はそれぞれにモデルらしいものがあるのかも知れない。そんな話も耳にしないではなかったが、作中人物のモデル詮議などは、せっかくの芸術を世間ばなしにひき下げる井戸端会議趣味の無用な知ったかぶりである。一そどの人物もみな作者のあばら骨を抜いて作者がつくり作者の胸裡に血をわけて育てた者と見て置く方がよい。

ひとりこの一篇とは限らず鏡花の文学はすべて夢幻的ながらに現実に即したヒューマ

ニズムの文学である。しかし鏡花のヒューマニズムは義理人情という日本流の枠に取りつけられ、また鏡花の表現も友禅模様などに似た日本流の様式化が施されているから、自然主義以来の飜訳調で一から十までを順次に数え上げて盲人の手を引いて案内するようなまどろっこい所謂《いわゆる》平面描写流の叙述や描法にのみ慣れた読者には異様なものを感じられよう。鏡花の文章は感情も感覚も理念でさえ時にはごっちゃまぜになった不思議に印象的なそうして飛躍する厄介な文章だから慣れないうちは、読みにくいかも知れないが、この稀代の名文家の文章は見なれさえすれば見かけの難解なのには似ずわかりのいいもので、それもそのはず、工夫に工夫を凝らして、そつもごまかしもないから、文字のままを素直に辿って行きさえすれば面白さは自らそのなかにあり少々は不可解（というのは時々思い切って飛躍しているからで）でも、おしまいまでゆけば何もかもはっきりわかるように親切に書かれているのだから、たとい途中でつまずくとも安心して読み進めさえすればよいのである。この篇に就て云えば、はじめしばらく話の雰囲気のつくられるまでの序の口は勝手も知れずやや退屈を免れないが、それもほんのしばらく飴屋をとりまく町の悪童連をたばかり誘ったまま電車のなかへ雲がくれしてしまった怪僧（四の終り）後の面白さを約束してからは、追々と話は進み「柳に銀の舞扇」あたりでは全く魅了される筈である。後になって思いかえすと話はもう怪僧の出現のあたりから既に中心に飛び込んでいたのだと気がつくであろう。この章から次の「河童御殿」に移って行くいいきの面白さなどは正しく言語道断である。それにしてもこんな妙味や次のような文章——

……電話口の女中が矢継早の弓弦《ゆんづる》を切って、断念《あきら》めて降参する。

座敷で口惜がるもの曰く、

「旦那が来て居るのだろう。」

勿論である。

時に説を為すものあり。

「そのくらいなら商売を止めれば可《よ》い。」

難じ得て妙だと思うと、忽ち本調子の声がして、

「芸者が好きな旦那でしょうよ。」

一言簡潔にして更に妙で、座客ぐうの音も出ず愕然としてこれを見れば、蓋し三味線が、割前の一座を笑ったのである。

——これは本篇(十六)のなかの一節であるが、僅《わずか》に数行の間に文章のなかに溢れ返っている面白みを、現代の読者の何割がどの程度にわかっているか知ら。そんなものなんかわからなくともいいと読者は云い、批評家もそれを裏書きするであろう。世は末だ。

僅か三百字にも足りない文章のなかに鏡花世界の一角があざやかに蜃気楼のように浮び上って来るこの文章の霊活な作用を知らずに文学を味っている気なのだから、彼等には文学のどこが面白いというのだか、文学がすたって世間話だけが残っているのも道理である。と云って何も鏡花のために悲しむにも及ぶまい。損をしているのはわからぬ連中の方なのだから。

その異常な感覚に、その凛乎たる精神に、その純粋な詩的観念に、その印象的な描写に、その飛躍した文体に、幾多の近代文学――否《いな》超近代文学――的要素を具えながら、その取材とその表現の様式とのために、鏡花は今日の読者にはわかりにくく、親しまれなくなってしまっているのであろう。鏡花は正しくもう旧《ふる》い。理由はそれがあまり文学だからである。今日のためにこそ惜しめ、鏡花のために惜しむ要は更にない。

鏡花はもう古くなってしまった。そうして最も新らしい古典となっただけである。日本の風土と人情と文芸とを知るものは恐らく鏡花を近代日本の最大の文学者と知るであろう。難解な鏡花の作品のなかではこの篇などが最もわかりのいい方なのではないだろうか。この大衆性もこの篇の長所である。

ヒューマニスト鏡花は愛の人であり常に弱者の味方である。女性がわが社会の弱者であるがために彼はまたフェミニストであった。就中《なかんずく》妓女は弱者中の不遇な境涯の者であるという見解で、鏡花はその作品中で狭斜の地の婦女を好んで描き遇するには最も懇切であった。

狂女お孝の意地や張、姉のために心ならぬ人に仕える清葉にも道念や芸に対する心構など鏡花はその愛する妓女たちを描くに当ってはただ容姿の美と境遇の悲しさのみを以ては読者の同情を買わず、別にその各自に可憐にも凜然たる志を与え、この愛情談義の物語にふさわしい彼女等の精神美を説いているのも注目すべきである。

佐藤春夫記す

解説　二

吉田昌志

はじめに

泉鏡花（一八七三―一九三九）は大正七（一九一八）年七月七日をもって「深川もの」の集大成『芍薬の歌』の『やまと新聞』連載を開始した。その第一回から登場する青年実業家にして小説家の峰桐太郎のモデルは、前々年十一月に初めて面識を得ていた水上瀧太郎（本名阿部章蔵。明治生命創業者阿部泰蔵の息）である。鏡花小説の主人公の姓と名を筆名《ペンネーム》としたこの十四歳下の作家をあからさまな素材にしたのは、彼の水上への全幅の信頼の証であるが、当の水上はこれに応えるごとく「貝殻追放」の一篇として「購書美談」と題する文章を『三田文学』（大正七年八月号）に発表した。

この文章の紹介から『日本橋』の解説を始めることにしたい。

水上は「永久性」をもつ鏡花作品の「感化力」の偉大に搏《う》たれ「泉鏡花先生著作目

録」を作って、その蒐集に勉めていたが、神田の夜店で『笈摺草紙《おいずる》』の載った『文芸倶楽部』の一冊を、自分のつまらぬ意地から買い逃した苦い経験があり、これを同じ鏡花好きの友人梶原可吉に話したところ、彼は自身の「購書苦心談」を水上に語った。

――大正三年の秋、満洲大連に駐在していた梶原は、行きつけの街角の本屋で新刊の『日本橋』を見つけ、ただちに内地の馴染の本屋三田通の福島屋へ注文したものの、なかなか届かず、店頭で内地から届くはずの『日本橋』を手に取って慰める毎日だった。がある日、二冊並んでいた『日本橋』が一冊になっているのに「自分の秘蔵の物を奪はれたやうな嫉妬」を感じながら、注文済みの上に薄給ゆえ、どうしても大連の本屋の一冊を買うことが叶わない。「誰かが「日本橋」の残りの一冊を自分から奪つて行く不安」に苛まれること一箇月、漸く福島屋から『日本橋』の届いた、その日が月給日だった。

幾枚かの札の入つてゐる一封を受取ると、梶原君は直ぐに町角の本屋に駆けつけて、此の幾日の間毎日毎日寂しい懐をなげきながら眺めてゐた「日本橋」を手に入れた。福島屋からの一冊は現に手に持つてゐるのだけれど、あれ程迄に自分が思ひを寄せた一冊を、何処の誰だかわかりもしない他人の手に委ねる事は情に於てしのびなかつたさうである。

水上の失敗談を枕に、梶原の外地での「購書」を「美談」としたのがこの文章である。梶原は米国留学中の水上が「梶原可吉氏に」と題して「マルクスと鏡花をともにあげつらふその高声も心地よかりき」(『三田文学』大正二年十二月)と詠んだ畏友。鏡花の愛読者ならば、大連での梶原の行為を決して嗤いはしないだろう。

一　刊本『日本橋』

梶原可吉が二冊を購った『日本橋』は、大正三年九月十八日に千章館から刊行された。発行人は堀尾成章(のち政弘と改名。明治十八〈一八八五〉年六月生、昭和十九〈一九四四〉年二月二日歿、享年六十)である。鏡花の逗子滞在中に発足した愛読者の集い「鏡花会」の会員で、彼が幹事を務めたその第五回(明治四十二年六月二十四日)を報じた新聞記事(「よみうり抄」『読売新聞』同年六月二十三日)に「今回は大学派の主唱にて全然書生的に快談を試むべしと云ふ」とあるように、帝国大学(法律学科)在学中から鏡花に親炙し、晩年歿後も泉家の後見となり、徳田秋聲『和解』(昭和八年六月)にも「毛利氏」として登場する。鏡花の愛読者で帝大法科卒業の法学士には、江木写真館の息で後にませ子(鏑木清方画『築地明石町』のモデル）を夫人とした江木定男（四十三年卒）、裁判官の西本道圓（同）、大審院判事の三宅正太郎（四十四年卒）などがおり、四十五年卒業の堀尾はこうした「大学派」の筆頭だった。が彼らは当時にあって特別な存在だったのかといえば、必ずしもそうではない。四十二年に第一高等学校へ入学した山本有三に「私が高等学校へ入つた頃に大変なもので寄宿舎の殆ど全部が鏡花党と言つて好い程だつた」（「文壇あれこれ座談会」『文藝春秋』昭和十年六月）との証言があるからだ。島崎藤村の『春』（『東京朝日新聞』）、田山花袋の『生』（『読売新聞』）が連載された明くる年の一高の寄宿舎に、堀尾らと同じような「鏡花党」の学生が溢れていたことは注目に価しよう（堀尾と西本については、穴倉玉日「〝鏡花会〟の人々㈡―堀尾成章・西本道圓―」公益財団法人金沢文化振興財団『研究紀要』第十六号、平成三十一年三月、に詳しい）。

その五年後に刊行された小村雪岱（明治二十年〈一八八七〉三月二十二日生、昭和十五〈一九四〇〉年十月十七日歿、享年五十四）の装丁になる『日本橋』は、こんにちいわゆる「鏡花本」の代表作として世に知られる。

ほるぷ出版からの復刻版（昭和四十六年五月）の解説を収めた『日本近代文学名著事典』（昭和五十七年五月）のデータに拠ると、

一円二十銭。菊判、角背上製継表紙、包み函付。天地221×左右151×束22㎜(本文寸法は217×147㎜)。表紙は平が楮紙に墨、鼠、赤、紫、黄、薄青、薄桃の七色木版刷(左右136㎜)で、背が鳥の子紙に赤と金の二色箔押の継。見返は楮紙で見開き面に花街の四季の多色木版刷。見返の次には見返補強のためか口糊の上質紙がある。扉は上質紙に墨、淡緑灰の二色刷。函はクラフト紙の上貼に、アート紙に黄色ベタ、朱色の平・背ラベル貼。目次二頁(朱色刷)、本文二百九十三頁、奥付、共に賽目入り洋紙。本文組版は十三行どり、一行三十三字詰、五号活字、総ルビ。

となる。右には記載を欠くが、本体背文字、函、中扉の字は、総て鏡花の自筆である。須田千里「単行本書誌」(岩波書店版『新編泉鏡花集』別巻二、平成十八年一月)では、三版までが確認されている。

この刊本『日本橋』を、ひとり鏡花本のみならず、近代の装丁史上に銘品たらしめているのは、七色(地の色も含めれば八色)の木版刷の表紙絵である。

葛飾北斎、歌川広重をはじめとする江戸の浮世絵師たちが、富士山や江戸城を消失点とする遠近法で川筋と並び蔵を描いてきたのに対し、雪岱は方形の本の表紙に合うように、川を左右の直線で中央に据え、蔵を川筋に面した上下の線上へシンメトリカルに描く。表紙を左右に展げると、背表紙と題字が、あたかも川に架かった橋のように見える。かつて、蒲原有明が「しら壁に――／いちばの河岸の並み蔵の」(「朝なり」『春鳥集』本郷書院、明治三十八年七月)と歌った並び蔵は同じ仕様で、連続する瓦屋根の線が画面に快い諧調をもたらしているが、これを輪廓の基本として、それ以外の蔵飾りの屋号、荷舟と船頭の動き、蔵の合間に見える人の動きは、一つとして同じものが無く、蔵の一様と対照的に、それぞれ丁寧に描き分けられて、画面に変化を点じている。いかにも手の込んだ、「神経の通った」筆づかいというほかはない。

そしてその変化の最たるものが中空を翔ぶ蝶の乱舞なのである。蝶の数は、赤五七、紫四〇、黄二七、白五の、都合一二九で、余りに数が多いため、これを「もみぢを散りかゝらせてある」(日夏耿之介「解説」河出文庫版『日本橋』昭和二十八年八月)と見紛う評者すらいるほどである。この画面を一気に華麗ならしめる図案にアールヌーヴォーの波及を認める説もあるが、雪岱の美術学校の卒業制作(明治四十一年)は鏡花作『春昼』(明治三十九年十一月)の一場面を思わせる、菜の花の咲く小祠に蝶の舞う図であることが知られており、作画のモティーフがここに胚胎しているのは間違いないところだ。

雪岱はつとに久保猪之吉・より江夫妻を介してその知遇を得ていたが、鏡花の著書を手がけたのはこれが最初で、自身の言葉(「『参宮日記』と『日本橋』のこと」『鏡花全集月報』

第五号、昭和十五年九月）によれば、鏡花が一年近く書きおろしにかかっていたこの作の題名をずっと知らされず「暗中手さぐりの形」であったところ、擱筆後に初めて「日本橋」の題名を示され「大急ぎで表紙を書き直し」たという。

短期間で仕事を果したのは、第一に、川越生れの雪岱が安並家に養われた十六歳から東京美術学校日本画科選科を卒業する二十一歳までを過したのが当地日本橋檜物町であったこと、第二に、何よりも鏡花への深い傾倒があったからだが、鏡花作品との出会いはいつだったのか。雪岱は「教養ある金沢の樹木」（『演芸画報』昭和八年九月）では「十歳頃から」と言い、「初めて鏡花先生にお目にかゝつた時」（『図書』昭和十五年三月）では、美術学校在学中の「明治三十六年の秋」とする。雪岱自身の言葉にもこのように揺れがあり、時期をにわかに決しがたいのである。

鏡花本の雪岱の装丁画には、『鏡花選集』（春陽堂、大正四年六月）表見返し絵における広重画「江戸名所湯島天満宮」（天保版）、『由縁文庫』（春陽堂、大正五年十月）表紙絵における『偐紫田舎源氏』第九編（天保四年）の国貞画などの浮世絵からの転用例があるのだが、『日本橋』のそれには今のところ先蹤を認めることができない。基盤とする浮世絵の世界を抽きん出る雪岱の創意こそは、先にみた群れ翔ぶ蝶の意匠なのであった。加えて見返しは、上下の朱の縁取りが効いた横長の画面で、表裏合せて、春夏秋冬の日本橋の四季を彩る四幅対の趣を呈している。

二 『日本橋』上演

『日本橋』の上演は、初刊から半年後の大正四年三月（四日初日―二十四日千秋楽）、本郷座においてであった。かつて明治三十年代後半の新派劇全盛期を「本郷座時代」と称するごとく、鏡花ものでは『高野聖』（上演三十七年九月）、『風流線』（同四十年七月）、『白鷺』（同四十三年四月）の、いずれも初演が上場されていた劇場で、興行元は、明治四十三年に座主の坂田庄太からこれを譲受していた松竹合名社だった。

全六幕の場割は、（序）一石橋の朧月、西河岸縁日、笛の一石橋、（二）桃園離れ、稲葉家下座敷、同二階、（三）一石橋の雪、生理学教室、稲葉家露地、（四）檜物町小紅屋店、稲葉家表、（五）瀧の家火事、（大詰）稲葉家奥、小紅屋前、稲葉家座敷。主な役割は、稲葉家お孝＝喜多村緑郎、同雛妓お千世＝花柳章太郎、医学士葛木晋三＝伊井蓉峰、瀧の家清葉＝木村操、巡査笠原信八郎＝熊谷武雄、五十嵐伝吾＝小織桂一郎ほかである。

上演研究に詳しい越智治雄（「泉鏡花と新派劇」『鏡花と演劇』砂子屋書房、昭和六十二年六月）によれば、筋書に「作者真山青果」とあるものの、実際は青果のほかに、原作者鏡花、お孝役の喜多村緑郎を加えた、いわゆる「作者部屋」の産物であるという。筋書の二幕目と三幕目との間に、それぞれ「此間壱ケ年経過」とあるごとく、原作を時系列に整序した進行であって、これに原作では巡査笠原の口から語られる「生理学教室」の場を加えたのが全体の構成となる。

花柳章太郎は「「日本橋」の思ひ出」（『技道遍路』二見書房、昭和十八年二月）で、上場前、真山青果から少しずつ受取った原稿を書抜きしながら完成した『日本橋』の本読みで、念願のお千世の役を得た感激を語り、「泉先生も立合れてネバリにネバつた稽古の有様」、「キチンと火鉢の前に坐り、下げ煙草入れの刻みを煙管につめては吸ひながら、伊井先生の葛木、師匠のお孝、小織さんの伝吾に注文を出して」いたその姿を伝えている。

こうした作者の相当の関与があり、また「初日満員」（『都新聞』大正四年三月六日）との報もあったが、初演は不入りであった。井上正夫とともに観た梅島昇は「まるで見物に受けず失敗だつた」（「真の新派劇」『演芸画報』昭和十五年三月）とし、新派の座付作者川村花菱と同席した柳永二郎も、伊井、喜多村の主役の演技を記憶せず、花柳と小織の役しか心に残っていないという（『木戸哀楽』読売新聞社、昭和五十二年五月）。同業新派役者たちの評価は斉しく低いのである。本郷座の初演は、翌々年に幹部へ昇進することになる花柳章太郎を世に出すための公演であったといってよい。

再演は、昭和十三(一九三八)年三月の明治座興行の三番目で、初演から実に二十三年ぶりのことだった。脚色は巖谷三一(のち愼一)、久保田万太郎の演出による五幕。数え二十二歳でお千世を演じた花柳は当年四十五歳、これを「納め」(以後その役を演じない)とし、公演に先立って西河岸の地蔵尊へ小村雪岱筆の絵額を奉納した。配役は、お孝の喜多村、お千世の花柳は初演と変らず、清葉を河合武雄、伝吾を大矢市次郎、葛木は初演を「失敗」と断じた梅島昇であった(伊井蓉峰は昭和七年に歿していた)。

初演後に、刊本としては春陽堂から本郷座の場割そのままに『戯曲日本橋』(大正六年五月)が出、また同じく改版『日本橋』(大正七年六月)が刊行されたにもかかわらず、再演までに四半世紀近くを要した原因はよく判らない。再演の脚色者巖谷槙一(『僕の演劇遍路』青蛙房、昭和五十一年十月)によれば、興行元の松竹と鏡花との間に疎隔が生じていたからだというし、また上演時間の長さに難があったとの説もあるが、いずれにしろ、『瀧の白糸』や『婦系図』には及ばずとも、新派のいわゆる「鏡花もの」として知られ、川口松太郎のように、『日本橋』を加えて「鏡花三部作」(「国立劇場の三度目勝負」「国立劇場十月新派公演プログラム」昭和四十九年十月)と称する者さえいるほどになったのは、鏡花最晩年の再演を契機とし、歿後の上演がたび重ねられたことによるのである。

その結果、舞台の『日本橋』は「世にさげすまれながらも意気地と張りをたてとおす芸妓の真情を、お孝・清葉の二女性を通して示し、可憐なお千世、美男の青年医学者葛木を美的世界の人として描く一方、野性の醜男赤熊の動物的欲情を悪の象徴として否定するところに本作の意図がある」（平凡社版『総合日本戯曲事典』昭和三十九年二月）と総括されるに至った。人々は原作を読むよりも、舞台によって本作を認知したのである。

しかし、この説に対しては強い反論があるので、前記国立劇場の『日本橋』公演（お孝＝水谷八重子、清葉＝市川翠扇、葛木＝中村吉右衛門ほか）を評した大笹吉雄は、右の事典の解説を「一面的、かつ、皮相的な理解」だとし、「新派が描いた鏡花の世界と、鏡花の世界それ自体は、まったく別のもの」であり、葛木を美男にしたのは新派であって鏡花ではなく、赤熊の欲情を悪として否定するのであれば、次々と新しい情夫をもつお孝の欲情もまた同断としなければならず、

鏡花はこの作品で誰の世界をも否定的に書いてはいない。お孝も葛木も赤熊も、われわれにとっては異常に見えても、等しく「愛」の実相であり、鏡花はそういう「愛」の姿を、それとして書いただけではなかったろうか。（中略）おのおのが交錯しえない愛をもち、その孤独な愛に身を焼く姿を描いたのが、『日本橋』であると思う。

（「泉鏡花の世界」『新劇』昭和四十九年十二月）

とする。原作者として脚色に加わり、これを是とした事実は動かぬとしても、鏡花が小説に描いた世界と新派の造型した世界とを峻別せんとする大笹の意見は肯われてしかるべきではなかろうか。

また右の劇評で大笹は、喜多村緑郎が大成した新派劇の基軸たる女形の芸を水谷八重子のお孝では実現しがたいことも指摘していた。しかし、八重子が昭和五十四年に亡くなったあと、『天守物語』の富姫を当り役として鏡花劇に新天地を拓いた坂東玉三郎が、お孝役を重ねるうち、優に喜多村の確かな後継の道を歩むに至ったことは記しておかなければならない。

三 『日本橋』の映画化

映画『日本橋』は、昭和四年二月一日より浅草富士館、上野みやこ座で封切ののち全国に巡回した。続いて『瀧の白糸』(八年六月)、『折鶴お千』(原作『売色鴨南蛮』十年一月)を撮ることになる溝口健二が最初に手がけた「鏡花もの」である。

日活太秦《うずまさ》の製作、企画(映画化)は近藤経一、脚色《シナリオ》は溝口、撮影横田達之、助監督安積

幸二、字幕高野鶴美による無声版《サイレント》で、全二一一三m、検閲による切除が一一mあるフィルムは、残念ながら現存していない。キャストは、葛木晋三＝岡田時彦、お孝＝梅村蓉子、清葉・晋三の姉（二役）＝酒井米子、お千世＝夏川静江、五十嵐伝吾＝高木永二、笠原信八郎＝一木礼二ほかであった。

　本書に収める「原作者の見た「日本橋」」は、封切後に文藝春秋社発行『映画時代』の編輯担当古川緑波と斎藤龍太郎を聞き手とした作者の貴重な所感だが、封切当月の同誌に載った溝口の「泉鏡花氏に会ふ」の一文は、映画化の経緯や小説の成立、素材を語った鏡花の言葉を伝えている。

　企画者の近藤経一同道で番町の鏡花宅を訪れた溝口が、自らの日本橋檜物町に育ったことを話すと「泉さんは大変に喜ばれて、万事無条件であの作の映画化を私に託された」という。また、鏡花は小説を「ザット丸三月《まるみつき》かゝつて書き上げました」――先引の雪岱は「一年近く」とする――と語り、近くの天麩羅屋で飲んだのち「瀧の家のモデルになつてゐる――今は藤村屋と云ふ待合」へ案内され、冒頭お千世が飴を買う場面が実景に基づくことを話し、「露地の細道（ママ）駒下駄で」の「因縁の深い地唄を、渋い喉《のど》で歌つて聞かされた」のだった。藤村屋（家）は鏡花を囲む月例の「九九九会」の定席だった。

　本作については、佐相勉著『溝口健二・全作品解説5』（近代文芸社、平成二十年一月）に、現存するスチール写真を示しつつ、同時代評を網羅した詳細な解説が備わっているゆえ、以下これに拠って要点を述べる。

映画技法上は、当時流行したオーバーラップの多用によるスピーディーな展開が特徴で、この展開の早さに同時代の賛否が分れている。俳優では、梅村、酒井の女優が容色を活かし、岡田、高木の男優も評価は良く、就中《なかんずく》、梅村と高木の力演が高評を受け、夏川のみがミスキャストとされているのは、初演舞台花柳章太郎のお千世と対照的である。場面上では、火事場のシーンの映画ならではの迫力に賞讃が集まり、また映画が原作の情趣の再現に成功しているか否かについては、否定的な評価に傾きがちで、左翼陣営からは江戸趣味の世界をテーマに映画を撮ること自体への批判が強い。

先述溝口の「泉鏡花氏に会ふ」の載った『映画時代』にはシナリオが併載されていて、作品の実態の把握が可能だが、オープニングは走馬燈の映像から少年時代の貧しい葛木の姿、栄螺《さざえ》と蛤を大川へ投げる姉、妾になった姉の姿、大学卒業の葛木まで、オーバーラップの回想場面を連続させ、檜物町待合での清葉相手の葛木の語りへと繋げている。

冒頭をこのように構成したのは、葛木晋三と姉との関係が最も重要だと考えたためであり、また早くに養女に出された溝口の実姉寿々が養家から日本橋檜物町の芸妓となり、子爵松平忠正に落籍されて日本橋で芸者屋を開いた生立ちがあり、「この実生活の体験がシナリオにおける晋三の姉への想いの強調となってあらわれた」（前記・佐相勉）からであった。

冒頭に続いて、伝吾が葛木と清葉の語らいを覗き見するシーンから、今度は伝吾の回想に入り、北海道で成功して上京、船の難破によって没落、我が子を清葉の瀧の家の前に捨てる場面となる。いわば冒頭は、二人の男の過去のオーバーラップによる、晋三と伝吾の「生」の対比が作品の基点であることを意味する。鏡花の原作では清葉お孝の二人の女の対立対照に重きがおかれているのに対し、映画『日本橋』は二人の男の対比が印象づけられるようになっており、登場人物のうち伝吾役高木永二の演技が注目を浴びたのは必然であったといえようし、鏡花も「よくあすこまで懸命にやれたと思いました」と述べるところがあった。

映画化第二作目の市川崑監督の『日本橋』（大映、昭和三十一年十月封切）では、冒頭にお竹蔵の夜の妖しい景情が写されたのち、場面は前後するものの、ほぼ時系列に沿った展開が採られており、溝口のような原作への踏み込んだ解釈は示されていない。

後続『瀧の白糸』や『折鶴お千』がより高い評価を得ているのは、フィルムが現存していて、実写画面を確認できる状況の与《あずか》って大きいが、本『日本橋』の残されたシナリオからだけでも、原作への溝口の理解が行届いていることは「思ったより大変よく出来ていました」との鏡花の言葉がこれを保証するだろう。

おわりに

紙幅に限りがあり、三島由紀夫が『文章読本』(中央公論社、昭和三十四年六月)で、「読者を一種の快い純粋持続にさそひ込み」ながら「理性の酩酊に落ち込」ませ、「あたりに花びらを播くやうに色彩も華やかに進んで行く行列を思はせる」ごとき文体、と賞した作品の文章に言及するゆとりを失ったが、構成展開だけは整理しておきたい。

小見出しを省き、章数のみで示せば、(一)―(十七)を現在として幕を開けた物語は、(十八)で過去に転じて、「一昨年の春」「三月四日の夜」の一石橋に始まり、(四十八)以降はその二か月後の「五月初《はじめ》」、(六十三)ではさらに「翌年の春」へと進み、ここで冒頭の現在と接続する(厳密にいえば、一か年の齟齬があり、戯曲ではこれを訂して二か年の経過としている)。大枠の現在は「春の日永」に始まってその日の暮れ方に終局を迎えるが、溝口映画のオープニングにも示されていたように、過去は回想として葛木の少年期まで遡るのである。全六十七章のうち、過去が四十五章を占める。僧形の葛木の登場が現在を示す指標だが、彼は再び生理学教室へと戻り「留学して当時独逸にあり」、稲葉屋のあとへ引移った清葉の「露地の細路駒下駄で」を唄うところで幕が閉じられる。『歌行燈』（明治四十三年一月）のように二つの場が交互に現れ、その語りの中に過去が繰り込まれる展開とは異なり、外枠の現在の中に過去を嵌め込んだ、わりあいに単純な構成となっている。

＊

最後に佐藤春夫の「解説」（岩波文庫版、昭和二十八年）について一言する。この文は、臨川書店版『定本佐藤春夫全集』に未収録であるが、これより十三年前、岩波書店版『鏡花全集月報』第五号（昭和十五年九月）に「日本橋に就て」を書いていた縁から、需《もと》められて筆を執ったものであろう。

佐藤の鏡花への接近は、明治末年以降、大正期にかけて鏡花に親炙した作家たち――谷崎潤一郎、里見弴、久保田万太郎、水上瀧太郎、やや後れて芥川龍之介らよりもよほど遅く、昭和に入ってからだと考えられる。如上の五人が春陽堂版『鏡花全集』（大正十四年七月刊行開始）の「参訂」者（監修者）となっているのに対し、佐藤はこれに加わっていないのが一つの証左となる。むろん面識はあったろうが、おそらく昭和六年九月、佐藤の主宰した『古東多万《ことたま》』（やぽんな書房）創刊号に鏡花が『貝の穴に河童が居る』（のち

『貝の穴に河童の居る事』)を寄稿して以後、交流が密になったのではなかろうか。鏡花が逝去する五か月前、昭和十四年四月に、佐藤の甥竹田龍児と谷崎の娘鮎子との結婚の媒酌人を務めたことは良く知られている。歿後の戒名の撰定をはじめ、岩波書店版全集の刊行に際しては、水上瀧太郎が十五年三月に、小村雪岱が同年十月に、相次いで歿したあと、里見弴とともにその枢要な役割を果したのだった。

本「解説」の中では、よく引用される「教坊日本橋の美的地誌」よりも、終りに近く「鏡花はもう古くなってしまった。そうして最も新らしい古典となっただけである」との言葉がとりわけ心に残るが、前半で登場人物のうち五十嵐伝吾を「葛木晋三の飽くまで純情に古風な精神的の愛に対照する肉欲的な云わば自然主義好みの愛の象徴」だと言い、こうした「半獣的人物」は、鏡花の「流儀に様式化して見せた自然主義者(もしくはその主張者)の鳥羽絵《カリカチユア》なのである」としている。

がしかし、鏡花の読者は、「肉慾的な」「半獣的人物」が、すでにして初期作品から登場し、主人公たちを苛んできたのを知っている。発表順に例を挙げれば、『夜行巡査』(明治二十八年四月)のお香の伯父、『黒猫』(同年六—七月)の盲人富の市、『政談十二社』(三十三年十一月・三十四年一月)の鼻の肥大な占いの爺、『妖僧記』(三十五年一月)の「醜怪なる蝦蟇法師」、戯曲では『稽古扇』(四十五年二—三月)の船虫の紋次などがそれである。

「大正期の反自然主義文学は自然主義文学の誘導と促進とによつて生まれた」（『近代日本文学の展望』大日本雄弁会講談社、昭和二十五年七月）との認識を示していた佐藤が、この大正初めの『日本橋』に自然主義の影を認めようとするのは已むをえぬところであったろうが、如上の人物は自然主義の隆興を俟ってはじめて登場したのではなく、伝吾もまた彼らの系譜に列なる者であって、強いて自然主義に結びつけずとも、伝吾の造型の説明は可能だったはずである。鏡花作品の流れをふまえれば、佐藤の見解は必ずしも当を得たものとは言いがたいが、しかし「一代を風靡した」自然主義を文学史上のできごととしてしか知らないわたしたちは、これをいちがいに斥けることはできないであろう。

以上、作品の本文を顧みず、刊本をめぐる逸話、これを彩った小村雪岱の装丁、新派による上演、溝口健二の映像、佐藤春夫の本文庫の解説などの表現のありさまをたどってきた。いずれも各々の媒体《メディア》における『日本橋』の解読にほかならず、また互いに交わりつつ作品のイメージをかたちづくり、浸透してきたものだったわけだが、もとよりそれが総てではありえない。従来の江戸趣味と花柳情緒の横溢した作とする理解は相対化されるべきだと思うが、初読の者も再読の者も、こうした先人の試みを享けて、本作を導きとし、その先に開展する鏡花世界への参入を志していただきたい。

［編集附記］

一　本書は、『鏡花全集』(岩波書店、全二十九巻)第十五巻(第三刷、一九八七年十一月)収載の「日本橋」、別巻(第二刷、一九八九年一月)収載の「原作者の見た「日本橋」」を底本とした。岩波文庫『日本橋』(一九五三年十二月)収載の「解説」(佐藤春夫)を併せて収録した。

一　漢字語のうち、使用頻度の高い語を一定の枠内で平仮名に改めた。平仮名を漢字に変えることは行わなかった。

一　漢字語に、適宜、振り仮名を付した。

一　本文中に、今日からすると不適切な表現があるが、原文の歴史性を考慮してそのままとした。

(岩波文庫編集部)

日《に》本《ほん》橋《ばし》

2023 年 7 月 14 日　第 1 刷発行

作　者　泉《いずみ》 鏡《きょう》花《か》

発行者　坂本政謙

発行所　株式会社 岩波書店
〒101-8002 東京都千代田区一ツ橋 2-5-5
案内 03-5210-4000　営業部 03-5210-4111
文庫編集部 03-5210-4051
https://www.iwanami.co.jp/

印刷・精興社　製本・中永製本

ISBN 978-4-00-360044-3　　Printed in Japan

読書子に寄す

――岩波文庫発刊に際して――

岩波茂雄

真理は万人によって求められることを自ら欲し、芸術は万人によって愛されることを自ら望む。かつては民を愚昧ならしめるために学芸が最も狭き堂宇に閉鎖されたことがあった。今や知識と美とを特権階級の独占より奪い返すことはつねに進取的なる民衆の切実なる要求である。岩波文庫はこの要求に応じそれに励まされて生まれた。それは生命ある不朽の書を少数者の書斎と研究室とより解放して街頭にくまなく立たしめ民衆に伍せしめるであろう。近時大量生産予約出版の流行を見る。その広告宣伝の狂態はしばらくおくも、後代にのこすと誇称する全集がその編集に万全の用意をなしたるか。千古の典籍の翻訳企図に敬虔の態度を欠かざりしか。さらに分売を許さず読者を繫縛して数十冊を強うるがごとき、はたしてその揚言する学芸解放のゆえんなりや。吾人は天下の名士の声に和してこれを推挙するに躊躇するものである。このときにあたって、岩波書店は自己の責務のいよいよ重大なるを思い、従来の方針の徹底を期するため、すでに十数年以前より志して来た計画を慎重審議この際断然実行することにした。吾人は範をかのレクラム文庫にとり、古今東西にわたって文芸・哲学・社会科学・自然科学等種類のいかんを問わず、いやしくも万人の必読すべき真に古典的価値ある書をきわめて簡易なる形式において逐次刊行し、あらゆる人間に須要なる生活向上の資料、生活批判の原理を提供せんと欲する。この文庫は予約出版の方法を排したるがゆえに、読者は自己の欲する時に自己の欲する書物を各個に自由に選択することができる。携帯に便にして価格の低きを最主とするがゆえに、外観を顧みざるも内容に至っては厳選最も力を尽くし、従来の岩波出版物の特色をますます発揮せしめようとする。この計画たるや世間の一時の投機的なるものと異なり、永遠の事業として吾人は微力を傾倒し、あらゆる犠牲を忍んで今後永久に継続発展せしめ、もって文庫の使命を遺憾なく果たさしめることを期する。芸術を愛し知識を求むる士の自ら進んでこの挙に参加し、希望と忠言とを寄せられることは吾人の熱望するところである。その性質上経済的には最も困難多きこの事業にあえて当たらんとする吾人の志を諒として、その達成のため世の読書子とのうるわしき共同を期待する。

昭和二年七月